당신만이
Know It All 알고 있다

당산만이 Know It All 알고 있다

모리 바지루

김진환 옮김

하빌리스

차
례

추 리 소 설

「아오카게 탐정의 현금 출납장」

"이 녀석을 죽인 범인을 찾아내."

지면을 도려내듯 낮은 목소리가 하루사키를 맞이했다.

2023년도 이제 일주일만 남겨둔 오늘은 크리스마스이브 날의 22시였다. 하루사키는 핫케이크와 칠면조, 양말에 담긴 선물상자 대신, 얼굴이 알아볼 수 없을 만큼 손상된 시체와 그걸 가리키며 다그치는 고깃덩이 같은 거구의 남자 앞에 서 있었다.

온몸이 가늘게 떨리는 건 장갑을 뚫고 들어올 정도의 냉기 때문일까? 난방도 켜지 않았을뿐더러 창문을 살짝 열어놓았는지 신선한 밤공기가 실내로 계속 스며들었다. 하지만 추우니까 닫아달라는 말을 섣불리 꺼내기는 힘들었다. 여기서 먼저 입을 열 바에는 자기 발로 삼도천에 뛰어드는 편이 낫다고 단언할 수 있다.

게다가 지금 대답해야 할 사람은 조수인 하루사키가 아닌, 탐정인 아오카게 지오리였다.

이런 팽팽한 긴장감 속에서도 아오카게 탐정은 평소 그대로였다. 오른쪽 3분의 1은 흰색, 나머지는 검은색인 특이한 머리 모양. 그 위에 얹힌 탐정의 상징, 빵모자를 벗으려고도 하지 않고 입을 열었다.

"일 이야기는 절차대로 해야죠. 일단, 이름이 어떻게 되시죠?"

거구의 남자가 내뿜는 위압감에도 전혀 움츠러들지 않고 가면 같은 미소를 지으며 물었다. 남자는 불편한 심기를 노골적으로 드러내며 얼굴을 찡그린 다음, 여유로움을 과시하듯 어깨를 으쓱거렸다.

"이봐, 탐정 누님. 우린 고객이야. 아무리 그래도 이름은 먼저 밝히는 게 도리 아닌가? 그리고 미리 말해두는데, 명함은 못 줘. 명함을 꺼내기만 해도 법률 위반이니까."

귀를 기울이지 않으면 정확히 알아들을 수 없을 만큼 낮은 목소리로 그렇게 말했다. 폭대법(역자주-暴對法. 폭력단 대책법)이라는 세 글자가 뇌리를 스쳤다.

"저도 명함은 필요 없습니다. 지정 폭력단과 엮인 증거를 남길 수는 없으니까요."

'누군 좋아서 야쿠자랑 말 섞는 줄 알아?' 라는 뜻으로도 들릴 수 있는 말을 아무렇지 않게 내뱉는 아오카게를 보며, 하루사키는 온몸에서 식은땀이 멈추지 않았다.

아오카게는 하루사키의 심정 따윈 개의치 않고 선명한 목소리로 말했다.

"저는 아오카게 지오리, 사립 탐정 사무소를 운영하고 있습니다. 개업 8년 차고요. 저의 사상과 신념과 철학은 고객 우선. 보수만 받으면 거의 모든 사건에서 의뢰인님이 바라는 해결을 도출해낼 수 있다고 자부합니다."

"허풍은 누구나 떨 수 있지. 제대로 된 결과를 내놓을 수 있는지가 중요해."

"다시 한번 묻겠습니다. 이름이 어떻게 되시죠?"

"오니기 가이토, 마흔여덟 살이다. 미도리하라파 소속 '고시마회'의 우두머리를 맡고 있지. 그리고 저기 죽어 있는 게 우로코가타 진이다."

전혀 아무렇지 않게 시체를 소개해주네? 하루사키가 그런 소감을 품자마자 오니기는 목소리 톤을 한층 낮추며 침울하게 중얼거렸다.

"내 오른팔이었다."

그 말만으로 다 알 수 있지 않냐는 듯, 짧은 한마디였다.

"삼가 조의를 표합니다."

"형식적인 말은 필요 없어. 내가 원하는 건 범인의 이름뿐이다."

터져버릴 것 같은 양복 상의가 가늘게 떨렸다.

"이 녀석의 원수는 반드시 갚을 건데, 엉뚱한 사람한테 갚을 수는 없지. 그래서 말인데, 탐정 선생. 진범을 꼭 밝혀내."

"그렇죠. 엉뚱한 상대에게 복수하면 얼마나 쪽팔리겠어요?"

아오카게의 농담에 오니기가 옆에 있던 쓰레기통을 걷어차며 한 대 때릴 듯 주먹을 치켜올렸다. 살벌한 소음에 하루사키의 몸이 딱딱하게 굳었다. 어디선가 불어오는 바람에 여름처럼 상쾌한 향수 냄새가 섞여 그의 콧구멍을 간지럽혔다. 팽팽한 긴장감에 심장이 죄어들었다.

"내가 쪽팔리는 건 아무래도 상관없어. 진범한테 제대로 죗값을 치르게 하지 않으면, 우로코가타가 편하게 눈을 감을 수 있겠냐고."

작은 동물 정도는 가볍게 기절시킬 만한 분노를 받아내면서도, 아오카게는 태도를 바꾸지 않았다.

"제가 실례를 범했군요. 배려가 부족했네요. 하지만 현장을 어지럽히진 말아 주세요. 방금 행동으로 중요한 단서가 사라져 버렸을지도 모르니까요. 장갑도 안 끼셨으니까, 더 이상은 아무 데도 건드리지 마세요."

적당히 좀 해! 좀 더 정중히 말해! 상대를 봐서 행동해! 괜한 풍파를 일으키지 마! 하루사키가 그렇게 항의하고 싶어질 만큼 아오카게는 움츠러들지 않고 당당히 지적했다. 제발 좀 움츠러들어……라고 마음속으로 빌며, 하루사키는 메마른 입술을 적셨다. 만약 상대가 흥분한 나머지 아오카게를 죽여버리면 일단 도망치자는 방침을 세웠다.

그러나 예상과 달리 오니기의 치켜든 주먹이 힘없이 쓱 내려왔다.

"……미안하군."

오니기는 머리를 숙이진 않았어도 분명한 사과의 말을 꺼냈다.

"지금 내가 해야 할 일은 범인을 찾는 거다. 그걸 방해할 생각은 없어. 내가 원래 성미가 좀 급해. 미안하다."

험악하던 분위기가 예상치 못한 침울함으로 물들었다. 그 정도로 오니기가 피해자를—우로코가타를 소중하게 생각하는 마음이 전해져왔다.

"그럼, 아오카게 탐정님."

오니기의 뒤에서 일련의 상황을 조용히 지켜보던 남자가 입을 열었다.

"이 사건, 맡아주시겠습니까?"

"당신이 전화 주셨던 야쿠시지 씨인가요?"

"맞습니다. 미도리하라파에서 보스의 비서로 일하고 있는 야쿠시지입니다. 기리시마에서 가장 유능하고 입이 무거운 탐정이라는 평판을 듣고, 무례를 무릅쓰고 이 살인 현장으로 오시게 한 겁니다."

올백 머리에 은테 안경이라는 전형적인 고학력 야쿠자의 외모와 침착한 존댓말이 잘 어울렸다. 오니기와는 정반대라고도 할 수 있었다.

다만 말투가 정중하다고 해서 이 남자 역시 폭력단원이라는 사실이 바뀌진 않는다. 크리스마스이브의 21시에 전화를 걸어오더니, 거절하는 선택지를 용납하지 않는 목소리로 '살인 사건이니까 당장 와줘야 한다.' 라고 우겨대며 기어이 현장으로 불러냈다. 정상적인 사회인이라면 그런 행동을 할 리가 없다. 살인 현장도 강가에 위치한 해체공장 내 사무실로 영 수상해 보이는 장소였다.

시체는 사무실 2층, 입구에서 왼쪽에 있는 응접 소파 안쪽에 쓰러져 있었다. 후두부의 총상이 직접적인 사인 같았지만, 이 시체의 특징은 그 부분이 아니었다.

시체에는 얼굴이 없었다. 스님처럼 빡빡 밀어버린 머리에는 별다른 상처도 없고 특이한 점이 보이지 않았지만, 이마에서 턱까지의 모든 부분이 검붉게 덧칠된 것처럼 엉망이었다. 얼굴로는 신원을 판별할 수 없을 정도다. 똑바로 누운 얼굴에 허무가 펼쳐져 있다. 절단되었다거나 도려내졌다기보다는 수없이 구타당해서 **찌그러졌다는** 표현이 정확할 것 같았다.

하루사키가 살인 사건을 처음 마주치는 건 아니었다. 아르바이트로 아오카게의 조수 노릇을 하며 더 처참한 사건과 맞닥뜨린 적도 있었다. 하지만 의뢰인과 피해자가 폭력단원인 경우는 물론 이번이 처음이었다.

"받아들일지 말지 정하기 전에 몇 가지 질문을 하겠습니다. 일단 확인하는 건데…… 이번 사건을 경찰에 신고할 생각은 있으신가요?"

"예상할 테지만, 그럴 생각은 없다. 그럴 거면 그쪽을 부르지도 않았겠지. 이 사건은 우리 조직 내에서 처리해야 해. 이제 곧 다음 보스가 취임하는 중요한 시기다. 경찰이 끼어들 구실을 만들 수는 없지."

'신고하지 않는다.'라는 대답을 전제로 물어본 아오카게한테도 놀랐지만, 당연하다는 듯이 대답하는 오니기도 눈을 동그랗게 뜨고 쳐다볼 수밖에 없었다. 그와 동시에 창문을 열어둔 건 내부를 춥게 해서 사체의 부패를 조금이라도 늦추려는 의도임을 알아차렸다.

"감시 카메라는요? 공장 정문으로 들어오는 문하고 사무실 쪽에 각각 있습니까?"

"그래, 멀쩡히 작동해. 당연히 영상은 제공할 수 있다."

"우로코가타 씨는 총을 갖고 계셨나요?"

"당연히 평소에도 휴대한 건 아니지만…… 이 사무실에는 숨겨두고 있었지. 탄흔을 봐도 우리 총이 쓰였을 가능성이 높아."

"당연한 말이지만, 이번 사건에 관해 저와 조수는 비밀을 엄수해야겠죠?"

"그걸 굳이 말해야 하나? 오늘 여기에서 있었던 모든 일은 무덤까지 가져가야 해."

"알겠습니다."

아오카게가 눈을 감았다. 아오카게를 제외한 세 사람은 자신들이 무엇을 기다리는 건지도 모른 채 10여 초를 보냈다. 지금의 침묵은 하루사키의 인생에서 세 손가락 안에 들 만큼 거북했다. 이제부터 아오카게가 제시할 금액도 어느 정도는 예상되었기에 숨쉬기가 더욱 힘들어졌다.

"1400만."

오니기와 야쿠시지가 숨을 멈추는 것과 동시에 하루사키가 한숨을 쉬었다.

당신만이 알고 있다

"물론 달러가 아니라 엔입니다. 아, 소비세는 별도고요."

오니기가 농담인지 진담인지 가늠하듯 아오카게를 바라보았다. 야쿠시지는 기존의 평판을 통해 어느 정도는 짐작했는지, "이 정도일 줄은……." 하고 중얼거렸다.

"지불 방식은 첫 의뢰니까 전액 현금, 전액 선불이 원칙이지만…… 이번엔 서비스로 절반만 선불, 나머지 절반은 해결 후 2주 안에 지불하시는 걸로 하겠습니다. 아, 필요 경비는 별도로 실비 청구할 테니, 청구서 보낼 주소는 나중에 알려주시죠."

거침없는 조건 제시에 오니기도 아오카게가 진심이라는 걸 이해한 듯했다. 하지만 당연히 그런 금액을 수용하기는 힘들었는지 떨떠름한 표정이었다.

"……탐정 선생, 아무리 그래도 그건 너무 바가지 아닌가? 우리가 그렇게 호구로 보여? 우리도 옛날처럼 잘나가는 건 아냐. 아니, 전성기여도 그 정도 돈은 못 낸다고."

"크리스마스이브라는 중요한 날에 저를 움직이셨고, 탐정 스킬을 활용한 가치 창출, 조사 과정에서의 위험성, 비밀 엄수까지. 모든 것을 포함해서 이 금액입니다. 무슨 말씀을 하시든 한 푼도 깎아드릴 순 없으니 잘 부탁드려요."

아오카게가 실내를 둘러보듯 몸을 빙글 돌리며 선언했다. 지금 이곳을 자신이 장악했다고 선언하듯 경쾌한 몸짓이었다. 아오카게는 거의 모든 현장에서 지금과 같은 경고를 하지만, 설마 폭력단원 상대로도 완전히 똑같은 어조로 단언할 줄은 몰랐기에 하루사키의 식은땀이 더 빠른 속도로 배어 나오기 시작했다.

"그 돈으로 킬러를 고용하면 다섯 명은 죽일 수 있다."

"킬러로 범인을 찾을 수 있다면 그렇게 하시던가요."

오니기의 입 안에서 끼긱, 하고 어금니가 삐걱거리는 소리가 들렸다.

"네가 뭐, 얼마나 대단하다고 그래?"

아오카게가 훗, 하고 웃었다. 그리고 하루사키에게로 시선을 향했다. 불길한 예감이 스쳤다.

"하루사키 조수, 어서 말씀드려. 내 칭호, 별명, 캐치프레이즈를."

말할 것을 요구받은 하루사키는 위가 꾸우욱 하고 죄어드는 것을 느꼈다. 지명받은 이상, 다음 발언자는 자신이어야만 했다. 고요함이 그의 위를 한층 더 죄어들게 했다.

"아오카게 지오리를 한마디로 표현한다면?"

각오를 굳히며 항상 말해온 문구를 발성했다.

"탐정계의 블랙잭(역자주-데즈카 오사무의 만화 『블랙잭』의 주인공. 천재 외과의로 머리카락의 절반이 하얀색이며 의뢰인에게 터무니없는 고액의

당신만이 알고 있다

수술비를 요구하는 대신 그 어떤 위급한 환자도 꼭 살려낸다.)."

하루사키의 말에 맞춰 아오카게가 흑백의 머리카락을 확 쓸어올렸다. 공기가 얼어붙었다. 아아, 몇 번을 들어도 구린 데다 이런 반사회 세력 앞에서 꺼낼 만한 단어는 아닌데…… 그런 하루사키의 한탄을 아는지 모르는지, 아오카게는 가슴을 당당히 폈다.

"실력이 좋으니까 그만큼 의뢰비도 비싸죠. 그게 바로 우리 아오카게 탐정 사무소입니다. 이 사건의 범인을 밝히기 위한 1400만. 받아들이거나 거절하거나, 둘 중 하나니까 어려운 선택은 아닐 텐데요."

"이만 돌아가 주시죠."

야쿠시지가 입구 쪽 문을 가리켰다. 안경 안쪽의 눈빛은 가뜩이나 추운 실내 온도를 더 떨어뜨릴 만큼 싸늘했다. 온화하고 정중한 말투로 웃기지 말라는 메시지를 분명하게 전달하고 있다.

"조직에서 1400만이라는 현금을 일개 탐정 사무소에 지불할 수는 없습니다. 우로코가타를 살해한 범인을 찾아내는 데 그만한 가치는 없어요. 미리 말해두겠는데, 저라면 이 사건에 100만도 지불하지 않을 겁니다."

"어라, 괜찮으시겠어요? 진범을 찾아서 처벌하지 않으면 조직의 기강이 안 설 텐데요. 조직 간의 세력 다툼 같은 것도 아니고, 고작 **내부 분열**로 사람이 죽었으니까요."

오니기와 야쿠시지의 안색이 바뀌었다. 놀라움과 경계심이 뒤섞인 표정이었다.

"내부 분열이라는 걸 어떻게 알지?"

"응? 그걸 왜 모르겠어요?"

아오카게가 몸을 훅 웅크리며 응접용 테이블 밑으로 얼굴을 들이밀었다.

"찻잔 두 개가 떨어져 있고, 양탄자에 희미하게 젖은 흔적이 남아 있네요. 적어도 차를 내올 만큼은 우로코가타 씨와 안면이 있는 사이라고 봐야겠죠?"

그러고는 몸을 수그린 채 병아리처럼 응접실 안쪽으로 아장아장 나아가서 얼굴 없는 시체로 다가갔다. 하루사키의 시선도 자연스레 그녀를 좇았다.

"얼굴이 찌그러질 만큼 얻어맞았기 때문에, 얼핏 보면 처참한 고문을 받은 것 같은 인상을 받게 됩니다. 옷매무새도 흐트러져 있고요. 하지만─ 그런 것치고 출혈은 머리와 얼굴뿐입니다. 몸쪽에는 상처가 거의 없어요. 주변에 의자나 관엽식물, 항아리, 족자가 흩어진 모습도 뭔가 작위적이라는 느낌이 들어서 자세히 살펴보면, 바로 이렇죠."

아오카게가 장갑을 끼고 시체의 발밑에 떨어진, 장엄한 전서체 글씨가 적힌 족자를 천천히 들어 올렸다. 자세히 들여다보면 족자 밑에 1엔 동전 크기의 검붉은 혈흔이 남아 있었다.

"우로코가타 씨는 두부에 총상을 입고 사망한 뒤에 안면이 찌그러지고 도려내졌습니다. 그 반대의 순서일 리는 없겠죠. 그렇다면 그 안면에서 튄 피가 왜 이 족자 밑에 남아 있는 걸까요? 얼굴을 도려낸 뒤에 이곳을 어지럽혔기 때문이겠죠?"

특별히 기상천외한 이야기는 아니었다. 지극히 일반적인 상황 해설이다. 그런데도 오니기와 야쿠시지는 아오카게의 이야기에서 눈과 귀를 떼지 못했다. 상식 밖의 의뢰비를 제시한 애송이 탐정의 말에 완전히 빠져든 야쿠자들—누가 봐도 기묘한 상황이었다.

하지만 아오카게가 출동한 현장에서는 흔히 볼 수 있는 광경이기도 했다. 그녀의 말에는 사람을 **집어삼키는** 힘이 있다.

"차를 내올 정도로 잘 아는 사람의 범행이고, 외부 소행으로 보이기 위해 나중에 어지러뜨린 흔적이 보이죠. 그 외에도 셀 수 없을 만큼 많은 힌트가 이 방 안에 굴러다니고 있고—그래서 전 이것이 당신들 미도리하라파든 고시마회든 조직 내부의 문제로 인해 발생한 사건이라 보고 있습니다."

"……하지만 그것만으로 내부 분열이라고 판단할 만한 근거

가 되진 못할 텐데. 조직에 속하지 않은 지인의 범행일 가능성
도 충분히 있다. 우로코가타는 기리시마의 이쪽 세계에서 꽤
발이 넓었으니까."

"그런 식으로 확인하듯 물어보시는 게 증거나 다름없죠. 야
쿠시지 씨, 오니기 씨…… 아마 당신들은 이미 **용의자**를 짐작하
고 있으실 테죠?"

오니기가 숨을 삼켰고 야쿠시지는 조용히 아오카게의 얼굴
을 바라보았다.

"좀 더 정확히 말하자면, 조직에서는 이미 결론을 내렸다고
하는 게 정확하려나요? 어느 쪽이든 간에, 오늘 저를 여기로 불
러내신 건 불특정 다수의 사람 중에서 범인을 찾아내기 위한
게 아니라, 당신들이 예상하는 인물이 범인인지 아닌지를 **확인**
하기 위해서라고 생각하는데요."

"그래서, 그렇게 생각하는 이유는?"

"여기서부터는 유료 서비스입니다. 거래를 원하신다면 계약
서에 사인부터 하시죠."

시체를 등진 채 싱긋 웃는 아오카게. 내내 침착하던 야쿠시
지가 처음으로 언성을 높였다.

"적당히 하시죠. 우리에게도 자존심이란 게 있습니다. 계속
말도 안 되는 바가지를 씌우려고 하면, 우로코가타 옆에 **눕혀달**

당신만이 알고 있다

라는 뜻으로 알아듣겠습니다."

협박죄에 해당하지 않도록 최대한 완곡하게 위협하는 표현이었다. 하루사키는 이제 무서워하기도 지쳐서 그 자리에 주저앉아버리고 싶었지만, 아오카게는 미소를 잃지 않았다.

"그렇다면 협상은 결렬된 걸로—."

"기다려."

오니기가 아오카게의 말을 손과 눈짓으로 제지했다.

"조건을 받아들이지. 돈은 내겠다. 그러니까 우로코가타의 진짜 원수를 찾아내 줘, 탐정 선생."

오니기의 말에 야쿠시지가 고개를 홱 돌렸다. 제정신이냐? 라는 물음이 얼굴에 쓰여 있었다.

"당신에게 조직의 돈을 움직일 권한은 없습니다. 미도리하라 파는 물론이고, 고시마회의 돈이라도 그런 거금은 미도리하라의 승인 없이 지불할 수 없어요."

하루사키는 그 말투를 듣고서야 야쿠시지가 오니기보다 지위가 높다는 걸 깨달았다. 말투는 정중해도 목소리와 표정은 노골적으로 **아랫사람**을 대하듯 하고 있었다.

"도쿄 루리야를 믿고 싶어 하는 마음은 이해합니다만, 본인에게 허락된 선은 넘지 말아 주시죠."

"조직의 돈은 안 씁니다. 내 개인 돈으로 탐정 선생에게 지불하겠소."

잠깐의 침묵 동안 밖에서 폐자재가 바람에 삐걱거리는 소리가 들렸다. 그 정도로 깊은 정적이 내려앉아 있었다.

"대체 무슨 생각으로—."

"야쿠시지 형님. 난 루리야가 우로코가타를 죽였다는 걸 도저히 못 믿겠소. 우로코가타는 제 친동생이나 다름없는 놈이고, 루리야는 아들이나 마찬가지요. 그런 두 사람이 서로를 죽이려 든다는 건, 세상이 뒤집혀도 절대 벌어질 수 없는 일이라고 단언할 수 있소. 그런데 조직에서는 지금 세상이 뒤집혔다고 말하고 있지 않소. 이게 나에 대한 불신임 판결과 뭐가 다릅니까?"

"상황 증거를 통해 냉정하게 판단했을 뿐입니다. 범인은 도죠 루리야 말고는 있을 수 없어요. 절차대로 한다면 지금 당장이라도 도죠를 잡아들이라는 지령을 전 구성원과 협력 단체에 통지해야 하는 상황입니다."

"나는 그게 너무 성급한 처사라고 말하는 거요. 시체가 발견된 지 아직 2시간밖에 안 지났소. 조직에서 너무 성급하게 굴고 있는 거요."

"아니, 오히려 너무 늦었을 정도입니다. 이런 무의미한 논의—아니, 논의라 할 수도 없는 억지를 들어주고 있는 동안에도 도죠는 도망치기 위한 준비를 착착 진행 중일 텐데요."

"—나는!"

오니기가 품에 손을 넣었다. 이내 그의 손에 나무 칼집에 든 단도가 쥐어져 있었다.

"임(任)과 협(俠)이라는 두 글자에 감명받아 이 세계에 들어왔소. 부하도—가족도 못 믿는 얼간이만큼은 되지 않을 거요. 그 녀석의 명예를 지켜줄 수 있다면야 1400만이 무슨 대수요? 그러니까 야쿠시지 형님……."

오니기는 단도를 자기 왼쪽 새끼손가락으로 가져갔다. 이미 첫째 마디는 사라지고 없었기에 둘째 마디로 칼날을 바싹 들이 댔다.

"시간을 주시오. 만약 탐정 선생이 루리야가 죽였다는 결론을 내린다면—내가 책임지고 직접 처리하겠소."

"적당히 좀 하세요. 당신 손가락을 자른다고 뭐가 달라집니까?"

"야쿠시지 형님, 착각하지 마시오. 내가 거는 건 이쪽입니다."

오니기는 칼날을 왼쪽 새끼손가락의 둘째 마디에서 자신의 가슴께로 옮겨갔다. 칼끝이 왼쪽 가슴을 정확히 겨냥했다.

"목숨을 걸겠소. 열여섯 살 봄부터 32년간 미도리하라 큰형님께 몸과 마음을 바쳐 일한 제 목숨으로, 우로코가타의 원수를 정확히 갚게 해주시오."

오니기는 말문이 막혀버린 야쿠시지에게 고개를 숙인 다음 거구를 아오카게 쪽으로 향했다.

"탐정 선생, 내가 의뢰하겠어. 계약서든 뭐든 마음대로 해. 그 대신—."

결의를 굳히듯 잠시 뜸을 들인 뒤, 천천히 말했다.

"나와 똑같은 각오는 해야 할 거다. 물론 거기 있는 형씨도 마찬가지고."

"계약 성립이네요."

아오카게가 장갑을 벗으며 오른손을 내밀었다. 말도 안 되게 비싸다는 기묘한 디자인의 반지가 반짝거렸다. 머리부터 발끝까지 장식이라는 개념이 전무한 아오카게가 유일하게 끼고 다니는 액세서리였다. 오니기의 투박한 손이 그녀의 손을 맞잡았다.

"그럼 이 살인 사건에 관해 자세히 알려주시죠."

아오카게의 말과 동시에 총성 같은 소리가 울렸다. 순간 그 자리에 있던 네 명 모두가 몸을 움츠렸지만, 창밖 멀리서 쏘아 올린 불꽃놀이가 위로 솟구치는 게 보여서 금세 경계를 풀었다. 이 근방에서 크리스마스이브에 불꽃놀이 축제를 한다는 이야기는 못 들었지만, 지금 이 자리에서 벌어지고 있는 일보다 관심을 끌 만한 문제는 아니었으므로 다들 아무 말도 하지 않았다. 그만큼 긴박한 분위기였다.

적어도 명제는 단순해졌다. 턱없이 비싼 의뢰비로 실랑이하다 폭력을 당할 가능성은 사라졌고, 이제 아오카게가 탐정 일만 제대로 해내면 된다.

하루사키는 스스로 놀랄 만큼 떨림이 멎고 땀도 식은 걸 깨달았다. 아오카게의 추리에 목숨을 걸어야 한다면—특별히 두려워할 일은 없다.

아오카게가 일본에서 가장 단가가 높은 탐정이라는 건 하루사키가 누구보다 잘 알았고, 의뢰를 완수한 뒤에 아오카게에게 불평불만이나 클레임, 항의 같은 걸 하는 의뢰인이 한 명도 없었다는 사실도 마찬가지로 잘 알았다.

아오카게가 오니기에게 이것저것 질문하고 야쿠시지가 옆에서 한 번씩 보충해주는 식으로 사건의 개요를 설명받았다. 야쿠시지도 오니기의 열의에 압도당했는지 협조적으로 답변해주었다.

감시 카메라를 통해 얻은 정보와 오니기, 야쿠시지의 진술을 시간대별로 정리해보면, 이 사건의 쟁점이 매우 단순하다는 걸 알 수 있었다.

우선 미도리하라파는 기리시마시(市)를 거점으로 활동하는 지정폭력단이고 고시마회는 그 직속 단체였다. 오니기는 고시마회의 회장이며 우로코가타는 부두목─즉 서열로 따지면 넘버 2의 위치였다.

오니기는 48세, 우로코가타는 45세로 세 살밖에 차이 나지 않지만, 그들이 걸어온 길은 정반대였다. 오니기는 중학교 졸업과 동시에 조직 사무소의 문을 두드린 야쿠자 외길 인생이었고 숙소에서 지내는 똘마니로 시작해 본인의 능력만으로 지금의 지위를 얻어냈다. 반면 우로코가타는 서른 살을 넘기고 나서 이쪽 세계로 넘어온 '샐러리맨 출신' 야쿠자로, 굳이 구분한다면 '경제 야쿠자'로 불리는 부류였다.

고시마회는 아사이쵸(町) 동쪽, 소호 1번가에 사무소를 갖고 있지만, 우로코가타는 이 해체공장이 마음에 들었는지 이쪽 사무소에서 거래를 진행하는 경우가 많았다.

그런 이곳에 우로코가타가 들어온 시각이 오늘 18시 경이었다. 정문을 통해 공장 대지 내로 들어오는 모습이 감시 카메라에 찍혔고, 그로부터 몇 분 뒤에는 사무소의 1층 입구 및 2층

응접실 입구 쪽 카메라에도 포착되었다. 또한 그 이전에 진입한 사람은 아무도 없었고, 2일 전 저녁까지 거슬러 가야 우로코가타가 몇 시간 들렀던 모습이 찍혀 있을 뿐이었다. 젊은 조직원들에게 분담시켜 확인한 결과였다.

우로코가타는 한마디로 표현하자면 도마뱀처럼 생긴 얼굴이었다. 머리카락은 전부 깨끗이 밀어버렸고, 좌우가 따로 움직일 것만 같은 부리부리한 눈알이 조악한 화질로도 잘 보였다. 거기다 이런 추운 날씨에도 화려한 무늬의 셔츠를 가슴까지 풀어 헤치고 그 위로 야구 점퍼를 걸치고 있었다. 근육과 지방 덩어리인 오니기보다는, 굳이 따지자면 야쿠시지의 체형과 가까워 보였다.

우로코가타의 입장으로부터 10분 정도가 지났을 때 다른 남자가 똑같이 정문으로 들어왔다. 완전히 탈색된 금발이 시선을 확 잡아끌지만, 헤어스타일에 뒤지지 않을 만큼 이목구비가 뚜렷한 미남이었다. 들어오면서 절도 있게 허리를 숙이는 모습이 예의 바르게 보이는 반면, 위아래로 보라색 트레이닝복을 맞춰 입은 편한 복장이었다. 도죠 루리야─고시마회의 젊은 조직원이자 범인으로 의심되는 남자다. 나이는 서른 살이라고 했다.

루리야도 굳이 딴 길로 새지 않고 바로 사무소로 들어왔다. 응접실 카메라는 드나드는 사람을 감시하려는 목적으로 설치되었는지 실내까지는 보이지 않았기에 더 이상의 정보는 얻을 수 없었다.

우로코가타와 루리야가 들어오고 나서 한동안 아무 변화도 없나 싶더니, 30분 뒤에 영상이 끊겨버리고 그 이후의 데이터는 남아 있지 않았다. 거기서 전원이 꺼져버렸다고 한다. 따라서 루리야가 언제 나갔는지, 그리고 실내가 어떤 상황이었는지는 알 턱이 없다. 감시 카메라 스위치는 응접실 안쪽에 있었고, 조작 방법은 사무소를 자주 사용하는 사람이라면 누구나 알고 있다고 한다.

원래 오니기와 우로코가타는 소호 1번가의 클럽 '녹스'에서 회의를 겸한 망년회를 가질 예정이었다. 그런데 약속한 시각이 지났는데도 우로코가타가 나타날 생각을 안 하고 전화도 받지 않았다. 결국 오니기가 긴급 시를 대비한 위치 정보 앱을 참조하여 해체공장의 사무소를 방문하면서 시체를 발견했다. 그게 20시 경이었다.

시체의 최초 발견자는 오니기였지만, 그때 야쿠시지도 함께 있었다. 야쿠시지는 루리야에게서 '급히 할 말이 있다.' 라는 메시지를 받고 해체공장 사무실에 이야기를 들으러 왔다고 한다. 오니기와 야쿠시지는 입구에서 딱 마주쳤고, 두 사람이 함께 사무소에 들어가서 우로코가타의 시체를 발견하게 된 것이다.

당신만이 알고 있다

오니기와 야쿠시지 모두 뒷골목에서 살아가는 인생이었다. 가까운 인물의 죽음을 눈앞에서 목격하고서도, 게다가 그것이 총에 의한 타살에 얼굴까지 훼손된 처참한 광경이었음에도 두 사람은 침착하게 대처해나갔다. 그들은 즉시 감시 카메라를 확인해서 마지막 방문자가 루리야라는 것을 알아냈다.

오니기의 냉정함이 사라진 건 이때였다. 야쿠시지는 즉시 미도리하라파에 우로코가타의 사망과 루리야가 범인일 가능성이 매우 크다는 사실을 보고했다. 그걸 옆에서 듣고 있던 오니기는 보고를 취소해달라고 부탁했다. 루리야가 그런 짓을 할 리가 없고 누명을 썼을 가능성이 크니 제대로 조사해야 한다는 것이다.

야쿠시지는 처음엔 떨떠름한 반응이었지만, 오니기가 눈물로 애원하자 조사를 어디에 의뢰할지는 미도리하라파에서 정한다는 조건으로 승낙했다.

그 결과 이 도시에서 가장 실력이 좋고, 비밀 엄수가 철저하고, 미도리하라파의 관련 단체와 한 번 거래해본 전적이 있다는 점까지 고려해서 아오카게 탐정 사무소에 연락했다──는 것이 이번 일의 자초지종이었다.

"결국 야쿠시지 씨는 도죠 루리야 씨의 범행을 의심하고, 오니기 씨는 도죠 이외의 누군가가 범인이라고 생각한다는 거군요."

"제 개인이 아니라 조직 전체의 견해입니다."

야쿠시지는 단호하게 말했다. 아오카게의 페이스에 절대 휘말리지 않겠다는 의지가 엿보였다. 아오카게는 고개를 끄덕이며 자연스럽게 받아넘겼다.

"누구 생각이 맞든 간에 일단 가장 먼저 해야 할 일은 도쿄 루리야 씨를 찾아내어 이야기를 들어보는 일일 텐데요. 지금 어디 있는지 파악은 안 됐나요?"

"루리야의 스마트폰 위치 정보도 확인했다. 이 사무소에서 계속 움직이지 않고 있어. 아마 이 응접실 어딘가에 버리고 간 거겠지. ……루리야에게 누명을 씌운 누군가가 말이야."

오니기가 자신의 아이폰 화면을 보여주었다. 확실히 '루리야'라고 표시된 노란색 화살표가 이 해체공장을 가리키고 있다.

"아아, 그렇다면 이게 도쿄 루리야 씨의 스마트폰 아닐까요?"

아오카게가 다시 장갑을 끼고 묵직한 노란색 케이스에 든 아이폰을 집어 들었다. 비교적 오래된 모델―아마 아이폰8 정도로 아직 홈버튼이 달린 형태였고 대기 화면은 일본도 사진이었다. 오니기가 헉하고 숨을 들이마셨다.

"그 케이스와 대기 화면은 루리야의……! 어디 있었지?"

당신만이 알고 있다

"소파 쿠션과 등받이 사이에 끼어 있었습니다. 쿠션이 약간 부자연스럽게 떠 있어서 안에 뭔가 있구나 싶었죠."

이런 사소한 관찰 능력에서 아오카게를 능가하는 자는 없다. 아오카게에게서 루리야의 아이폰을 받아든 오니기는 잠금을 해제하려고 굵은 손가락으로 비밀번호를 몇 차례 입력했지만, 전부 실패로 끝났다.

"조직에서 대여해준 업무용 폰이야. 비밀번호는 나도 모른다."

"개인용 전화번호는 아십니까?"

"당연하지. 계속 걸고 있는데 받질 않아."

"루리야 씨가 갈 만한 곳은요?"

"그 녀석은 조직 식구들 말곤 아사이쵸 근방에 아는 사람이 없어. 애초에 시즈오카 출신이니까."

"만약 도망친다면 고향인 시즈오카로 가겠죠. 해외로 도망칠 만한 연줄은 없을 테니 늦든 이르든 잡히겠지만, 쓸데없이 많은 인원을 동원하고 싶진 않군요. 가능하다면 이 도시에서 빠져나가기 전에 찾아내고 싶습니다."

루리야가 범인이라는 태도로 일관하는 야쿠시지를 보며 오니기의 어깨가 부르르 떨렸다. 대놓고 맞설 수는 없지만 그런 말을 듣고 가만히 있을 수도 없는 미묘한 상황인 것이리라.

역시 본조직의 간부, 그것도 보스의 비서라는 지위는 절대적인 것 같다. 나이는 오니기가 위였고 어디까지나 대등한 입장에서 대화하는 것처럼 보이지만, 사소한 행동 하나하나에서 야쿠시지에 대한 긴장감이 드러났다.

"루리야 씨는 어떤 경위로 고시마회에 들어오게 된 겁니까?"

아오카게가 시체를 살피며 잡담이라도 나누듯 물었다. 말이 끝나기도 전에 오니기가 입을 열었다.

"그 녀석은 열다섯 무렵부터 가출을 밥 먹듯이 했어. 시즈오카에서 도쿄로 오고 싶어 했는데, 처음엔 야간 버스로 상경했다가 금세 다시 잡혀가는 식이었지. 하지만 버스는 길이 막힐 때가 많으니까, 차츰 오다큐(小田急)선의 완행열차를 이용하게 됐다. 마침 그 무렵에 내가 도쿄와 시즈오카를 왕래하는 일을 맡게 돼서 한 번씩 마주쳤던 거지."

"전철에서요? 보통 다른 승객을 신경 쓰진 않을 텐데요?"

"그 녀석이 먼저 말을 걸었다. 내 덩치가 눈에 잘 띄긴 하지. '스모 선수세요?' 라고 갑자기 말을 붙이더니 '얼마나 세요?' 라고 묻더군. 재밌는 녀석이지? 그래서 내가 대답했다. '스모 선수는 아니지만 스모 선수보다 세다.' 라고."

"확실히 오니기 씨라면 웬만한 스모 선수보다 체중이나 부피, 표면적에서 앞서겠네요."

당신만이 알고 있다

"그 녀석은 아버지한테서 도망칠 방법을 계속 찾고 있었다. 매일같이 폭력을 행사한다거나 했던 건 아니지만, 오히려 지나친 교육열이 문제였다더군. 수학 방정식이나 함수 같은 문제를 제대로 못 푼다고 낚싯대나 야구 배트로 얻어맞았고, 머리가 깨진 게 한두 번이 아니었다지. 그런 아버지한테서 도망쳐 먹고살 길을 찾던 그 녀석을 내가 영입해준 거다."

오니기는 감동적인 에피소드를 털어놓은 양 감상에 젖은 눈빛이었지만, 하루사키에게는 좀처럼 와닿지 않아서 '정말 그런 부모가 있어?' 라는 소감밖에 들지 않았다. 물론 그런 생각을 한 마디라도 꺼낼 수는 없었기에 침묵을 유지했다.

"그럼 루리야 씨는 오니기 씨를 많이 따랐겠군요?"

"그래. 나한테는 마누라도 자식도 없지만, 친아들처럼 아끼고 있다. 내가 처음으로 영입한 녀석이기도 하고."

"오니기 씨는 우로코가타 씨와 루리야 씨 중에 어느 쪽을 더 아끼세요?"

아오카게의 질문에 오니기의 표정이 순식간에 험악해졌다.

"그게 무슨 소리야?"

"어느 쪽을 더 아끼시냐구요. 직속 부하이자 오니기 씨의 오른팔, 넘버 2인 우로코가타 씨. 그리고 친자식이나 다름없는 루리야 씨. 만약 그 두 사람의 의견이 충돌해서 서로 다투게 된다면, 오니기 씨가 과연 누구 편을 들까 하는 생각이 들었거든요."

"왜 그런 의미 없는 가정을 해야 하지?"

"아니, 그냥 궁금해서요."

"고시마회는 한 몸이다. 누구 편을 들고 말고 할 것도 없어. 그리고 애초에, 나만큼은 아니지만 우로코가타도 루리야를 얼마나 아꼈는지 몰라. 루리야를 말단 똘마니에서 지금 위치로 끌어 올려준 사람은 내가 아닌 우로코가타였다. 그 녀석이 루리야가 마음에 든다고 자기 직속 부하로 삼았지. 루리야도 우로코가타를 그렇게나 잘 따랐는데 죽인다는 건 말이 안 돼."

"그러시군요."

오니기가 열변을 토했지만, 아오카게는 아무렇지 않은 얼굴로 다시 시체를 살피기 시작했다.

⊕

"자, 이제 자네 의견을 들어보고 싶은데, 하루사키 조수."

"아오카게 씨는 좀 상대를 봐가면서 말을 해야 한다는 게 제 의견입니다."

아오카게가 칼라 없는 코트를 나부끼며 돌아보았다. 어둠 속에 희미하게 드러난 폐자재 더미와 크레인 차량이 배경이라는 점만 빼면 제법 멋져 보이는 몸짓이었다.

사무실 내부 조사를 끝낸 아오카게는 혹시 모르니 공장 대지를 한번 둘러보고 싶다는 말을 꺼냈다. 정문 이외의 통로가 있는지 확인한다는 명목이었지만, 사실은 하루사키와 함께 사건 내용을 정리할 시간을 내기 위해서였다. 그동안 오니기와 야쿠시지는 사무소에서 담배를 피우거나 아오카게가 내민 계약서를 읽어보고 있을 것이다.

"왜 그렇게 화를 내는 거지?"

"다 알면서 뭘 물어보세요? 오늘 진짜, 몇 번이나 지릴 뻔했는지 모른다고요. 아무리 아오카게 씨가 목숨 아까운 줄 모른다지만, 야쿠자를 상대로 그렇게 거만하게 나가는 게 말이 됩니까?"

"그렇지 않아, 하루사키 군. 그런 뒷골목분들 앞에서는 얕보지도 않고 얕보이지도 않는 딱 적당한 긴장감을 유지하지 않으면 바로 호구 잡힌다고 봐야 하거든. 의연한 태도를 끝까지 잃어선 안 돼. 만약 조금이라도 우리가 양보하거나 약한 모습을 보여서 파고들 여지를 줬다면, 아까 계약서에 사인은 절대 못 받았을걸."

"거기에 계약서를 놔두고 오시던데, 범인은 루리야밖에 없으니까 탐정이 개입할 여지가 없잖아요. 정말 어쩌려고 그러세요?"

"어, 그렇게 생각해? 그럼 하루사키 조수의 추리를 들어볼까?"

"추리고 뭐고, 방범 카메라에 찍힌 건 도죠 루리야밖에 없으니까 당연히 루리야죠."

"그럼 한번 루리야 씨가 아니라고 가정해보자. 도죠 루리야가 아니라면 누가 범인이라고 생각해? 감시 카메라는 어떻게든 피했다고 치고."

"감시 카메라를 어떻게든 피했다는 가정 자체가 무의미하다고요. 응접실 입구는 그 문뿐이고, 창문으로 침입한 흔적도 없었잖아요. 탐정이 풀어내야 할 수수께끼 같은 건 전혀 없어요. 이런 사건에 골머리 썩을 시간이 있으면 제 졸업 논문이나 도와주시든가요. 전에도 이야기했던 그, 뼈가 뽑혀 나간 시체 말이에요. 2004년부터 계속 발생 중인······."

"그렇게 좁은 사고방식에 갇혀 사니까 인생이 재미없어지는 거야. 내 말대로 일단 루리야 씨를 제외하고 누가 범인인지 생각해봐."

졸업 논문에 대한 부탁은 완전히 무시해버렸다. 하루사키는 한숨을 쉬면서도 마지못해 자기 의견을 털어놓았다.

"상황 증거를 전부 무시해도 된다면, **범인은 오니기겠죠.**"

"호오."

아오카게가 흡족한 듯이 양손을 펴 내밀었다. 계속 말하라는 포즈였다.

"아니, 근거나 논리가 전혀 없는 **독심술** 내지 선입견 같은 거지만…… 오니기한테서 왠지 거짓말을 하고 있다는 느낌이 들지 않아요? 특히 우로코가타를 자기 오른팔처럼 생각한다는 부분이요. 오른팔이 죽은 것치고는 그렇게까지 슬퍼하는 느낌이 없다고 할지, 뭔가 연기 같단 말이죠. 군데군데의 말과 행동이요."

휘이이, 하고 아오카게가 휘파람을 불었다.

"자넨 역시 멍때리는 것 같으면서도 사람의 얼굴이나 목소리는 자세히 관찰한다니까."

"아오카게 씨한테 비할 바는 못 되지만요."

"그런 관찰력을 활용해서 잘 생각해 보라니까."

"아니, 오니기가 수상하긴 해도 루리야가 범인! 증거는 감시 카메라! 이상 끝……이라는 생각밖에 안 드는데요."

아오카게가 말없이 하루사키를 바라보았다. 부스스한 머리카락이 겨울바람을 맞아 더욱 헝클어져 있었다. 싱긋 웃으면서도 눈동자에는 도발적인 빛이 서려 있다.

"어, 설마 정말로 루리야가 범인이 아닌 거예요?"

아오카게가 "글쎄~." 하고 장난스럽게 입을 오므리는 걸 보며 하루사키는 확신했다. 이건 진심일 때 나오는 표정이다.

"아무리 봐도 루리야가 범인일 수밖에 없다고 생각했어요. 루리야의 범행이라는 걸 오니기에게 어떻게 납득시키느냐가 관건일 거라고요."

"적어도 자네 말처럼 단순한 사건은 아니야."

"그러면 아오카게 씨는 이미 다 알아내신 거예요?"

"당연하지."

하루사키는 "말도 안 돼……" 하고 탄식했다.

"그럼 이제 빨리 오니기에게 진상을 알려주고 퇴근하죠."

"진상은 알아냈는데, 그걸 어떻게 전달할지 고민 중이야."

아오카게는 익살스럽게 양손으로 머리를 감싸 쥐는 시늉을 해 보였다.

"솔직히 사건에 대한 건 전부 알아냈는데, 의욕이 전혀 안 생겨서 말이야. 순서대로 정확히 설명하는 게 중요한 사건인 건 아는데, 그 절차나 방법을 고민하는 게 너무 귀찮아."

평소 같으면 현장에 도착하자마자 탐정 모드로 전환해서 잘난 척 이것저것 지시하고, 조사하고, 탐문 조사하느라 신나게 돌아다니고, 진상을 밝혀낸 순간부터는 어떤 추리소설의 탐정보다도 요란하게 자기 추리를 과시하는 사람이었다.

"별일이 다 있네요. 텐션 좀 올리시죠."

당신만이 알고 있다

"하루사키 군은 이번 연도 M-1 봐?"

급격한 화제 전환이었다. 아오카게 옆에 붙어 있다 보면 자주 겪는 일이지만, 매번 당황스럽다. 지금 대화와 만담 대회 프로그램이 대체 무슨 상관이 있단 말인가.

"아니, 바로 오늘이 M-1 하는 날 아닌가요? 이제 슬슬 방송이 끝나갈 텐데요. 아오카게 씨 따라 수상한 해체공장에 끌려온 덕분에 저까지 못 보게 됐고요."

"그래, 못 보게 됐지."

당장이라도 한 대 때리는 게 아닐까 싶을 만큼 감정이 실린 말투였다.

"거기 나오는 만담가 중에 내가 좋아하는 팀이 있거든. 친구가 알려준 고등학생 남녀 콤비인데, 엄청 재밌는 애들인데다가 여기 기리시마에 살더라니까? 상점가 같은 데서 길거리 공연도 해. 꼭 결승까지 진출하길 응원했는데, 준준결승을 통과하는 것까지는 봤지만 그 뒤로는 결과를 알게 되는 게 왠지 무서워지더라고. 그래서 일단 모든 SNS와 뉴스 앱을 스마트폰에서 삭제해서 정보의 원천을 차단하고 있어."

"와아, 고등학생이 준준결승까지 간 것만 해도 꽤 대단하잖아요. 천재인가 보네."

그러자 아오카게가 언성을 높였다.

"다 안다는 듯이 말하지 마! 그 두 사람은 분명 엄청난 노력 가일 거야. 아니, 이것도 결국 아는 척이겠지만……. 어쨌든 남이 이뤄낸 성과를 천재라는 두 글자로 치부해버리는 건, 내가 용서 못 해."

"아, 네."

그것 말고는 대답할 말이 없었다.

"어쨌든 원래는 오늘 결승전 방송에서 결과를 확인하려고 했는데, 방송을 보는 순간 내가 응원하는 애들이 결승전에 남았는지, 아니면 떨어졌는지 알게 되잖아? 보고 싶지만 볼 수 없는 상태로 계속 TV 앞에서 끙끙거리는 와중에 이번 의뢰 전화가 걸려온 거지. 그래, 일단 일 핑계로 도망치자고 생각하면서 이런 우중충한 현장으로 와 본 건데, 막상 TV 앞을 떠나니까 결과가 미친 듯이 궁금해져서……. 생방으로 볼 수 없다는 게 너무 괴로워서 아무것도 생각하기 싫고, 추리 같은 건 더 하기 싫고, 추리 쇼 같은 건 더더욱 하기 싫고, 지금 당장 집에 가서 녹화한 걸 보고 싶어."

하루사키는 예상치 못한 열정 앞에서 조금 압도당하며 말했다.

"이미 트위터 같은 곳에는 결과가 올라왔을걸요?"

"난 제대로 만담하는 장면을 보고 싶다구."

"그런데 만약 준결승에서 떨어졌으면 오늘 낮에 패자부활전에 나왔을 텐데요? 같은 과 친구한테 그런 이야기를 들었던 것 같은데……."

아오카게가 눈을 동그랗게 떴다. 잠시 딱딱하게 굳어 있다가 실이 끊어진 꼭두각시 인형처럼 그 자리에서 힘없이 무너져 내렸다.

"그래…… 듣고 보니 그러네……. 만약 준결승에서 떨어졌어도 그것까지 생방으로 확인해야 했어……. 역시 쓸데없는 고집부리지 말고 방송을 계속 봤어야 했는데……. 아니, 그 아이들이라면 분명히 결승까지 갔을 테지만, 남은 경쟁자들도 전부 쟁쟁한 실력자들뿐이었으니까 어찌 됐을지는……."

"지금 여기서 만담은 하나도 안 중요하니까, 일단 사건의 진상을 어떻게 설명할지부터 생각하시죠. 아오카게 씨가 만담 대회의 결과를 바꿀 수는 없어도 이 사건의 범인은 밝혀낼 수 있으니까요. 탐정이시잖아요."

"……너무 맞는 말이네."

"같은 과 친구가 결승이랑 패자부활전까지 다 녹화해둔다고 했으니까, 걔한테 외장 하드 빌려서 같이 보면 되잖아요. 일단 지금은 1400만 엔을 받고 일찍 퇴근하는 데만 집중해주시죠."

"맞아, 억지로 텐션을 끌어올리려고 1400만을 부른 거였지……."

하루사키의 걸음이 멈췄다.

"평소보다도 훨씬 비싸다 싶더니, 설마 정말 그런 이유로……?"

"아니, 어쩌겠어. 솔직히 추리 자체는 너무 쉽고 단가의 절반 정도만 받아도 될 수준이긴 한데, 엔진에 시동이 전혀 안 걸리는걸. 오니기 씨는 처자식도 없고 제법 높은 위치에 있는 야쿠자일 텐데도 시계나 옷에 사치를 안 부리는 걸 보면 모아놓은 돈이 제법 많겠다 싶었거든. 업무 의욕을 불러일으키려고 2배로 불러본 건데 그렇게 쉽게 받아들일 줄은 몰랐지."

"당신, 장난해 지금?! 그러다 진짜로 빡치게 만들었으면 우린 다 끝장이었어! 고작 그런 이유로 야쿠자한테 바가지를 씌우는 인간이 대체 어디 있냐고!"

하루사키는 나이도 고용 관계도 잊은 채 마구 쏘아붙였다. 아오카게는 배 앞에서 손깍지를 긴 채 몸을 배배 꼬며 사과했다.

"미안해애."

작위적인 반성의 몸짓―하루사키를 노골적으로 놀리고 있다.

"……뭐, 알았어. 하루사키 군의 의견도 좋은 참고가 됐으니까, 의욕을 좀 내볼까."

당신만이 알고 있다

경쾌한 선언과 함께 크게 기지개를 켰다. 그녀의 눈에 진지한 빛이 깃들었다. 이제부터 전투에 나서는 자의 얼굴이다.

"살짝 실력 발휘 좀 해보자. 1400만 엔 값은 해야지."

검지에 낀 반지를 소중하게 매만지며 중얼거렸다.

$$\oplus$$

"탐정 스킬을 통해 범인을 가려냈습니다."

아오카게는 입을 열자마자 그렇게 호언장담했다. 야쿠시지와 오니기의 안색이 바뀌었다.

"아, 그 전에 계약서부터 받아두고요. 참고로 일단 외부 펜스 같은 곳은 다 돌아봤지만, 정문이 아닌 곳으로 들어오긴 어려울 것 같더군요. 특별히 개구멍 같은 게 뚫려 있는 곳도 없고, 위로 뛰어넘으려 해도 유자철선이 꼼꼼하게 둘러쳐져 있으니까요. 처음부터 그쪽은 의심하지 않았지만, 일단 살펴보고 왔습니다."

실제로는 전부 돌기 귀찮아져서 중간에 돌아온 것이지만, 아오카게는 굳이 그걸 언급하진 않았다. 오니기에게서 계약서를 받아들고 다시금 가방에 갈무리했다.

"일단 앞서 언급했듯이 이번 사건의 초점은 예스와 노의 양

자택일—다시 말해 도죠 루리야 씨가 범인인가 아닌가에 맞춰져 있습니다. 의뢰하신 오니기 씨가 가장 신경 쓰시는 것도 그 부분일 테고, 만약 루리야 씨가 아니라면 다른 범인의 이름을 알려드리는 게 제 임무겠죠. 여기까지 이해하셨습니까?"

"답답해서 미치겠군. 결론부터 말해."

오니기는 명백하게 애가 타는 목소리로 재촉했다. 그러나 아오카게는 태연히 손가락을 흔들어 보였다. 탐정다운 동작이었다.

"이번 사건에서는 여러 가지 전제를 명확히 정리하고 이해하는 것이 중요합니다. 솔직히 저도 아직 배경 사정은 전부 파악하지 못했고 범행 동기도 불명입니다. 그래도 범인에 관한 건 정확히 밝혀드릴 테니 걱정은 마시고요."

시곗바늘은 23시를 지나고 있었다. 창문으로 불어 들어온 강바람이 몸에 남은 온기를 남김없이 빼앗아갔다. 하지만 오니기는 몸 어딘가에서 열기 같은 것이 뿜어져 나오는 듯이 거구를 부들거리고 있었다.

"알았으니까 일단 대답해. 루리야가 범인인 거냐?"

"아니요. 범인이 아닙니다."

오니기가 주먹을 꽉 말아쥐는 소리가 들리는 것 같았다. 빨리 다음 이야기를 듣고 싶다는 듯 고개를 끄덕거리는 오니기와

당신만이 알고 있다

달리, 야쿠시지는 바로 항의했다.

"그렇게 말씀하시는 근거가 뭡니까? 탐정님. 미리 말해두겠습니다만, 조직의 견해에 반대되는 주장을 하시려면 그럴 만한 논리와 각오가 있으셔야 할 겁니다."

"물론 근거와 진범을 세트로 설명해드려야죠. 그 통신기 너머에서 듣고 계실 미도리하라파 여러분도 잘 이해할 수 있도록, 꼼꼼히요."

오니기가 흠칫 놀라며 야쿠시지를 돌아보았다. 야쿠시지는 표정 하나 바뀌지 않고 잠시 망설이다가 응접 테이블 위로 휴대용 통신기를 내려놓았다. 통신 중임을 나타내는 램프에 빛이 들어와 있다.

"무슨 문제라도 있습니까?"

아오카게에게 하는 말 같기도 하고, 오니기에게 하는 말 같기도 했다. 어느 쪽이든 아무도 자기 행동을 탓하지 못할 거라는 강한 주장이 담긴 행동이었다.

"날 그렇게 못 믿으시는 거요?"

오니기가 물었다. 분노보다는 원망과 허망함이 드러나는 목소리였다.

"저는 완력으로 당신을 당해낼 수 없습니다. 당신이 이 자리에서 제 입을 막으려 들 가능성까지 염두에 두고 움직이는 게 제 방식입니다."

"내가 형님의 입을 막아요? 그게 말이나 되는 소리요? 미도리하라 큰형님과는 처음에 대등한 입장으로 연을 맺었지만, 나중에 내가 자청해서 아우가 되기로 한 건 야쿠시지 형님도 기억하고 계실 거요. 내가 부하 놈들을 의심해본 적이 없는 것처럼, 미도리하라파에 대한 의리와 은혜도 잊어본 적이 없는 사람이오."

오니기가 그 둥근 얼굴을 잔뜩 일그러뜨리며 말했다. 야쿠자 용어를 전부 알아듣긴 힘들었지만, 야쿠시지에게는 그의 마음이 전해졌는지 겸연쩍은 표정으로 시선을 피하는 게 보였다. 덩치 큰 남자의 우는 얼굴은 분노한 얼굴과는 다른 느낌의 박력이 있었다.

"자, 그럼 관객이 다 모였으니 시작해도 되겠죠?"

아오카게가 선언하자 야쿠시지는 무선 이어폰을 귀에 장착했다. 아마 그걸 통해 조직의 지시를 들으려는 것이리라. 굳이 감추지도 않는 걸 보면, 얼토당토않은 소리가 나오는 즉시 손을 쓰겠다는 의사 표시 같기도 했다.

하루사키는 아오카게가 설마 실수할 리는 없다고 생각하면서도 긴장을 전혀 놓을 수도 없는 입장이었다. 일단 아오카게에게서 사건의 진실에 대해 전혀 듣지 못한 탓이다. 끝까지 뜸을 들이는 것도 탐정의 비법이라는 게 아오카게의 주장이었다.

"그럼 이번 사건을 하나씩 정리해보죠. 감시 카메라 영상을 통해 오늘 18시 반쯤에 우로코가타 씨가, 그 10분 뒤에 루리야 씨가 이 응접실에 들어오는 모습이 확인되었고, 우로코가타 씨의 시체가 이곳에 남아 있습니다. 그래서 야쿠시지 씨를 비롯한 미도리하라과 여러분은 루리야 씨가 범인일 거라고 강하게 의심하고 계신 것 같지만, 애초에 고작 이 정도의 정보만으로는 루리야 씨가 범인이라는 상황 증거조차 성립하지 않습니다. 입구 카메라에 찍히지 않고 응접실로 들어올 수만 있다면 누구에게나 범행은 가능하니까요."

"그게 불가능해서 문제 아닌가? 카메라는 문 전체를 비추고 있고 창문을 통해 침입한 흔적도 없어. 물론 1층과 연결된 비밀 통로…… 같은 것도 없다."

오니기의 지적에 아오카게는 싱긋 웃으며 고개를 끄덕였다. 마치 그 질문 덕분에 설명이 원활히 이어질 수 있어서 고맙다는 듯이.

"물론 다른 침입 경로가 없다는 건 저도 알고 있습니다. 하지만 저희가 모든 감시 카메라 영상을 확인한 건 아닙니다. 제가 본 건 18시경부터 이어지는 영상뿐이고, 젊은 조직원분들이 확인했다는 영상도 이틀 전 우로코가타 씨가 여기 들른 장면부터 오늘까지의 분량뿐이죠."

"설마―범인이 이틀 전보다 일찍 이 방에 들어와 잠복해 있었다는 말입니까?"

야쿠시지가 비웃듯 말했다. 하찮은 추리는 입 밖에 내지 말라는 압박이었다.

"모든 가능성을 고려해야 하는 제 입장을 설명해드리기 위해 짚고 넘어간 것뿐입니다. 당연히 잠복 가능성은 희박합니다. 응접실을 확인한 결과, 사람이 사흘 동안 잠복해 있던 흔적은 없었으니까요. 화장실도 1층에만 있고 몸을 숨기기에 적합한 공간이라 할 수는 없습니다."

"쓸데없는 잡설이 길군요. 결론부터 말씀하시죠."

하루사키는 솔직히 야쿠시지가 내뱉은 재촉에 동의하고 있었다. 뜸 좀 그만 들이고 빨리 말하라고.

"다른 가능성을 제외해나가는 건 제 추리를 더 잘 이해시켜드리기 위해 꼭 필요한 과정입니다. 하지만 크리스마스이브의 귀중한 시간을 너무 낭비해서도 안 되겠죠. 조금 빨리 진행하겠습니다. 잠복 가능성이 희박하다면 역시 루리야 씨가 범인일까요? 하지만 전 도무지 납득이 안 되더군요. 오니기 씨의 뜨거운 연설에 딱히 감화된 건 아니고, 루리야 씨를 범인으로 지목하게 된 과정이 영 석연치 않아서요. 방에 들어온 사람이 루리야 씨뿐이니까 루리야 씨가 범인…… 과연 정말로 그럴까요?"

아오카게가 손가락을 착 세우며 잠시 뜸을 들였다. 여기서부터 중요한 내용이 나옵니다, 하는 학원 강사 같은 손짓이었다.

"일단 분명히 말씀드리는데, 루리야 씨 외에 들어온 사람이 없다는 전제부터 잘못되었습니다. 들어온 사람은 두 명, 루리야 씨와 나머지 한 명입니다."

"설마 당신이 하고 싶은 말은─."

야쿠시지가 지금까지의 성급함을 버린 채 창백해진 얼굴로 아오카게를 바라보았다. 오니기는 진지한 표정으로 아오카게의 말을 기다리고 있었다.

아오카게가 한쪽 팔을 높이 들어 올렸다가 아래로 휘두르며 말했다.

"범인은 **우로코가타**입니다."

아오카게는 소리 높여 선언하는 동시에, 아래로 휘두른 손으로 누구도 가리키지 않고 주먹을 쥐었다.

범인은 이 안에 없다.

"추가 설명이 필요하겠군요─피해자는 루리야 씨입니다."

이번엔 시체를 가리키며 선언했다.

"솔직히 이 추리는 시체의 얼굴을 본 순간부터 머릿속에 떠올랐고, 어쩌면 오니기 씨와 야쿠시지 씨도 저와 똑같은 생각을 했을지도 모른다는 생각까지 했습니다. '얼굴 없는 시체'가 누워 있다면 당연히 피해자 바꿔치기부터 의심해야 하고, 탐정의 정석이란 책이 있다면 첫 5페이지 내에 언급될 만큼 기본적인 내용인 거죠. 뭐, 두 분은 우로코가타 씨와 루리야 씨의 생전 모습이 익숙할 테니 어쩔 수 없었을 수도 있겠네요."

바꿔치기 트릭—범인이 피해자이고 피해자가 범인이다. 고전적이라고도 할 수 있는 수법이지만 오니기와 야쿠시지의 눈에는 꽤 강렬하게 비친 것 같다.

"말도 안 되는 소리. 저건 아무리 봐도 우로코가타라고."

"그래, 바꿔치기라니…… 대체 무슨 근거로 하는 소리지?"

쉽게 받아들이지 못하는 두 사람 앞에서, 아오카게는 싱글거리는 미소를 거두지 않았다. 마치 무서워할 필요가 없다고 말하는 듯한 미소였다.

"카메라에 찍힌 문의 무늬를 기준으로 보면, 우로코가타와 루리야 씨의 키가 거의 같다는 사실을 확인할 수 있습니다. 패션과 얼굴 생김새가 상당히 다르긴 하지만, 반대로 말하면 **얼굴을 훼손하고 패션을 바꾸면 그것만으로 오인될 가능성이 크다는 얘기가** 되지요."

아오카게가 시체 쪽으로 뚜벅뚜벅 다가가더니 쪼그려 앉으며 무언가를 주워들었다.

"일부러 아까는 말하지 않았지만, 여기에 금발이 있네요. 아마 미처 회수하지 못한 거겠죠."

아오카게의 손에 들린 한 가닥의 금발—아무래도 루리야의 머리카락인 것 같았다. 오니기가 땅울림 같은 신음을 냈다.

"처음 봤을 때부터 머리 아래로는 상처가 없는 것치고 옷매무새가 너무 흐트러져 있다는 생각이 들었습니다. 자, 여길 봐주시죠."

아오카게가 시체가 걸친 화려한 셔츠의 첫 번째, 두 번째 단추를 풀고 그 안에 입고 있던 검정 히트텍을 뒤집었다. 오니기와 야쿠시지가 시선을 마주 보더니 천천히 다가왔다.

"검은색이라 알아보기 힘들지만, 여길 보세요. 긁힌 것 같은 핏자국이 묻어 있죠? 셔츠 바깥면에 묻은 피라면 안면에서 튄 것이겠지만, 내의 안쪽에 혈흔이 남아 있는 건 누가 봐도 이상합니다. 몸쪽에는 상처가 전혀 없으니까요."

"설마 이거, 머리에서 나온 피인가……?"

"그렇습니다. 아마도 총으로 사살한 다음 머리에 비닐봉지 같은 것을 씌워서 원래 입고 있던 옷을 벗긴 후, 지금의 옷을 입혔겠죠. 물론 셔츠뿐만 아니라 내의까지요. 그때 비닐봉지로 완벽히 덮여 있지 않았던 건지, 아니면 새어 나온 건지 모르겠지만, 아무튼 여기에 어쩌다 피가 묻은 것으로 볼 수 있겠습니다.”

오니기의 얼굴이 창백해져 갔다. 그리고 야쿠시지의 얼굴은 그보다도 빠르게 핏기가 사라지고 있었다.

“정리해보자면 이렇습니다. 우로코가타는 루리야 씨를 이 사무소로 불러내서 야쿠시지 씨에게 할 말이 있다는 메시지를 보내게 한 다음 루리야 씨의 머리에 총을 쏴서 살해했습니다. 그리고 자신과 루리야 씨의 옷을 바꿔치기한 뒤 시체의 머리카락을 전부 제거하고 얼굴을 알아볼 수 없을 정도로 구타해 훼손시켰습니다. 그다음, 외부 범행으로 위장하기 위해 방 안을 어지럽히고 감시 카메라의 전원을 끄고 나서 당당히 밖으로 나간 것이죠. 범행 도구인 총이라든지 구타에 사용한 둔기와 루리야 씨의 머리카락 같은 증거품은 여길 나가면 바로 보이는 미야베 강에 버려서 처분했을 테고요.”

아오카게는 여기서 일단 말을 멈추고 경악에 휩싸인 오니기와 야쿠시지의 얼굴을 번갈아 바라보았다. 추리를 이해할 시간을 주는 것도 탐정에게 꼭 필요한 배려라고 전에 말했던 게 기억났다.

아오카게는 두 사람의 입에서 질문이나 의견이 나오지 않는 것을 확인하고 나서 “아, 급하다고 하셨죠?” 하고 웃으며 말을 이어나갔다.

"애초에 감시 카메라도 이상하다는 생각이 들었습니다. 19시 이후부터는 영상이 남아 있지 않죠. 다들 전원을 껐을 거라는 결론을 내렸지만, 그렇다고 해도 이상합니다. 루리야 씨가 범인이라면, 감시 카메라의 전원을 끄는 것보다 **카메라의 영상 데이터를 전부 삭제해버리는** 편이 훨씬 유리하니까요. 그랬다면 외부인의 범행을 비롯한 무수한 가능성이 생겨나면서 도조 루리야 씨가 유력 용의자로 지목될 일은 없었겠죠. 카메라의 스위치가 어디 있는지 알고 있는 사람이라면 데이터의 보존 장소와 삭제 방법도 당연히 알았을 테니까요."

그러고 보니 이곳은 폭력단의 사무소였다. 카메라 영상을 확인할 기회만큼 삭제할 기회도 많을 것이다. 그러니 아오카게의 말대로 전부 삭제해버리는 게 최선책이었다.

"바꿔치기를 성공하려면 일단 사망한 사람이 우로코가타라는 확증을 갖게 해야만 할 테고, 따라서 범인 후보도 명확히 해둘 필요가 있었던 거죠. 카메라에 자신과 바꿔치기 상대의 모습을 남겨둠으로써 피해자는 우로코가타, 범인은 루리야 씨라는 인상을 심어두었고, 모든 혐의를 루리야 씨에게 덮어씌운 덕분에 조직에선 이미 사망한 루리야 씨의 허상만을 뒤쫓게 되죠. 그러기 위해서는 감시 카메라의 입장 영상이 꼭 필요했던 겁니다."

아오카게는 거침이 없었다. 말이 길어질수록 이야기가 더욱 매끄러워지면서 듣는 이의 귀를 꽉 사로잡았다.

"굳이 루리야 씨에게 야쿠시지 씨를 부르게 한 것도 바꿔치기를 확실히 인식시키기 위해서였겠죠. 자기 조직의 오니기 씨뿐만 아니라 모조직의 간부인 야쿠시지 씨도 분명히 목격하게 해서 자기 죽음을 확정시키는 동시에 루리야 씨가 범인이라는 점을 분명히 만들려고 한 겁니다. 어쩌면 오니기 씨가 루리야 씨를 옹호할 거라는 점까지 예상해서 일부러 두 사람이 함께 시체를 발견하도록 짜 맞춘 것인지도 모르겠군요. 서로 다른 입장인 두 사람이 논의를 거쳐 내린 결론이라면 더욱 확고한 힘을 갖게 되니까요. 오니기 씨가 아무리 인정이 많은 사람이라 해도 카메라 영상만 있으면 조직은 루리야 씨를 범인으로 단정하고 수색에 나설 거라고 예상한 겁니다."

말도 안 되게 차갑던 공기가 열기를 띠기 시작했다. 아오카게의 이야기와 그에 호응하는 오니기의 체온이 방을 가득 메우고 있는 듯했다.

"저의 추리는 여기까지입니다. 그럼 질의응답 시간으로 넘어가 볼까요? 아아, 처음 말씀드렸듯이 범행 동기는 불명입니다. 어쩌면 루리야 씨와 개인적인 문제가 있었는지도 모르고, 다른 이유 때문일 수도 있겠죠. 그건 우로코가타를 붙잡아서 본인에

당신만이 알고 있다

게 직접 듣는 수밖에 없겠네요. 빨리 수색에 나서지 않으면 아마 금세 얼굴을 바꿀 겁니다."

"……증거가 없잖아."

야쿠시지가 지금까지의 정중한 말투를 버리며 말했다.

"바꿔치기했을 가능성이 있다니, 그거야말로 상황 증거일 뿐이잖아. 그 말만 듣고 믿으라고?"

"……야쿠시지 씨의 말이 맞네. 루리야가 죽고 우로코가타가 범인이라니, 그건 그것대로 못 믿겠군."

"알겠습니다. 솔직히 저도 지금까지 그럴듯하게 추리 내용을 설명 드렸지만, 확증이 있는 건 아닙니다. —하지만 확인할 방법은 준비해뒀습니다."

아오카게가 응접 테이블 위를 가리켰다. 그곳에 놓여 있는 것은 야쿠시지가 꺼낸 소형 통신기와— 루리야의 스마트폰이었다.

"루리야 씨의 스마트폰은 아이폰8—지문 인식 기능이 있죠? 오니기 씨, 시체의 손가락을 대보시죠."

넋이 나간 듯 멍한 오니기의 등을 아오카게가 슬며시 밀어주었다. 오니기는 퍼뜩 정신을 차린 듯이 테이블 위의 스마트폰을 집어 들었다. 경황이 없는 탓에 장갑도 끼지 않고 만졌지만 아오카게는 탓하지 않았다.

오니기가 천천히 시체의 손을 쥐고 아이폰에 갖다 댔다. 모두가 마른침을 꿀꺽 삼키는 소리가 들리는 듯했다. 오니기가 일어서서 뒤를 돌더니 떨리는 손으로 액정을 보여주었다. 잠금이 해제되어 홈 화면이 표시되어 있었다.

오니기는 다시 스마트폰 화면을 조작했다. 그 전화기 안에 남아 있는 정보를 샅샅이 뒤지려는 듯이.

아마 메시지와 사진 등을 통해 정말 루리야의 아이폰인지를 확인하려는 듯했다. ─마음속으로는 그러지 않기를 기도하면서.

하지만 그 기도는 이뤄지지 않은 모양이다. 오니기는 무릎을 꿇으며 엎드렸다.

"루리야, 왜 네가…… 왜 네가 죽은 거냐……!"

묵직하게 흐느끼는 울음소리가 사무소 안에 메아리쳤다. 야쿠시지도 괴로운 얼굴로 가만히 서 있었다. 하루사키 역시 아무 말도 꺼낼 수 없었다.

얼어붙은 공기 속에서, 아오카게가 짐을 챙기며 시원스레 말했다.

"이상으로 제 추리는 끝났습니다. 오니기 씨, 반액 선불이라고 말씀드렸지만 이미 다 해결되었으니 전액 후불로 주셔도 상관없습니다. 제대로 세무 처리한 뒤에 지정된 계좌로 입금해주시죠."

$$\oplus$$

사건이 있었던 크리스마스이브로부터 사흘 뒤, 하루사키는 아오카게의 사무소를 찾았다. 약속했던 외장 하드를 가져다주기 위해서였다. 지난 사흘 동안 37건의 부재중 통화 기록이 남을 만큼 엄청난 재촉을 받았지만, 왠지 모르게 걸음이 내키지 않아 계속 미뤄왔다.

하지만 계속 버티면 집으로 찾아가겠다는 식의 부재중 메시지까지 남기는 걸 보고, 눈 딱 감고 과 친구에게 외장 하드를 빌려 가져온 것이다.

"얼마나 기다렸는지 몰라, 하루사키 군. 지난 사흘 동안 M-1을 신선한 기분으로 보기 위해 모든 SNS와 인터넷 뉴스, TV, 라디오까지 안 보고 살았는데, 어, 무슨 일 있어? 표정이 왜 그렇게 어두워?"

아오카게 탐정 사무소는 엄청난 수익을 올리는 것치고는 허름한 업무 환경이라 할 수 있었다. 고이즈미 상점가 북쪽의 주거용 아파트(승강기 없음) 4층에 자리했고, 넓이도 12평 남짓이었다. 낡은 소파와 유리 테이블, 그리고 아오카게 전용 책상에 에이서사(社)의 노트북 PC만 한 대 놓여 있을 뿐이다. 그 흔한 모니터조차 없다.

아오카게는 완전한 휴식 모드에 들어가 있었고 운동복 차림에 민얼굴에 안경, 그리고 앞머리를 고무밴드로 묶어놓은 모습이었다. 흑과 백이 뒤섞인 붓끝 같은 상투 머리다.

"특별한 일은 없는데요. 그것보다 고무줄로 머리 묶는 것 좀 안 하면 안 됩니까? 돈도 많이 버는 분이."

"내 머리를 뭐로 묶든 내 맘이잖아."

"그러니까 남친이 없죠."

"남친이라……. 원래는 관심도 없었는데, 요즘 들어 조금 필요해진 것 같긴 해."

외장 하드만 놓고 그냥 돌아가려던 하루사키는 문득 동작을 멈추고 아오카게를 바라보았다.

"아니, 고등학교 시절 친구가 엄청 달달한 연애를 하는 것 같아서 뭔가 부러워지더라고. 나도 오랜만에 연애하고 싶다~ 하는 생각도 들고."

"아오카게 씨한테도 그런 감정이 있으셨군요. 그러면 일단 사무소에 운동복 차림으로 출근하는 것부터 고치는 게 어떨까요?"

"아직도 신경 쓰이는 거야? 그 야쿠자 사건."

당신만이 알고 있다

촌스러운 둥근 테 안경 안쪽의 날카로운 눈빛. 하루사키는 살짝 한숨을 쉬었다.

"솔직히 아오카게 씨답지 않았잖아요. 추리는 허점투성이였고. 그래놓고 1400만이나 받는다는 건 솔직히 사기나 마찬가지라는 생각이 들었어요. 탐정 자격이 없는 것 아닌가요?"

지난 사흘 동안 혼자 끙끙댔던 고민을 솔직하게 털어놓았다.

"어떤 점에서 그랬는데?"

"감시 카메라 영상이 위조됐을—며칠 전의 영상과 바꿔치기 됐을 가능성도 있고, 감시 카메라의 전원이 끊어진 뒤에 범행이 이뤄졌을 가능성도 있었죠. 야쿠시지와 오니기가 우연히 공장 앞에서 만나지 않았다면 당연히 최초 발견자도 범인으로 의심받았을 테니 우로코가타의 의도대로 흘러가지 않았을 테고요. 애초에 경찰에 신고했다면 치아 상태나 DNA 감식으로 금세 들킬 바꿔치기를 굳이 할 필요가 있었을까 하는 식으로 지적할 부분은 얼마든지 있었는데, 그걸 멋진 추리 연설로 억지로 납득시켜서 1400만이나 받아내다니……. 아무리 상대가 반사회적 조직이라지만 그래도 되는 건가요?"

아오카게가 손을 척 들며 검지를 세웠다. 그녀가 가리킨 곳에는 이 살풍경한 사무소에서 유일하게 고집이나 취향 같은 것이 반영된 아이템—네 글자의 한자가 적힌 한지가 액자로 전시되어 있었다.

"이 사무소의 사상과 신념과 철학은 고객 우선이야. 그게 흔들린 적은 단 한 번도 없었어. 이번에도 난 이 사상과 신념과 철학에 부끄럽지 않도록, 최선을 다해 탐정의 임무를 완수했다고 확신해. 응원하는 만담가를 볼 수 없게 돼서 텐션이 죽을 만큼 떨어진 상태였는데도 불구하고 말이지."

"오니기가 납득하기만 하면 전부 괜찮다는 겁니까?"

"그것 말고 또 뭐가 필요하지?"

"그런 식이면……."

"그 시체는 도죠 루리야가 아니었어."

하루사키가 꺼내려던 말이 호흡과 함께 멈춰버렸다.

"……그렇다면요?"

"말한 대로야. 그 시체는 루리야가 아냐. 당연히 우로코가타 씨지. 누가 죽였는지는 솔직히 모르겠지만, 아마 실랑이 끝에 실수로 총을 쐈거나 자살했거나, 둘 중 하나겠지. 그 자리에서는 밝히지 않았지만 손가락에 방아쇠를 당긴 것 같은 자국도 있었고."

"잠시만요. 이야기를 못 따라가겠는데요……. 어, 그럼 그때 했던 추리는요?"

"전부 거짓말."

표정 변화 없는 휴식 모드의 아오카게가 갑자기 무서워 보였다.

"왜 그런 짓을……."

"음~ 어쩔 수 없지. 하루사키 군에게도 설명해줄 테니까, 이건 정말 무덤까지 가져가야 해. 상대가 상대니만큼."

"그거야 뭐, 당연하죠."

이 사무소에서 아르바이트를 시작할 때도 비밀 유지 계약서에 사인을 한 적이 있다.

"일단 실제 사건 내용은 아주 단순해. 우로코가타 씨가 사무소에 들어오고 루리야가 들어온 다음, 우로코가타 씨가 어쩌다 머리에 총을 맞아서 죽었지. 그리고 루리야는 일단 우로코가타 씨의 옷을 전부 벗긴 다음 다시 입혀서 **위장한 것처럼 위장하는 작업**을 했어. 다음엔 얼굴을 훼손하고 방을 어지럽히고 감시 카메라를 끄고, 자신의 금발을 일부러 떨어뜨리고, 하는 김에 자기 휴대 전화도 소파 사이에 끼워두고 도주했어. 그게 다야."

죽은 사람 외에는 경칭을 쓰지 않는 것이, 아오카게가 이 일을 이미 끝난 사건으로 보고 있다는 증거였다.

"그게 다라니……. 아니, 뭐하러 그런 짓을 한 건데요?"

"뭐하러 그랬는지는 나도 모르지만, 뭐 대충 조직에서 벗어나고 싶어도 벗어날 수 없었던 루리야가 새 인생을 찾기 위해

한바탕 연극을 꾸민 게 아닐까?"

"그럼 당신은 왜 그런 추리를 하셨어요? 설마 야쿠시지의 의뢰 전화를 받기 전부터 루리야와 한패였던 건가요?"

"그럴 리가 있겠어? 그 사람들과는 그때 전부 처음 만났어. 옛~날에 미도리하라파에서 일을 받은 적이 있긴 한데, 그것도 단순한 사람 찾기였고. 야쿠시지와 오니기는 물론이고, 우로코가타 씨와 루리야도 첫 대면이었지."

"그렇다면 어째서……."

"바꿔치기로 위장한 흔적이 보였고, 거기에 고객인 오니기 씨가 관여한 것 같았으니까 거기에 장단을 맞춰준 거야."

아오카게 탐정의 비밀 공개—추리가 거짓일 거라고는 전혀 의심하지 않았던 하루사키에게는 충격적인 사실이었다.

"바닥이 어질러진 방식도, 얼굴 없는 시체도, 몇 가닥만 남아 있는 금발도 지금까지 내가 경험해온 현장과는 다르게 **간파당할 것을 전제로 한** 작위적인 냄새가 풀풀 났거든. 아아, 이건 뭔가 숨겨진 의도가 있겠구나 싶어서 그 전제대로 움직이기로 했지. 그랬더니 오니기가 자기 개인 돈으로 1400만을 내겠다고 하는 걸 보고 이 조작에 관여한 게 바로 이 사람이라는 확신이 들었고, 그때부터는 돈을 지불할 의뢰인의 의도를 그때그때 얼마나 잘 읽어내느냐의 문제로 바뀌었어. 오니기와 야쿠시지의 관계

당신만이 알고 있다

도 대충 감이 왔고, 이건 뭔가 사정이 있겠구나 생각하면서 진행했더니 바꿔치기 트릭을 추리로 도출해달라는 메시지가 여기저기서 나오길래, 거기 맞춰서 해결해줘야겠다고 생각한 것뿐이야."

"그래도—그럼 그 아이폰은 뭐였던 건데요?"

하루사키는 제대로 돌아가지 않는 머리로 가장 쉽게 떠올릴 수 있는 반박을 했다.

"시체의 손가락으로 잠금이 해제된 거면, 그 시체는 분명히 루리야인 거잖아요?"

"그건 오니기가 자기 손가락으로 눌러서 해제시킨 거야."

아오카게가 어깨를 으쓱거렸다.

"손가락이 그렇게 굵은데 의외로 움직임이 섬세해서 감탄하면서 봤어. 야쿠시도 많이 당황한 상황이라 전혀 알아채지 못한 눈치였지. 하루사키 군이 서 있던 위치에서는 마침 안 보였을 수도 있겠네. 교묘~하게 시체 손가락을 꺾어서 자기 손가락으로 인증한 거야. 자연스럽게 장갑 없이 만질 수 있게, 그 전부터 감정이 격해진 연기도 하고 있었고. 오니기는 생긴 것과 다르게 엄청난 연기파였어."

"아니, 그것보다 일단 왜 루리야의 스마트폰이 오니기의 지문으로 해제됐는지—아, 설마……."

"맞아. 오니기의 지문이 등록되어 있었어. 비밀번호를 알아두고 시체 발견 뒤에 야쿠시지의 눈을 피해 설정해둔 건지, 아니면 이런 기회가 찾아올 것을 예상하고 사전에 설정해둔 건지는 모르겠지만."

"하지만 그때 시체 손가락으로 인증하라고 몰아간 건 당신이잖아요. 오니기의 손가락으로 해제할 수 있다는 걸 어떻게 안 거죠?"

"그 아이폰에 오니기의 향수 냄새가 유난히 많이 배어 있어서, 중요한 아이템으로 사용할 거라는 생각이 들었거든. 지방시의 울트라마린 냄새 같았어."

"향수 종류는 아무래도 상관없고요."

"애초에 지문 인식은 시체의 손가락으로 해제가 안 돼. 흔히 생체 인식 기능이라고 하잖아. 전하(電荷)를 읽어내는 시스템이라 전기 흐름이 정지해버린 시체에는 반응하지 않지. 야쿠시지는 그걸 몰랐던 모양이지만."

너무 위험한 도박이었다. 만약 야쿠시지가 그 사실을 알았다면 바로 논파를 당하고 끝났을 테니까. 그 모든 게 물구나무로 외줄 타기를 하듯 불안정했다. 애초에―.

"애초에 의뢰를 해온 건 야쿠시지 쪽이었잖아요? 야쿠시지가 그때 탐정을 부르지 않았다면 전부 끝장이었고, 꼭 아오카게 탐정 사무소로 의뢰한다는 보장도 없었을 텐데요."

"만약 루리야가 범인이라는 분위기로 흘러갔다면 바닥에 떨어진 금발 같은 걸 지적하면서 제대로 조사하자는 식으로 몰아갔을 거야. 탐정은 어차피 외부인이니까 바꿔치기 트릭을 알아채 주기만 하면 누구든 상관없었을 거고."

아오카게는 조금 싫증이 나기 시작했는지 손톱 옆의 굳은살을 만지작거렸다. 탐정 모드가 아닐 때는 항상 이런 식으로 자기 이야기에 금세 싫증을 내곤 했다.

"뭐, 그런 상황에선 당연히 사건 경험이 많은 사립 탐정을 불렀을 테고, 탐정이라면 얼굴 없는 시체를 본 순간부터 바꿔치기 트릭을 떠올릴 수밖에 없지. 이 동네에서 가장 실력이 좋은 건 바로 나니까, 나한테 의뢰가 올 수밖에 없었을지도 모르겠네."

"당신은 그걸로 된 거야?"

하루사키는 존댓말을 하는 것도 잊은 채 다그쳤다.

"아무 죄도 없는 우로코가타는 살인범으로 몰린 채 죽어버렸고, 가족이나 친구, 연인에게 마지막 작별 인사도 못 했어. 아무리 야쿠자라지만, 아무리 이미 죽었다지만 그렇게 누명을 씌우는 가짜 추리를 당당히 떠들어대면서 부끄럽지도 않았어?"

"말했을 텐데. 고객 우선이 우리 사무소의 사상이자 신념이

자 철학이라고. 자네도 잘 알겠지만, 난 진실보다는 현금을 더 소중히 여기는 탐정이거든."

아오카게는 그것으로 모든 설명은 끝났다는 듯이 고개를 깊이 끄덕거렸다. 만족스러운 표정으로 멍하니 혼잣말을 중얼거렸다.

"사고 싶은 물건도 많았고, 상환해야 하는 대출금도 있었는데 참 잘됐지 뭐야. 그런데 남은 대출금을 한꺼번에 상환하진 못하게 돼 있더라고. 그쪽에서 한꺼번에 돈을 받으면 곤란하다나 뭐라나. 아무튼, 야쿠자들은 이러니저러니 해도 많이 벌어들인다는 걸 알았어. 어제 의뢰비가 한꺼번에 입금됐더라고."

역시 이 탐정은 이상하다. 어딘가가 망가진 게 틀림없다.

애초에 그 현장을 본 순간 바꿔치기를 간파했다는 것부터 이상했는데, 마치 마음이라도 읽어낸 것처럼 오니기의 의도를 알아차렸다는 건 더 이상했다. 야쿠자를 납득시키고 1400만을 받아낼 만한 가공의 추리를 지어내서 당당히 떠들어댔지 않은가.

"아, 그러고 보니 깜빡하고 있었네. 하루사키 군의 보수는 특별히 10퍼센트인 140만이야. 학비에 보태 써."

"못 받습니다—저는 이번에 아무 역할도 못 했으니까요."

"조수는 옆에 있어 주는 것만으로도 충분해. 내 재능을 돋보이게 하기 위한 일반인 역할이니까."

그 무례한 말투에 욱하는 기분이 들었다. 탐정 모드일 때는 그렇게나 날카로운 통찰력을 보여주는 주제에, 평소엔 상대의 기분조차 헤아리지 못한다. 아니면 다 헤아리면서 일부러 약을 올리는 걸까?

"그 돈은 필요 없으니까 제 졸업 논문이나 도와주시죠. 연속 발굴 살인 사건이요. 의뢰비 140만이라고 치면 꽤 괜찮은 거래 아닌가요?"

"아니, 나도 그 사건에 대해선 알고 있지만 내 스킬은 그런 일에 쓸 수 없다니까 그러네. 외딴 섬이나 별장 같은 곳에서 벌어진 사건을 가져오면 해주겠지만, 호러 장르의 무차별 살인 사건은 절대 못 해."

역시 이번에도 이 의뢰는 거절당했다. 어쩌면 그렇게 완강히 거절하는 이유에 아오카게의 수수께끼를 밝힐 열쇠가 숨겨져 있을지도 모른다고 하루사키는 생각했다.

"그냥 받아. 항상 알바비 입금하던 계좌로 넣으면 되지?"

"필요 없다니까 그러시네."

하루사키는 여기에 더 머물렀다간 정말 140만을 받게 될 것 같아서 언젠가 이 탐정의 비밀을 밝혀내리라 맹세하며 외장 하드가 든 토트백을 내려놓고 떠났다.

제
2
장

청 춘 소 설
「최고 반응!」

"야, 도바시 지히로. 내하고 천하를 노려보지 않겠나?"

고등학교 2학년 5월, 현시점에서 아직 한 번도 대화해본 적이 없는 같은 반의 아사기 하유가 그 자그마한 얼굴로 날 올려다보며 학생 식당이라도 같이 가자는 말투로 말했다.

방과 후, 오후 6시였다. 특별 교실이 모인 서쪽 건물의 4층, 이 학교 안에서도 가장 사용 빈도가 낮은 '가정과 준비실'로 갈 때를 제외하면 전혀 지날 일이 없는 계단의 층계참은 다른 사람들에게 들려선 안 될 이야기를 하기에 안성맞춤인 장소였다.

"천하……라니?"

"내가 뭐 어려운 소릴 했다카노. 말한 대로다."

담황색 눈동자가 반짝반짝 빛나고 있다. 빛이라는 자극을 수용하는 게 아니라, 스스로 빛을 발하는 항성 같은 눈이다. 그 안에 담긴 에너지가 터져 나오듯 넘쳐흐르고 있다.

"라쿠이치라쿠자(역자주-樂市樂座: 일본 전국시대에 천하 평정에 나섰던 오다 노부나가의 상공업 규제 철폐 정책)나 일향종(역자주-일본 고유의 불교 종파로 전국시대에는 하나의 무장 세력을 형성해 오다 노부나가와 대립했다) 탄압이라도 하자는 기가? 지금은 21세기 아니었나?"

참 재미없는 농담이란 걸 자각하면서도 그렇게 대답했다. 천하를 노려보자는 말에서 연상되는 단어를 말해본 것뿐이었다. 하지만 그리 친하지도 않은 같은 반 여자애의 영문 모를 제안을 듣고 센스 있게 대답하는 건 무리였다.

그런 내 마음을 알아챈 듯이 아사기는 기쁘게 고개를 끄덕거렸다.

"그렇게 어설픈 말솜씨야 얼마든지 키울 수 있데이. 아니, 토크 실력 같은 게 뭔 상관이겠노. 일단 지금 필요한 건 니 의지다. 할 건지 안 할 건지 선택해라. 지금 선택해라. 여기서 선택해라."

아사기가 힘있게 한 걸음 다가섰다. 윤기 있게 뻗은 흑발이 나부꼈다. 내 심장 정도의 높이에서 올려다보는 두 눈동자가 그 무엇보다도 강렬하게 '할 거지?'라며 압박해오고 있다.

아사기의 어깨를 붙잡아 부드럽게 밀어냈다.

"잠깐만, 잠깐만. 최소한 목적어는 말해줘야 안 카나. 내한테 지금 뭘 바라는 긴데?"

"만담 아이가."

아사기는 만족스럽게 다섯 글자로 대답했다. 그거면 충분하지? 라는 듯이.

"뭐어?"

"만담으로 일본 최고가 되는 기라. 고등학생 대회 말고, 어른이든 프로 만담가든 다 때려눕히고 전국에서 1등이 될 기다. 그게 내 목표다."

"만담으로 일본 최고라니…… 그게 그러니까 M-1에 나가자는 소리가?"

TV를 잘 안 보는 나라도 그런 대회가 있다는 건 알고 있었고, 매년 보기도 했다. 전국의 신인 만담가들이 1천만 엔의 상금과 연예계에서의 성공, 그리고 무엇보다 일본 최고 만담가의 칭호를 걸고 경쟁하는 일본 최대의 만담 오디션이었다.

"맞다. 아직 고등학생일 때 M-1 결승에 올라가꼬, 전국 방송의 황금 시간대에 우리의 만담을 맘껏 보여주는 기라. 내 파트너 해라, 도바시 지히로."

당연히 나는 거절했다. 단호하게 거절했다.

"아니, 그게 말이 되나? 내는 개그맨 같은 건 되고 싶지도 않다. 미안하지만 정중히 거절한다."

"그 거절을 거절한다."

무심결에 내가 이상한 소릴 했나 하는 착각이 들 만큼 단호한 말이었다.

"괜찮다. 1차 예선은 8월이니까 아직 석 달이나 남았데이. 개그는 내가 많이 짜봤고, 앞으로도 짤 거니까 걱정 붙들어 매라. 니는 연습만 하면 된다카이."

나는 일단 고개와 손을 있는 대로 흔들어 거부 의사를 표시했다. 그런데도 아사기는 물러설 기미가 보이지 않아, 더욱더 강하게 반박했다.

"내가 만담 같은 걸 우찌 한다카노. 그리고 왜 나한테만 그라는데? 우린 오늘 처음으로 말 섞어 본다 아이가."

"이유가 몇 가지 있긴 하데이. 일단 우리 학년에서 간사이 사투리 쓰는 게 니 말고 또 있나?"

"고작 그런 이유였나."

기리시마 제일 고등학교는 그 이름대로 기리시마시(市) 최고의 공립 인문계 고등학교로 근처 중학교에서 올라온 녀석들밖에 없었다. 간사이 사투리를 말하는 녀석은 소수였고 우리 학년에서는 확실히 나와 아사기뿐이었다.

"다른 이유도 있긴 한데, 그게 가장 크데이. 내하고 맞추려면 간사이 사투리로 말하는 게 제일 중요하다 안 카나. 물론 난카이 캔디즈처럼 표준어랑 사투리랑 섞인 콤비도 있긴 하지만, 내는 둘 다 사투리가 아니면 영 와닿지가 않는다카이. 애초에 M-1 우승자들을 보면 대부분이 간사이 콤비다 안 카나. 지난 몇 년 동안은 간토 쪽 사람들이 계속 우승하고 있지만, 이럴 때 일수록 간사이 콤비를 응원하는 사람들이 많지 않겠나."

아직 몇 턴밖에 나누지 않은 대화를 통해 아사기의 만담에 대한 열의가 넘칠 만큼 전해져왔다. 단어 하나하나마다 당장이라도 만담을 시작하고 싶어 하는 에너지가 담겨 있어서 압도당하는 기분이었다.

"두 번째 이유는 뭔데?"

"그야 그냥, 얼굴이 괜찮데이."

"아니, 어디가 괜찮은데?"

일본 남성 얼굴의 평균을 구하면 도바시가 된다는 말을 들을 만큼 내 얼굴은 잘생긴 것도, 못생긴 것도 아니다. 얼굴 때문에 칭찬받은 적도, 놀림 받은 적도 없다.

"만담가로서 '괜찮은 얼굴'이라는 기다. 이야기에 집중하기 좋게 밋밋하면서도 단정한 이목구비가 맘에 들었데이. 남녀 콤비는 그래야 더 친숙해 보인다 안 카나."

"알았다."

나는 일부러 강조하듯 짧게 말했다.

이대로 이 녀석이 계속 떠들게 놔두면 주도권을 뺏기고 만다. 그러니 여기서 단호하게 끊어내야 한다고 판단했다.

"오? 해줄 기가?"

"안 한다. 이게 내 대답이고 절대 안 바뀐데이. 내를 고른 이유도 어이가 없다. 나 말고 딴 놈이랑 해라. 간사이 사투리야 니하고 얘기하다 보면 자연스럽게 전염되지 않겠나. 딴 데 가서 알아보래이."

"나츠메 오카랑 잘되게 해주면 어떻겠노?"

아사기는 히죽 웃으며 과장되게 고개를 기울였다. 어깨에 걸쳐 있던 긴 머리카락이 사르르 흘러내렸다. 몸을 돌려 돌아가려던 나는 딱 멈춰서고 말았다.

"나츠메가 뭐?"

"내가 니하고 오카를 맺어주겠다 안 카나. 오카는 문과라서 우리랑은 같은 반도 못 되고 체육이나 선택 수업도 안 겹친데이. 여기서 내 제안을 거절하면, 니가 고등학교 다니는 동안 오카랑 엮일 가능성은 아예 없다고 봐도 된다."

"아니, 그러니까—."

당신만이 알고 있다

"말 안 해도 다 안다."

아사기는 내가 항의하려는 걸 눈빛과 손짓으로 제지하며 입꼬리를 치켜 올렸다.

"니가 오카를 어떻게 생각하는지는 충분히 알고 있데이. 1학년 때부터 아니었나? 내라면 이 기회를 절대로 안 놓친다."

몸이 급격히 뜨거워졌다. 교복에 땀이 흥건히 배어들었다. 애가 그걸 어떻게 알았지?

"애가 그걸 어떻게 알았지? 하는 얼굴인데, 조금만 관찰해도 금방 안다 안 카나. 연애 같은 건 쥐뿔도 관심 없어 보이는 애가 의외로 그렇게 예쁜 애를 좋아한다는 게 신기했다."

"……최악의 뉴스다, 이게 뭐고? 잠깐, 설마 본인한테 말한 건 아니제?"

그 애가 알았다면 당장이라도 창문으로 뛰어내릴 생각이었다.

"그건 안심해도 된다. 오카가 똑똑하긴 해도 애들 소문 같은 거엔 둔하데이. 참고로 말하면 남친도 없다. 고백이야 잔뜩 받는 것 같지만서도."

"그건 다행이지만, 오카에 대해 어떻게 그리 잘 아는데?"

아사기는 가슴을 당당히 펴며 말했다.

"그야 절친이다 안 카나. 중학교도 같이 나왔다. 오카랑 내랑 많이 닮았다카이."

그 뒤로 어떤 대화가 오갔는지는 정확히 기억나지 않지만, 그날 중에 나는 나츠메와 인스타에서 맞팔을 했고, DM을 주고받고, 만담가가 되고 말았다.

⊕

주말이 끝나고 월요일, 아사기가 바로 나를 불러냈다. 이번엔 계단의 층계참이 아닌 가정과 준비실 안으로 데려갔다. 평소엔 잠겨 있는 곳이지만 청소 시간에 미리 열어놓았다고 한다.

"일단 개그나 맞춰보자."

그 한마디로 시작된 아사기의 만담 교실은 내 상상을 크게 초월할 만큼 혹독했다.

"만담용 목소리를 만들어라. 니 만담이 들리지도 않는데 누가 웃겠노? 이건 기본 축에도 못 긴다. 애들 웅변하는 것처럼 있는 힘껏 외치는 게 아니고, 기본적인 말소리가 제대로 들리게 만드는 기다."

"만담 중에는 대본에서 시킬 때 빼곤 내하고 눈 마주치면 안된데이. 관객 말고 내를 쳐다보면 마음이야 편하겠지만, 그건 관객하고 단절되는 기다. 우리는 우리끼리 떠드는 게 아니라, 관객을 웃기는 이야기를 하는 기다. 어깨를 내 쪽으로 돌리지 말고, 쫙 펴라."

"거리 좀 좁혀라. 그게 만담 콤비의 간격이다 안 카나. 부끄러워 말고, 내한테 숨이 닿을 만큼 가까이 와라. 주먹 두 개만큼 떨어져 있는 건 만담 콤비가 아니라, 사귄 지 사흘밖에 안 된 커플의 간격이다."

처음엔 '안녕하십니까'라는 인사말부터 첫 번째 개그 부분까지를 반복해서 연습하게 했다. 빗자루 세 개를 끈으로 묶어 세워놓은 즉석 스탠드 마이크를 가운데 놓고, 빈 교실 전체를 향해 말하는 것이다.

아사기의 지도는 구체적이었고, 개그나 중간에 관객이 웃을 시간을 주는 요령보다도 먼저 가장 기초가 되는 '무대 위에서의 행동 방법'을 철저히 익히게 했다.

"아무튼 기본적인 몸짓에서 일반인 티를 벗는 게 먼저다. M-1에는 매년 수천 팀의 아마추어가 참가하는데, 딱 보면 프로랑 뭐가 다른지 알 수 있다. 그게 바로 목소리하고 몸의 방향하고 거리감인 기다."

아사기는 그렇게 말하며 작년 M-1 영상을 보여주었다. 나이스 아마추어 상이라는 명칭대로 가장 뛰어난 아마추어로 인정

받은 콤비의 영상이 업로드되어 있었다.

아사기가 말했듯 확실히 아마추어의 만담은 알아듣기 힘들 만큼 목소리가 작거나, 시작부터 끝까지 두 사람이 계속 서로를 바라보고 있거나, 거리가 너무 떨어져 있어서 만담 느낌이 나지 않는 콤비가 많았다. 개그가 재미없진 않았지만(오히려 말장난이나 치고 들어오는 시점이 훌륭한 경우가 예상보다 훨씬 많았고, 그래서 나이스 아마추어 상에 뽑힌 것 같았다) TV에서 보는 프로 만담가에 비해 몸짓이 전혀 세련되지 못하다는 점에서 명백한 차이를 보였다.

"일반인 티를 벗겨내야 관객이 개그 내용에 집중할 수 있는 기다. 그래야 겨우 출발점에 설 수 있게 된다카이. 한 번 더 해보자."

아사기를 따라 교실 구석으로 물러났다. 무대 옆에서 대기 중이라고 상상하면서, "다음 순서는 '아사기와 도바시(가칭)'입니다! 환영해주세요!"라는 아사기의 소개 멘트를 신호로 중앙 마이크를 향해 빠른 걸음과 종종걸음의 중간 속도로 뛰쳐나갔다.

"네, 안녕하십니까! 아사기와 도바시(가칭)입니다."

"미리 말씀드리는데, 저희는 절대로 아베크족이 아닙니더."

"아니, 무슨 80년대 어휘를 쓰고 그라노."

첫 개그로 아사기가 능청스럽게 바보짓을 하면 내가 대본대로 치고 들어갔다. 전형적인 치고 들어가는 대사였기에 나도 모르게 후훗, 하고 작게 웃고 말았다.

"잠깐, 스톱. 야, 뭘 히죽거리는데? 실실거리면 안 된데이."

어조는 부드러웠지만 당장이라도 한 대 때릴 듯이 아사기가 심각하게 말했다.

"이제 막 시작해서 그런지 안 익숙하제? '만담을 하는 나'가 부끄럽게 느껴지는 것도 이해한다. 그래도 그걸 웃어서 얼버무리려고 하면 안 된데이. 분위기가 순식간에 팍 식어버린다. 사람들을 따라 웃게 만드는 기술도 있지만, 니는 그냥 쑥스러워서 웃는 거다 아이가. 뭐, 그래도 쑥스러운 건 익숙해질수록 없어진데이. 오늘은 도바시가 얼버무리면서 웃지 않게 될 때까지 반복 연습이다."

"완전 호랑이 교관이데이. 그러다 내가 포기한다 카면 우짤라카노?"

"어떤 일이든 익숙해지려면 힘들데이. 스트레스도 받는다 안 카나. 수학도 기계적으로 구구단을 머릿속에 집어넣는 건 고통스럽지만서도, 억지로 외워봐야 나눗셈이나 곱셈 같은 다음 단계로 넘어간다 아이가. 기타 같은 것도 마찬가지다. 시작하자마자 재밌게 연주하는 사람은 없다. 손가락 아프다고 징징거리면서 수없이 반복해서 움직임을 외워둬야 지평이 열리는 기다. 끝없이 괴롭기만 한 단계가 꼭 있지만, 도바시가 그걸 빨리 뛰어넘어서 만담의 재밌는 부분을 느꼈으면 한다. 빨리 응용문제나 면적 계산을 할 수 있는 단계까지, F코드를 누르면서 팅가팅가 연주할 수 있는 단계까지 데려가 주고 싶데이.”

이런 긴 문장을 한 번의 막힘도 없이 쭉 말해버린 아사기를 보며 한숨이 나왔다. 우울해서가 아니라 감탄스러워서였다. 지금까지 아사기가 해온 노력의 양이 엿보이는 것만 같았다.

“이건 비난하려는 게 아니고 순도 100퍼센트 궁금해서 그러는데, 왜 그렇게 M-1에서 우승하고 싶은 긴데? 개그맨이 되고 싶나? 아니, 애초에 아마추어가 어케 우승을 하노?”

아사기의 만담에 대한 지식량과 열정은 다소 낯설게 느껴졌다. 나에게는 이 정도로 무언가에 열중해본 경험이 없었다. 있다고 하면 공부 정도다. 그래서 그렇게 할 수 있는 원동력이 궁금해졌다.

“아마추어인데 결승에 진출한 콤비도 있고, 고등학생인데 결승에 진출한 콤비도 있다. 개그맨이 되고 싶은 게 아니라카이. 최근에도 싱크로니시티나 라란드처럼 M-1에서 거둔 성적으로 프로 개그맨이 된 콤비도 있고, 당연히 우리도 결과적으로 프로가 될 수 있다면 정말 좋겠지만, 그게 목적은 아니다.”

"그렇다면―."

"M-1에서 우승하고 싶다. 내 목적은 그것뿐이데이. 그리고 단순하게 상금 1천만 엔도 절실히 갖고 싶다. 뭐, 니도 그런 건 신경 쓰지 마라. 조만간 돈 같은 건 상관없이, 만담을 하고 싶어질 기다."

더 이상의 추궁은 거절하는 듯한 목소리였다. 나도 더는 캐물을 수 없어서 다시 연습을 시작하기로 했다. 계속해서 반복되는, 만담가로서의 행동 양식을 입력하는 작업. 네, 안녕하십니까! 하고 말하면서, 마치 남의 일인 양 아사기가 써온 대본을 머릿속으로 떠올렸다.

⊕

"토할 것 같다. 진짜 토할 것 같데이."

"2분, 딱 2분 동안 내하고 둘이서 이야기만 하면 된다. 긴 인생 중에서 고작 2분이데이. 그것도 못 참겠나?"

M-1 그랑프리 2022의 1차 예선. 분장실이나 대기실은 특별히 없었고, 우리는 복도에서 출연 순서를 기다리고 있었다. 1차 예선은 2분 동안의 만담으로 승부하고, 오늘 중에 결과가 나온다. 프로, 아마추어 할 것 없이 한데 뒤섞인 도전자들이 내뱉는

이산화탄소에 탁한 산소가 점점 희박해져 가는 느낌이 들었다.

어젯밤부터 과장 하나 없이 손의 떨림이 멈추지 않았다. 내가 사람들 앞에 서서 만담을 한다는 상황이 아직도 실감 나지 않았다. 그리고 이 공간이 그런 긴장을 더욱 악화시켰다.

하지만 내가 긴장한 것과 상관없이 시간은 흐르고 행사는 진행되어 간다. 스태프가 우리 콤비명을 부르고 무대 옆 대기 공간으로 데려갔다. 그곳에서는 관객들의 웃음소리가 들려왔다. 앞 순서의 콤비는 '세로토닌'이었는데, 아마추어 콤비였을 거다.

"지히로, 잘 들어보레이. 반응이 꽤 좋다 아이가. 아마 개그를 짠 사람이 순발력이랑 재치가 좋은 것 같다."

그 말을 듣고 산만하던 정신을 세로토닌의 개그에 집중시켰다. 무언가에 의식을 집중하는 동안은 긴장을 잊을 수 있었다. 나는 냉정하게 세로토닌의 만담을 분석하기 시작했다.

가만히 들어보니 세로토닌의 개그는 단어 선택이 세련되고 개그 공연을 좋아하는 사람이 쓴 대본이라는 티가 났다. 재미있어서 확실한 웃음을 주고 있다.

하지만—나는 확신했다. 아사기와 눈이 마주쳤다. 같은 소감을 느끼고 있다는 걸 굳이 입을 열지 않아도 알 수 있었다.

이 정도라면 우리가 더 반응이 좋을 것이다.

"아니, 그건 미즈호 은행이라고! ……봐주셔서 감사합니다!"

당신만이 알고 있다

세로토닌의 만담이 끝났다. 두 사람이 안도한 표정으로 퇴장하며 이쪽으로 왔다. 만담을 처음부터 보진 못했지만 아마 큰 실수 없이 무사히 끝마친 것이리라. 수고하셨습니다, 하고 머릿속으로만 짧게 말을 건넸다.

아사기는 투지 가득한 표정 그대로 내 등을 두드렸다.

"우리라면 문제 없데이. 연습한 걸 믿어라. 그리고 지금까지 연습한 건 다 잊어라. 입이 알아서 움직일 기다."

아사기가 그렇게 말하는 것과 동시에 입장 음악이 흘러나왔다. 아사기가 한 번 더 내 등을 두드렸다. 무대 옆에서 조명이 비추는 무대 중앙을 향해 종종걸음으로 나갔다. 관객들의 따뜻한 박수 소리를 지워내듯이, 나와 아사기는 배에 힘을 주며 목소리를 냈다. '승리'에서 연상되는 단어를 둘이서 열심히 생각해내며 정한 콤비명을 사람들 앞에서 처음으로 입 밖에 냈다.

"안녕하십니까! 저희는 '니케 트로피'라고 합니다!"

관객들은 시작하자마자 3초 만에 세로토닌과의 차이를 느꼈으리라. 성량이 확 달랐다. 나는 내 목소리가 잘 나오고 있는 것을 자각했다. 박수가 우리를 감싸주는 듯했다.

"저희는 고등학생 2학년인데, 같은 반 친구끼리 콤비를 짰습니더."

"네. 니들 사귀나? 같은 질문을 하는 어른들은 전부 쥐어 패버리겠습니더."

전형적인 여고생의 외모, 무표정한 얼굴과 담담한 목소리의 아사기가 '쥐어 패버리겠습니더.' 라는 험악한 단어를 꺼내자 객석이 순식간에 들끓었다. 웃음소리가 파도처럼 밀려와 우리의 몸을 휩쓸었다. 웃음이란 놀라움과 예상을 배신하는 데서 나온다는 게 아사기의 입버릇이다.

"우리는 절대 아베크족이 아닙니더."

"아니, 무슨 80년대 어휘를 쓰고 그라노."

"상대의 수준에 맞추고 있다 안 카나. 그런 거 물어보는 놈들은 대충 80년대 사람 아이가?"

"무슨 애가 이렇게 되바라졌노."

첫 개그는 충분하고도 남는 성과를 냈다. 따뜻함마저 느껴지는 웃음을 이끌어내자 목 안쪽에서 울먹거리는 목소리가 나올 뻔해서, 기합으로 간신히 억눌렀다.

아사기의 제안을 받은 지 약 석 달—둘이서 가정과 준비실 벽을 보며 계속 연습했다. 당연히 아무 반응도 없었다. 허무에 대고, 허공에 대고 만담을 계속해왔다.

물론 이 첫 개그도 매일 연습해오던 것이다. 너무 많이 반복한 탓에 이제는 재밌는지 재미없는지도 알 수 없게 되어버렸다. 이걸로 웃음을 끌어낼 수 있을까 하는 불안함도 있었다.

당신만이 알고 있다

하지만 지금, 대폭소까진 아니더라도 확실한 웃음을 불러일으키고 있다.

우리는 이 관객들에게 받아들여진 것이다. 온몸에 만족감과 자신감이 공급되는 것을 느꼈다.

할 수 있다.

아사기는 웃음소리에 우리 목소리가 지워지지 않도록 잠시 틈을 둔 다음 말했다.

"내한테 고민이 하나 있데이."

"고민? 뭔데? 들어줄게."

"고등학교 졸업한 다음에 뭐 하고 살지 고민이다 안 카나."

"그런 생각을 다 하고, 철들었네. 하고 싶은 일은 있나?"

"내는 시공 경찰이 되고 싶데이."

"시공 경찰?"

이 단어가 이번 만담의 중심축이며 핵심 키워드라는 것을 알리기 위해, 최대한 과장된 목소리로 따라 했다. 객석이 살짝 술렁였다. 웃음까지는 다다르지 못한 동요였다.

여기서 처음으로 객석의 풍경을 의식했다. 딱 엄지손가락 크기로 보이는 수많은 얼굴. 멀리서 무대 위의 우리를 가만히 바라보는 눈. 평소 같았으면 잔뜩 위축될 만한 압박이 느껴졌지만, 신기하게도 내 마음은 평온하기만 했다. 이제부터 내가 할 일은 정해져 있다. 아사기의 대사를 통해 만담의 본론으로─시공 경찰에 대한 이야기로 돌입했다.

아사기가 억지 논리로 시공 범죄가 발생한다고 우긴 끝에, 나는 시공 범죄자, 아사기가 시공 경찰 역할로 상황극을 하는 콩트 설정으로 들어갔다.

아사기는 연습 때보다 눈에 띄게 기합이 들어가 있었다. 관객 앞에 서면 더욱 신이 나는 타입인 것이리라. 평소보다 억양과 움직임, 표정의 완급 조절이 훌륭했고, 강조할 때의 표현력도 훨씬 풍부했다. 그 덕분에 내가 치고 들어갈 때의 효과도 더욱 강력해졌다.

웃음이 하나하나, 테트리스의 연쇄처럼 이어져가는 느낌이 들었다. 첫 번째 공격으로 발생한 웃음을 발판 삼아, 두 번째 공격의 강한 바보짓으로 더욱 큰 웃음이 겹쳐진다. 마지막 30초, 전반부에 풀어놓은 복선을 회수하는 치고 들어가기 부분에서, 이윽고 폭발했다. 눈앞에 앉은 수백 명의 사람이 쏟아내는 웃음소리의 벽이 우리의 온몸을 짓누르는 것만 같았다.

우리는 끝까지 기세를 잃지 않으며 마지막 대사를 이어나갔다.

"아~ 알았다. 내는 지금부터 딱 2분 전으로 시간을 역행해서 만담을 처음부터 다시 할 기다."

"아니, 니가 시공의 질서를 어지럽히면 우짜노? 치워라."

그때 마침 시간 초과를 알리는 경보음이 울렸다. 연습 때는 항상 2분 내로 끝냈는데 약간 밀린 것이다. 관객들이 '웃는 시간'을 중간마다 기다린 탓이다. 나와 아사기는 바로 입을 모아 말하며 허리를 깊이 숙였다.

"봐주셔서 정말 감사합니더."

허리를 숙인 채로 평생 멈춰 있을 것만 같았다. 도저히 고개를 들 수 없었다. 아사기가 셔츠의 옷자락을 잡아당기고 나서야 간신히 허리를 폈다. 그제야 처음으로 우리가 엄청난 박수를 받고 있다는 걸 깨달았다. 빗소리처럼 빈틈없이 밀려오는 파도가, 눈앞에 보이는 관객들의 손에서 여기까지 전해져오는 것이 실감 났다. 아사기에게 끌려가며 무대 옆으로 퇴장했다. 객석에서 완전히 보이지 않는 곳까지 갔을 때, 나는 건전지가 다 된 것처럼 온몸의 힘이 풀려 아사기에게 매달렸다.

"뭐하노? 정신 안 차리나?"

나도 이러고 싶지 않지만, 여전히 몸에 힘이 들어가지 않았다. 평소에 사용하지 않던 근육을 나도 모르는 사이 잔뜩 긴장시켰던 것이리라. 복근을 비롯해 몸 여기저기에 피로감과 탈력감이 밀려왔다. 아사기의 머리카락이 뺨에 닿아서 간지러웠다. 나는 자세를 바로잡으며 간신히 내 다리로 섰다.

무대에서의 반응이 실체를 갖고 내 손에 잡히는 것만 같았다. 지금까지 한 번도 맛본 적 없는 충족감이었다. 고등학교 입학시험에 합격했을 때보다도, 모의고사에서 전국 10위라는 성적표를 받았을 때보다도, 훨씬 강렬한 '기쁨'이 온몸을 가득 채웠다.

"결과 발표는 오늘 중에 홈페이지하고 공식 트위터에 올라올 기다. 뭐, 이 정도 반응이면 떨어질 리가 있겠나."

"그럼 다음은 2차 예선의 3분 개그를 준비해야겠네."

아사기는 잠시 멍한 표정을 짓더니 입꼬리를 노골적으로 치켜올렸다.

"니한테 그런 말을 듣게 된 것만으로도 오카를 내준 보람이 있다고 할 수 있겠다."

"누가 들으면 오해하겠다. 정상적인 과정을 거쳐서 사귀었다 안 카나."

그날 저녁, 우리는 공식 사이트에서 '니케 트로피' 옆에 '통과'라는 글자가 표시된 것을 확인했다.

"이제 곧 2차 예선이지? 오늘은 연습 안 가도 돼?"

나츠메가 그렇게 물었을 때, 나는 맥도날드도, 모스 버거도, 버거킹도 아닌 쇠꼬치가 꽂힌 햄버거를 한입 물었다가 뿜어져 나오는 파인애플 과육에 당황했다. 그런 나를 보고 나츠메도 아보카도 버거를 한입 물었다. 나츠메는 어깨까지 내려오는 흑발을 심플한 머리끈으로 묶어두었지만, 옆에서 흘러 내려오는 머리카락이 거슬렸는지 귀 쪽으로 넘겼다. 어떤 머리 모양이든 무서울 만큼 잘 어울리는 얼굴이었다.

"아~ 실은 오늘도 저녁부터 강변에서 연습하기로 했데이."

학교에 가는 날은 가정과 준비실, 가지 않는 날은 나와 아사기의 집 중간 지점인 강변이 연습 장소였다.

"하유는 중학생 때부터 M-1에서 우승할 거라고 계속 말했는데, 지히로 군 덕분에 도전할 수 있게 돼서 다행이야. 뭐, 날 미끼로 지히로 군을 꼬드긴 것도 마음에 안 들고, 결국 나하고 데이트한 다음에 둘이서 만담 연습을 한다는 것도 괘씸하지만."

나츠메의 저음 목소리는 항상 알아듣기 힘들지만, 그 예쁜 입에서 흘러나온 가시 돋친 말은 토요일 오후의 오픈 테라스석을 둘러싼 잡음, 소음, 그 밖의 자연음까지 전부 뚫고 선명히 귀에 닿았다.

아사기가 소개해준 이후로 나는 나츠메와 순조롭게 친해졌고, 지난달 내가 고백하면서 사귀기 시작했다. 처음 소개받은 계기가 계기니만큼 내가 아사기와 만담하는 걸 응원하면서도 조금 떨떠름한 부분이 있는 것 같다.

"지난번엔 아사기하고 만담해도 괜찮다고 하지 않았나."

"그야 안 된다고 할 순 없잖아. 그렇게 속 좁은 사람이 되긴 싫으니까."

"나중에 투덜대는 것도 속 좁다는 증거 아이가?"

이야기하자마자 말이 지나쳤다 싶어서 급하게 덧붙였다.

"막 이런다."

하지만 예상과 달리 나츠메는 부드럽게 미소 지었다.

"그렇게 무례할 수도 있는 말을 해줘서 기뻐. 지히로 군이 마음을 열고 나와의 거리를 좁혀줬다는 얘기잖아."

"설마 그걸 긍정적으로 받아들일 줄은 몰랐데이."

나츠메의 말과 행동은 예상을 조금 벗어날 때가 많아서 좋았다. 예쁜 얼굴에 끌리지 않는다고 하면 거짓말이겠지만, 그래도 내가 나츠메에 대해 생각할 때는 외모보다도 재밌다는 점이 먼저 떠올랐다.

"그런 거침없는 말을 좀 더 편하게 해줬으면 좋겠어. 배려하는 마음이라는 게 얼핏 안전한 장치처럼 보여도, 사실은 서로의 신경만 소모시킬 뿐이거든. 빨리 무슨 말이든 서로 편하게 할 수 있게 되는 게 장기적으로 보면 바람직한 관계라고 생

당신만이 알고 있다

각해."

"그럼 나츠메도 하고 싶은 말 해봐."

"역시 지히로 군에겐 만담이 어울리지 않아. 하유가 1차 예선 동영상을 보여줬는데, 옆에서 치고 들어가는 모습이 영 어색해 보였어."

신기하게도 한 달 전까지는 나도 그렇게 생각했지만, 나츠메에게 그런 말을 듣자 살짝 욱하는 마음이 들었다.

"저기, 오카."

주도권을 잡기 위해, 성씨 대신 아직 익숙하지 않은 이름으로 불러보았다. 내 의도대로 나츠메는 동요한 듯 입을 벌린 채 굳어버렸다. 억지로 공백을 만들어내서, 그 뒤에 투하할 말의 위력을 높인 것이다.

"만담은 재밌다카이. 아니, 일단 금마가 짜는 개그가 재밌데이."

직접 입으로 말해보니 내 마음속의 동기가 명확해지는 느낌이 들었다.

"금마랑 하면 뭐든 할 수 있을 것 같데이. 아직 나한테는 만담이 안 어울린다 캐도, 어울릴 수 있게 노력하고 싶은 기라. 이런 건 나도 처음이다카이."

나츠메는 원래도 큰데 아이라인까지 그려서 더 강조시킨 눈을 가늘게 떴다.

"하유가 재밌는 건 나도 알아. 중학교 때부터 틈만 나면 개그를 짰으니까. 하유가 재밌고 재능이 넘치니까 질투를 하게 되는 거겠지."

"니들 절친 아니었나?"

"절친이야말로 가장 큰 질투의 대상이야. 서로 닮았으니까, 어쩔 수 없이 비교하게 되거든."

내 눈에는 아사기와 나츠메의 닮은 부분이 예쁜 얼굴과 긴 머리카락밖에 보이지 않지만, 본인들이 그렇다고 말하는 걸 보면 그런 것이리라.

"질투한다고 솔직히 말하는 게 대단하데이. 보통은 말 못 한다아이가."

"요즘 시대에 누구도 질투하지 않고 살아가는 건 불가능하잖아."

"시대 핑계를 대는 건 예상 못 했다카이."

"SNS가 시샘·남부러움·시기 질투의 약자잖아."

"너무 겹치는 거 아이가? 그게 화염·파이어·플레임하고 뭐가 다른데?"

"뭐야, 그게. 이상해."

그 뒤로는 평범한 고등학생 커플이 할 법한 평범한 대화가

당신만이 알고 있다

이어졌다. A반의 누구랑 누가 헤어졌다느니, 2학년에 올라오고부터 수학 진도를 못 따라가겠다느니, 반 대항전 준비가 귀찮다느니 하는 이야기였다.

나츠메는 계산대에서 '같이 계산해주세요.' 라고 말하려던 나를 재빨리 제지하고, 자기 몫의 1200엔을 쟁반 위에 올려놓았다.

"괜찮아. 부모님 돈으로 얻어먹을 수는 없어. 아버님께서 열심히 사람들 병을 고치면서 버신 돈이잖아?"

'사줄게'와 '아니, 나도 낼게'로 더 이상 대립할 여지를 남기지 않는 단호한 거절이었다.

"나중에 직접 벌게 되면 그때 사줘."

은연중에 '넌 부잣집 도련님이라 돈이 많을지도 모르지만.' 이라고 말한 느낌이 들어서 살짝 약이 올랐다.

"그럼 M-1에서 우승하고, 그 상금으로 세상에서 제일 비싼 햄버거 사줄게."

나츠메는 싱긋 웃었다.

"기대할게. 2차 예선 열심히 해."

반드시 우승한다.

M-1에서 우승할 거다.

아사기의 개그는 재밌다.

니케 트로피는 재밌다.

그런 기합 또는 결심, 투지 같은 것들이 전부 걸음아 날 살려라 하고 도망칠 정도의 무대였다. 300명 가까이 수용할 수 있는 객석은 빈자리가 보이지 않았다. 남녀노소로 적당히 배분된 관객층, 그들 모두가 지금 무대에서 만담하는 우리를 동정의 시선으로 바라보는 것이 아플 만큼 잘 느껴졌다.

노골적으로 반응해달라는 바보짓에 객석은 미동조차 하지 않았다. 무섭게 느껴지는 정적이었다. 초조해진 나머지, 치고 들어가는 타이밍도 급해졌다. 아사기가 의도한 공백을 만들어낼 수 없었다. 적절치 않은 시점에 말을 꺼내면서 템포라는 개념이 무너져내렸다.

상황이 꼬여간다는 두려움이 온몸을 지배하기 시작했다.

10월 10일, M-1 그랑프리 2022의 2차 예선이 열리는 날이었다. 1시간 반 동안 전철을 세 번이나 갈아타서 도착한 아사쿠사의 도키와 홀. 니케 트로피는 D그룹, 오늘 일정의 27번째 출연자였다. 객석 분위기도 적당히 무르익은 가운데 등장한 니케 트로피는 첫 개그를 성공적으로 끝내긴 했지만, 어느새 3분의 제한 시간이 끝나려 하는 지금 현재 진행형으로 마구 꼬여가고 있었다.

이유는 명백했다. ─시작한 지 40초 만에 내가 개그를 까먹어버렸기 때문이다.

1차 예선에서 아마추어 참가자가 대부분 탈락하고 프로 개그맨들만 남은 대회장의 열기에 압도당한 건지도 모른다. 아사기의 바보짓 다음에 치고 들어가는 대사를 까먹어 버리는 바람에 만담 중에 의도치 않은 공백이 10초 가까이 생겨나고 말았다. '와 그라는데?'나 '뭔 소리고?' 같은 기본적인 대사로는 이어갈 수 없는 상황이었기에 어떻게든 그 대사를 떠올려내야만 했지만, 다급해진 뇌는 답을 찾지 못한 채 식은땀만 요란하게 뿜어내고 있었다.

결국 한 개의 바보짓이 붕 뜬 채로 만담이 진행되었다. 그 시점에서 이미 관객들은 차갑게 식어버렸다. 참가 자체가 목적인, 흔해 빠진 아마추어 콤비로 인식되고 만 것이다. 혹은 더 최악으로, 추억을 만들러 나온 고등학생 콤비를 따뜻한 시선으로 '응원'해주는 사람까지 있다.

─우리는 추억을 만들러 온 게 아이다. 이기러 온 기다.

그런 생각으로 분발할 틈도 없이 시간 초과를 알리는 경보음이 대회장에 울려 퍼졌다. 그 날카로운 소리에 나도 모르게 몸을 움찔거리고 말았다. 무대 위에서는 절대 보이지 말아야 할 리액션이었다.

나는 완전히 좌절하고 말았지만, 아사기는 마지막까지 냉정했다. 예상치 못한 사태를 대비해서 준비해둔 긴급 탈출용 대사로 만담을 마무리하려고 했다.

"이제 뭐가 뭔지 모르겠다! 만담은 관두고 집에 가서 2차 함수의 최대치나 구할란다!"

"가, 갑자기 고등학생인 티를 내고 그라노! 적당히 해라! 봐주셔서 감사했습니다."

간신히 마지막 대사를 말하며 고개를 숙였다. 짝짝짝, 하고 빈틈투성이의 힘없는 박수 소리가 이 무대의 결과를 대변해주었다. 1차 예선 때와는 정반대의 심리 상태로 나는 그 자리에서 움직일 수 없었다. 아사기가 등을 강하게 두드렸다. 그런데도 움직여지지 않았다. 어중간하게 고개를 숙인 자세로 호흡을 포함한 모든 동작이 정지되어 있었다.

아사기가 손을 힘있게 잡아끌며 무대 옆으로 날 연행해갔다. 장난감 판매대 앞에서 떼를 쓰는 어린아이를 억지로 데려가는 엄마 같았다. 그런 모습을 300명의 관객 앞에서 보이고 말았다.

무대 옆에서는 덩치 큰 남자와 둥근 테 안경의 곱상한 남자 콤비가 대기하고 있었다. 양복까지 세트로 맞춰 입은 데서 프로 개그맨의 품격이 엿보였다. 우리의 다음다음 차례인 콤비였다. 리스키 다이스라는 이름의 그 콤비가 누군지는 알고 있었다. 작년의 M-1에서 준준결승까지 진출한 실력파였다. 아사기도 꽤 좋아하는 콤비라고 했다.

둥근 안경을 쓴 남자가 우리와 스쳐 지나갈 때 내 어깨를 툭 두드려주었다.

"개그는 여자애가 짠 것 같은데……. 제대로 연습하고 왔어야지."

반사적으로 돌아보았다. 그 말에 담긴 위로의 탈을 쓴 적대감에 몸이 반응한 것이다.

내가 얼마나 많이 연습했는데.

방과 후에 매일 연습했다. 집에서 혼자 하는 발성 연습도, 혀를 굴리는 훈련도 하루도 거른 적이 없다.

하지만 그런 반론은 전부 목구멍에서 막혀 입 밖에 나오지 못했다. 개그를 까먹은 녀석이 무슨 변명을 한들 '그럼 잘했어야지.' 라는 한마디로 마무리된다. 입으로 반박하진 않았지만 적개심이 눈빛에 그대로 드러난 모양이다. 이번엔 덩치 큰 남자가 내게 쓱 다가왔다.

"고나카와, 그렇게 착하게 말한다고 알아듣겠나? 어이, 학생. 여기는 개그맨들이 인생을 걸고 싸우러 오는 곳이다카이. 고등학생이 놀러 오는 곳이 아니라고. 이제 잘 알았제?"

"아이카와, 그만해. 고등학생 상대로 그렇게까지 말해야겠어? 미안해, 학생. 우리가 공연하는 극장에 만담 보러 한번 놀러 와."

나는 아무 말도 하지 못한 채 달려가 버렸다. 대기 중인 참가자들 사이를 지나치며 몇 번이나 부딪칠 뻔하면서 극장 밖으로 빠져나왔다.

"야, 거기 서봐라, 도바시."

아사기가 부르는 소릴 무시하면서 나는 가로수가 늘어선 인도를 지나 인접한 공원까지 달려갔다. 원형으로 배치된 놀이기구에서 뛰어노는 어린아이들 사이에서 자기 차례를 기다리는 2인 참가자가 여기저기 보였다. 나는 어깨가 들썩일 만큼 크게 숨을 가다듬으며 멍하니 주변을 둘러보았다. 이제부터 그 무대에 서게 될 사람들, 아직 가능성이 남아 있는 쪽의 사람들이었다.

"미안타. 내가 실수했데이."

뒤따라 달려온 아사기는 입을 열자마자 그런 소릴 했다.

"뭐? 헛소리하지 마라. 내가 다 망쳤다 아이가."

당신만이 알고 있다

"실수는 누구나 한다. 샌드위치맨도 2007년의 그 결승전에서 순간적으로 개그를 까먹었데이. 그만큼 **흔해 빠진** 일이다. 다만 그걸 수습할 만한 역량이 우리한테 없었던 기다. 경험이 부족해서 그렇다카이. 내가 좀 더 관객이 있는 '무대'를 준비했어야 했다."

아사기가 위로나 듣기 좋은 말을 하는 게 아니라, 진심으로 자신의 과실을 후회하고 있다는 게 느껴졌다. 나도 견디지 못하고 되받아쳤다.

"니가 뭘 잘못했다카노? 재밌게 개그 짜서 잘 완성시켰다 아이가."

개그는 틀림없이 재미있었다. 그걸 제대로 표현해내지 못한 내 미숙함이 원인이라고 생각했다.

그게 한심해서 견딜 수 없었다.

"내가 그걸 망친 기다. 먹칠을 해버렸다. 그렇게 열심히 연습해놓고, 실전에서 까먹었다 안 카나. 최악이다. 정말로 면목이 없다. 니는 내한테 같이 하자고까지 말해줬는데, 내는 결국 짐만 됐다……."

"짐이라니, 뭔 소리고?"

아사기가 나를 날카롭게 노려보았다.

"내가 혼자 잘해나가고 있는데 방해했다는 듯이 말하지 마

라. 우린 콤비 아니었나? 니케 트로피라는 한배에 탄 기다. 니가 방해하고 어쩌고 하는 개념이 아니다. 니하고 내가 둘이서 도달할 수 있는 최고점이 니케 트로피의 실력인 기다. 니가 개그를 까먹지 않을 만큼 연습하지 못했든, 개그를 까먹은 다음에 수습하지 못했든 우리 둘의 실력이 오늘의 결과를 낳은 거 아이가."

나는 내 뺨을 타고 눈물이 흘러내리는 것을 깨달았다. 우와, 내가 이런 종류의 눈물을 흘리게 될 줄이야.

"아까 그 개그맨한테 아무 말도 반박할 수가 없었다카이. 다 맞는 말이었다."

"아마추어, 그것도 고등학생한테 그런 소릴 하는 건 솔직히 꼴불견이지만, 그만큼 그 사람들도 신경이 곤두섰단 얘기다. 우리 숙련도가 부족했다는, 그 사실만 기억하고 돌아가자. 일단 제대로 반성하면서 니케 트로피라는 이름을 부끄러워해야 한데이."

"승리의 여신은커녕, 완벽하게 패배했다 안 카나."

"아직 패배한 건 아니다."

"아니, 아무리 생각해도 이미 진 거 아이가? 그런 내용으로 통과할 수 없다는 것 정도는 나도 안데이."

"올해는 끝났다. 그건 어쩔 수 없데이. 그래도……."

아사기의 눈은 빛을 잃지 않았다. 눈부시게 반짝이는 항성 같은 눈이었다.

"지금 이 순간부터, 우리의 내년 M-1 그랑프리가 시작된 기다."

$$\oplus$$

2차 예선에서 탈락이 확정된 뒤로 니케 트로피는 오히려 빠르게 가속하고 있었다.

아사기는 개그와 습작 단편 대본을 끝없이 만들어냈고, 둘이서 그중에 가장 강력해 보이는 것을 골라내어 더욱 강한 개그로 완성시켰다.

나는 지금까지 했던 것보다 더욱 열심히 발성 연습과 혀 굴리기 트레이닝에 힘썼고, 온갖 개그 프로그램과 라이브 공연 DVD, 개그 동영상을 닥치는 대로 봤다. 아사기의 집에 있는 DVD 레코더를 굳이 빌려서 집까지 가져왔고, 과거의 M-1을 전부 정주행했다. 아마존 프라임에서도 과거 영상을 볼 수 있지만, 아사기의 말에 따르면 '저작권 문제 때문인지 조금씩 편집된 부분이 있으니까 우리 집에서 녹화한 걸로 보라.'고 한다.

"우리 엄마가 전부 녹화해뒀다 아이가. 우리가 태어나기도 전의 첫 대회부터 다 있다."

주말에는 둘이서 도쿄나 사이타마의 극장에도 갔다. 1000엔에서 3000엔 정도의 입장료를 내고 20팀 가까운 개그맨들이 개그로 경쟁하는 형식의 공연 위주로 관람하면서, 막간에는 열심히 메모를 했다. 깨달은 부분, 흉내 내고 싶은 부분, 반면교사로 삼을 만한 부분, 그 모든 걸 의도적으로 흡수해나갔다. 하지만 당연히 인풋만으로는 만담의 퀄리티를 향상할 수 없다. 개그 작가나 평론가가 아닌 만담가가 되려면 만담을 공연해야만 한다.

"거리 만담, 한번 해보자."

그게 바로 '공연 횟수 부족', '경험 부족', '역량 부족'이라는 과제에 대해 아사기가 내놓은 해답이었다.

"지도리도, NON STYLE도, 난카이 캔디즈도 거리에서 공연했다. 당연한 말이지만 우린 극장에서 못 한다 아이가. 우리가 설 수 있는 무대가 있다면 바로 거리 위다. 개그 공연에 별 관심이 없는 행인들이 관객이고, 극장하고는 비교도 안 될 만큼 열악한 환경이데이. 거기에 적응만 하면 M-1 무대는 천국처럼 느껴질 기다. 더 이상 현장 분위기에 삼켜져서 개그를 까먹을 일은 없지 않겠나."

결정된 뒤부터는 일사천리로 진행되었다. 마이크 없는 맨 목

당신만이 알고 있다

소리로 관객을 모아 만담을 공연하기로 했다.

11월 하순 토요일 저녁, 장소는 고이즈미 상점가의 아케이드 상가로 결정되었다. 기리시마 고등학교 학생들은 굳이 강 건너까지 놀러 오지 않는다. 거기다 이런 시골 동네치고는 많은 인파가 모이는 곳이고, 저글링이나 기타를 들고 노래하는 등의 거리 공연을 하는 장소라 사람들에게 친숙하게 받아들여질 수 있었다.

삼각기둥 모양으로 고정시킨 종이 박스에 '만담을 보여드립니다, 니케 트로피'라고 큼직하게 쓴 종이를 붙여서 임시 간판을 만들었다. 행인들에게 말을 건네서 한 명이라도 멈춰 서주면 만담을 시작하는 것이다.

"이거, 엄청 쪽팔리네. 멈춰 서서 봐주는 사람이 있긴 하겠나?"

"내도 모른다. 그래도 그냥 우릴 봐주는 사람보단 우리 목소리를 듣고 멈춰 서는 사람이 더 많을 기다. 계속 말해야 한데이."

결국 첫 관객이 잡힌 건 행인들에게 소리치기 시작한 지 한 시간이 지나서였다. 영업을 돌고 퇴근하는 걸로 보이는 샐러리맨 남성이 "호오, 한번 해봐." 라며 우리 앞에서 팔짱을 끼며 멈춰 섰다.

"감사합니더. 그럼 기념비적인 첫 관객분께 저희 만담을 보여드리겠습니더!"

아사기와 가볍게 눈빛을 주고받으며 자신 있는 '반 교체' 개그를 시작했다. 관객은 이 남자 한 명이지만, 여기서 괜찮은 반응을 얻으면 두 번째 관객부터는 꽤 쉽게 잡힐 것이다.

하지만 첫 개그 대사에서 남자의 입꼬리는 미동조차 하지 않았다. 본 개그로 돌입한 뒤에도 이따금 피식거리기만 할 뿐 소리 내어 웃는 일은 없었다. 나는 내 몸이 서서히 아사기 쪽으로 돌아가기 시작한 것을 자각했다. 무서워서 샐러리맨 쪽을 바라보기 힘들었다. 아사기와 눈이 마주치는 빈도가 평소에 비해 몇 배는 많았다. 개그가 끝나자 샐러리맨은 짝짝짝, 하고 박수를 쳐준 다음 슬며시 "부끄러워하면 안 되지. 후반부에는 목소리도 작아졌고. 첫 바보짓에서는 언어유희를 좀 더 강하게 하는 게 좋겠어. 그리고 서바이벌에선 후반의 임팩트가 좋을수록 인상에 남으니까, 후반에 몰아치는 느낌이 좀 더 강했으면 좋겠네. 지금은 좀 약하거든." 이라며 개그에 대해 잘 아는 듯한 조언을 늘어놓고서 가버렸다.

"우짜노. 내는 지금 진짜로 좌절할 것 같데이."

샐러리맨의 뒷모습을 눈으로 배웅하며 그렇게 중얼거렸다. 아사기도 얼굴이 빨갛게 달아오른 채 입술을 부들부들 떨고 있

당신만이 알고 있다

었다.

"저렇게 평론가인 척 떠드는 인간들은 잔뜩 있다. 열받긴 해도 점마가 한 말에도 일리는 있데이. 후반부를 좀 더 몰아치는 느낌으로 바꾸는 게 좋을지도 모르겠다. 하지만……."

스스로 타이르듯 땅을 밟은 발에 힘을 주며 말을 이었다.

"무대 위에 서 본 적도 없는 인간이 이러쿵저러쿵하는 게 왜 이리 열받노."

나 못지않게 아사기도 동요하고 있다는 게 느껴지자 나는 조금 냉정함을 되찾았다. 아직 첫 번째니까 여기서 꺾일 수는 없다. 이런 것도 다 공연 경험이다.

"뭐, 이런 식으로 쓴맛을 볼 때도 있어야 하지 않겠나. 더 열심히 하면 된다."

"쓴맛이라기보다 뭔가 현실적인 맛이데이. 아~ 와 이리 땀이 나노—"

"만담하는 거니?"

그때 놀랍게도 행인 쪽에서 먼저 말을 걸어왔다.

나와 아사기는 즉시 대화를 멈추고 정면을 돌아보았다. 그곳에는 서른 살 전후처럼 보이는 커플이 있었다. 머리를 삐쭉삐쭉 세운 키 큰 남자와 시선이 불안정한 갈색 머리의 여자다. 말을 건 사람은 남자 쪽이었다.

"네, M-1에 나갈라고 만담을 하고 있습니더. 바쁘지 않으시면 보고 가주셔예."

"오, 재밌겠네. 거리 만담이라. 난 만담 좋아하거든. 나미, 개그 같은 거 좋아해?"

질문을 받은 나미 씨는 조금 쭈뼛거리면서도 고개를 끄덕였다.

"얼굴 개그 위주로 하는 건 아니지?"

무슨 의도로 하는 질문인지는 모르겠지만, 당연히 얼굴 개그를 싫어하는 사람도 있을 것이다. 우리 개그 중에서 얼굴 개그가 들어가는 건 '추리소설' 정도밖에 없으니까 그것만 아니라면 문제 될 게 없었다. 싱긋 웃으며 고개를 가로저어 보였다.

"그럼 볼래."

나와 아사기는 눈빛을 교환했다.

"그럼 바로 시작하겠습니다. 고등학교 같은 반 친구끼리 콤비를 짠 니케 트로피라고 합니다."

"저희 이름하고 출석 번호만이라도 기억해주셔예."

"아니, 번호가 뭔 필요 있노? 학교에서 우릴 관리하려고 만든 숫자 아이가—."

첫 개그 단계에서 두 사람이 피식 웃어 주었다. 그들 사이에 흐르는 공기에서는 뭔가 따뜻함과 긴장감이 공존하는 느낌이

당신만이 알고 있다

들었다. 아마 사귄 지 얼마 안 되는 사이고, 오늘 데이트가 순조롭게 진행되고 있는 것 같다는 생각이 들었다. 그런 사고를 할 만한 여유가 있었다.

개그는 일부러 방금 전과 똑같은 '반 교체'를 골랐는데, 이게 완벽히 적중했다. 두 사람 모두 꽤 후하게, 필요한 상황마다 제대로 웃어 주었다. 1m 앞에서 처음 보는 어른들이 웃어주고 있다—이 사실이 나와 아사기에게 힘을 주었다.

결국 우리는 4분 길이의 개그를 3개 보여주었고, 커플은 모든 개그에서 제대로 웃어 주었다. 마지막에는 남자가 1000엔짜리 지폐를 꺼내더니 한사코 거절하는 내 손에 억지로 쥐여주었다. 삐죽삐죽한 머리카락 끝에 얼굴이 조금 찔렸지만, 그런 건 아무렇지도 않을 만큼 가슴이 뜨거워졌다.

"정말 재밌었어. 완벽한 호흡이네. 학생들, 열심히 해."

희비가 크게 교차한 첫 싸움을 거친 뒤, 우리는 거리 만담의 매력에 빠져들었다.

하나하나의 개그에서 통하는 것과 안 통하는 것, 통할 거라 생각했지만 관객에게 잘 전달되지 않는 부분을 파악할 수 있었다. 하나하나 개량해가며 보여준 다음, 다시 반성하는 일의 반복이었다.

첫 공연 이후, 토요일이면 매주 거리에 섰다. 처음엔 부끄러웠지만 지금은 완전히 익숙해져서 공연을 즐기는 여유까지 생겨났다.

물론 성가시게 구는 관객도 있고, 3시간이나 아무도 관심을 안 가져줄 때도 있고, 만담 도중에 그냥 가버리는 경우도 있었다. 아사기를 꼬시려 드는 남자들이 꼭 나타나는 것도 성가셨지만, "이거 다시 보기용으로 녹화하고 있는데예." 라고 말하면 비교적 쉽게 퇴치할 수 있다는 걸 알게 된 뒤로는 가볍게 처리할 수 있었다.

거리에 서게 된 이후로 한 가지 변화가 생겨났다. 아사기의 개그에서 내가 직접 대사에 대한 아이디어를 내기 시작했다. 관객의 반응이 보이게 된 뒤로, 좀 더 이런 식으로 말하면 좋을 것 같다, 이 치고 들어가기는 내 입으로 말하면 좀 어색한 것 같다는 식으로 의견을 내게 된 것이다. 아사기의 대본을 암기하기 급급했던 내가 적극적으로 그것을 고쳐나가게 되었다. 그리고 그런 작업이 만담에 대한 내 열정을 한 단계 더 끌어올렸다.

목표를 향해 노력한다는 게 실감이 났다. 고등학생 콤비로 M-1 우승이라는 쾌거를 이루기 위해서라면 이 정도 노력은 당연하다고 생각했다. 거리 위 관객들의 어떤 반응도 발전을 위한 양분이 되는 느낌이었다. 그만큼 공부와 연애에 할애할 시

당신만이 알고 있다

간은 줄어들었지만, 부모님과 나츠메에게는 잘 둘러대며 계속 달렸다. 12월로 접어든 뒤에도 거리 공연 빈도는 그대로였다. 평일엔 가정과 준비실에서 연습, 토요일은 강변 다리 밑에서 연습한 뒤에 거리 공연을 한다. 비 오는 날은 우의를 걸치고 상점가로 향했다.

⊕

올해의 크리스마스이브는 토요일이다. 그래도 일단 연습은 했지만 오전 중에 빨리 마무리했다. 아사기는 '오늘 같은 날은 오카랑 좋은 시간 보내라. 그 대신 내일은 상점가로 갈 기다. 오늘 밤엔 M-1 결승, 꼭 보레이.' 라는 말만 남긴 채 싱글거리며 돌아갔다.

나츠메와는 밤에 노자키 식물원의 크리스마스 전구 장식을 보러 가기로 했다. 남친이 생기면 크리스마스에는 꼭 여기에 가고 싶었다고 하기에 그 소원을 들어주기로 한 것이다.

꽃밭처럼 펼쳐진 형형색색의 전구 장식에 나츠메가 감동스럽게 말하는 것을 보면서도, 나는 '전구 장식'과 '크리스마스 데이트'라는 단어를 사용한 적당한 비유를 생각하고 있었다.

—등장 빈도가 낮은데 존재감이 엄청난 거! 크리스마스트리

아이가?

—아니, 엄청난 인파랑 전구 장식은 세트 아이가? 뱀장어랑 산초만큼 강하게 묶여 있다카이.

—하루 일하고 364일 동안 쉬는 건, 산타클로스 아이가?

전부 메모할 만큼 괜찮진 않다고 생각하며 머릿속 휴지통에 버려버렸다. 역시 잠깐 틈날 때 하는 생각으로는 좋은 아이디어가 나오기 힘들다.

나츠메와의 대화에 집중해야겠다고 생각하며 사고를 전환시켰다.

"오카도 문학상 노려보고 있다 아이가. 마감이 언제고?"

"문예상 말이지?"

나츠메는 한숨과 함께 말했다.

"마감은 3월까진데 도무지 잘 안 돼. 한 문장 쓸 때마다 나한테 재능이 없다는 걸 실감하고 있어."

"나도 안다, 그 기분. 재능이 있다는 걸 실감하려면 어떻게 해야 하는 기가?"

솔직하게 투덜거리자 나츠메는 입을 비죽 내밀었다.

"그럴 땐 '오카한텐 재능이 있어.' 라고 위로해줘야지."

"그게 되겠나? 오카가 쓴 글을 한 번도 보여준 적이 없다 아이가."

"그래도 내가 하는 말은 매일 접하고 있잖아. 대화할 때도, 메시지로도, 가끔 써주는 편지로도. 나한테 가장 가까운 지히로 군이 아무 재능도 느끼지 못한다면, 순문학으로 상을 받을 가능성은 전혀 없는 거잖아."

"그렇다면 말인데⋯⋯."

나는 큰맘 먹고 질문했다.

"나한테는 개그의 재능이 조금이라도 있다고 생각하나?"

나츠메는 또다시 입을 비죽 내밀었다.

"그렇게 금방 자기 이야기부터 꺼내는 타입이었던가?"

"니하고 얘기할 때는 타입이 바뀐다 안 카나."

"만담 이야기를 할 때겠지."

나츠메는 웃으며 말을 이었다.

"그런 면에서 보면 재능이 있다고 생각해. 재능의 조건은 얼마나 빠져들 수 있느냐잖아."

"그럼 니도 순문학에 빠져들어 있다카이."

"내가 빠져드는 건, 그냥 공상이야. 현실이 싫은 것뿐이지. 공상을 구현시킬 방법은 언어밖에 없잖아. 노래나 그림, 영상 같은 걸 할 수 없으니까 마지막으로 남은 언어를 고른 것뿐이지. 그런 건 언어 입장에서도 싫을 거야. 다른 선택지도 있지만 언어가 가장 좋다는 애한테 가고 싶겠지."

"그런 표현은 순문학 같데이."

"내가 제일 싫어하는 속어를 써서 말하자면, 이런 건 멘헤라 (역자주-멘탈 헬스의 줄임말로, 정신 건강에 이상이 있는 사람을 가리킨다.) 의 헛소리일 뿐이야."

나츠메의 언밸런스한 자신감 부족이 표출되고 있었다. '난 다른 애들과 달라.' 라는 자의식에 비해, 그 자의식을 지탱하는 자부심이 약한 데서 생겨나는 불안정함이다.

"난 니랑 얘기하면 즐겁다카이. 처음엔 그냥 얼굴이 예뻐서 관심이 갔지만서도 오카가 하는 말에 자극받을 때도 많고, 존경스러울 때가 많다."

나츠메의 손을 잡아당기며 자연스레 끌어안았다. 내 가슴팍에서 내 얼굴을 올려다보고 있다. 작은 얼굴 안에서 강한 존재감을 드러내는 커다란 눈이 보였다.

"저기, 지금부터 우리 집에 가지 않을래?"

갑작스레 바뀌는 분위기가 왠지 쑥스러워서, 일부러 순진한 척 얼버무렸다.

"와? 젠가라도 하게?"

"이미 알고 있을 테지만, 우리 집엔 부모님 안 계셔."

입을 다물고 말았다. 아무리 나라도 그 말에 담긴 뉘앙스를 알아채지 못할 만큼 둔감하진 않았다.

"오카가 괜찮다면……."

"지히로 군네 부모님은? 말 안 하고 외박해도 괜찮아?"

"뭐, 성적만 좋게 유지하면 외박 같은 걸로 잔소리하진 않으신다."

"그럼 편의점 가자. 오늘 외박할 준비물 사러."

자연스레 심장 고동이 빨라지는 게 느껴졌다. 최대한 냉정하게, 성욕 따윈 요만큼도 없다는 얼굴로 중얼거렸다.

"렌즈 세정액하고 케이스를 팔려나?"

다음 날 아침, 나는 집으로 돌아가지 않고 나츠메의 집에서 직접 상점가로 향했다.

"우와, 니 그 옷…… 정말이가? 한 기가?"

내 복장이 어제와 바뀌지 않은 것을 발견하고 바로 지적해왔다. ―입꼬리와 눈가가 붙어버리지 않을까 싶을 만큼 싱글거리는 얼굴로.

"주간지 기자처럼 저급한 질문을 하고 그라노."

"비유가 날카롭질 못하네. 졸업한 뒤라 그런가? 한창 청춘을 만끽할 때는 받아치는 어휘가 약해진다는 법칙이 있다 아이가."

"……."

말없이 공연 준비에 집중했다. 종이 박스 간판을 조립하고 박스 테이프로 고정시켰다.

"자, 실제로는 어떠셨어예? 누가 봐도 어제랑 똑같은 니트를 입고 계신데예. 그런데 머리에서는 평소랑 다른 샴푸 냄새가 나네예? 막차를 놓쳐서 인터넷 카페에서 하룻밤 지낸 건 아닌 것 같은데예."

"……."

"나츠메 오카 씨와의 교제 기간이 딱 반년 정도 되시지 않아 예? 크리스마스이브라는 절호의 기회이니만큼, 무대만 갖춰지면 틀림없이 할 수 있는 타이밍이었다고 생각합니다마는……."

가만 놔두면 계속 성가시게 굴 것 같았기에 단호히 말해주기로 했다.

"침묵을 좀 예스로 받아들이면 안 되나? 무슨 애가 이렇게 섬세하질 못하노."

아사기가 과장스럽게 꺄아악, 하고 새된 비명을 질렀다.

"뭐 그렇게 멋지게 커밍아웃을 하고 그라는데?"

"성에 대한 니 관심에 질려버렸다카이."

"아니, 성에 대한 관심이라기보다는 오카가 어떻게 섹스하는

지가 궁금한 기다. 그렇게 예쁘면 좋은 그림이 된다 아이가."

"내 말고 오카한테만 초점이 가 있는 기가?"

"괜찮겠나? 니가 총각 딱지 뗀 다음 날이라는 걸 행인들은 모른다카이. 평소하고 똑같은 상태를 유지해야 한다는 걸 잊으면 안 된다. 배에 힘 꽉 주고 발성해라."

"저급한 질문 하다가 갑자기 진지하게 조언하는 건 뭔데? 냉탕 들어갔다 온탕 들어갔다 하나?"

"오, 제법 괜찮데이. 준비 다 됐네."

깊게 심호흡을 하며 어깨를 가볍게 돌렸다.

"크리스마스든 총각 딱지 떼고 맞이하는 첫날이든 상관없다. 가자."

"오, 훌륭한 각오다. 오케이, 가자."

서로 마주 보며 고개를 끄덕인 다음, 힘껏 목소리를 높였다. 몇 번이고 반복하며 몸에 밴 인사말이다.

"안녕하십니까— 니케 트로피입니더!"

"지금부터 만담을 보여드리겠습니더! 관객이 몇 분만 모이면 그때부터 시작합니더! 크리스마스 오후부터 보여드리는 거리 만담, 꼭 보고 가세예—."

⊕

    만담을 시작한 뒤로 수많은 행사를 치른 것 같은 착각에 빠졌다. 정월, 밸런타인, 반 편성, 모의고사, 내 생일, 진로 희망표, 체육 대회, 계절 학기, M-1 그랑프리 1차 예선.

    그런 행사를 치르는 동안 부모님과 세 번 싸우고, 나츠메와 여섯 번 싸우고, 아사기와는 딱 한 번 싸웠다.

    부모님과 싸운 원인은 내 모의고사 성적이 지망 학교의 의학부에서 처음으로 D 판정을 받은 시기와 M-1 참가 전에 실전 적응을 위해 아마추어 대회에 참가하기로 한 시기가 겹쳐서였다. 나츠메와 싸운 원인은 사귀고 1주년이 되는 기념일에 하필 아마추어 대회가 열렸기 때문이다. 덧붙이자면 담임 선생님과도 착실히 다투고 있다. 아무리 시골 동네라지만 인문계인 이상, 의대 지망인 내 수험 태도는 담임에게도 중요하기 마련이다.

    아사기와 싸운 건 그 모든 과정에서 쌓인 스트레스가 정점에 달한 내가 아사기에게 새삼 "고등학생일 때 M-1을 우승하고 싶은 이유가 대체 뭔데?"라는 질문을 했지만 아무 대답도 듣지 못한 것이 발단이었다. 부모님도, 나츠메도, 선생님도 M-1을 우승하고 싶으면 대학생이 된 다음에 노려도 되지 않겠느

당신만이 알고 있다

냐고 말했고, 지극히 맞는 말이라 난 아무 반박도 할 수 없었다. 물론 만담가로서 지금이 가장 완성되었다는 자신감이 있었고 이럴 때 쉬었다간 지금 잡아놓은 감이 사라져버릴 거라는 건 알았지만, 그것만으로는 상대를 설득할 수 없었다. 아사기는 고등학생일 때 M-1을 우승하겠다고 말했다. 그 진짜 이유를 슬슬 알고 싶었을 뿐이다.

"결승까지 올라가면 알려줄 테니까, 그때까지 기다려라."

'니 같으면 그걸로 납득하겠나?'라는 내 반박을 시작으로 우리는 주먹이 나갈 뻔할 만큼 격렬한 말다툼을 벌였고, 서로를 비난한 끝에 백팩과 접이식 우산, 체육복 가방 등을 마구 던져 댔다. 이거 이러다가 2차 예선이 시작되기도 전에 콤비가 해체되는 게 아닐까 싶을 만큼 살벌한 분위기 속에서, 아사기가 불쑥 말했다.

"내는 고등학교 졸업하면 바로 일할 기다. 니하고 만담할 수 있는 건 올해가 마지막이다카이."

구구절절 설명하지 않아도 아사기가 무슨 말을 하고 싶은 건지 알 수 있었다. 나도 얼핏 느끼면서도 외면해왔던 일이니까.

"집에 빚이 많데이."

이 녀석은 고3이 된 뒤부터 눈에 띄게 공부에 손을 놓았고, 만담 이외의 시간에는 PC실에 틀어박혀 다양한 소프트웨어의 사용법을 정보 선생님에게 배우고 있었다. 인문계인 이 학교에서 대학 진학, 재수 외의 진로를 선택하는 사람은 학년에 한 명 있을까 말까였다. 입학 시점부터 어느 수준의 국립 대학에 갈 수 있는지를 기준으로 진로를 고민하거나, 혹은 집이 조금 유복한 경우 도쿄의 사립 대학을 고려 대상에 넣는 사고방식이 일반적이었다. 취직 같은 건 아무도 생각하지 않았다.

"부모님은 뭐라고 하시는데?"

"암말도 안 하신다."

더 이상 추궁할 수 없었다. 하지만 나는 이 순간 굳게 결심했다.

"우리 부모님한테는 재수를 각오해달라고 할 기다. 나츠메한테는 진심으로 사과해서 허락받을 기다. 그러니까 결승까지 가면 니 그 이유, 꼭 말해줘라."

서로 체력을 소모한 뒤였기에 의외로 솔직한 말이 나오는 것 같았다.

"꼭 말할게."

아사기는 조금 쓸쓸하게 웃었다.

"뭐, 원래 목적은 그렇다 치고—너하고 갈 수 있는 데까지 가보고 싶은 마음은 확실하데이. 야구 소년이 갑자원 대회를 목표로 노력하는 거랑 똑같다카이. 우리의 전국 대회는 고등학생

뿐만 아니라 프로 성인들도 참가하는 전쟁터라는 점만 다른 기다. 꿈을 꾸지 않으면 아무것도 시작될 수 없지 않겠나. 미안하지만, 내를 위해 주변 정리 좀 해줘."

그리고 10월, 우리 니케 트로피는 2차 예선을 돌파하면서 작년의 성적을 뛰어넘었다.

"니케 트로피가 항간을 떠들썩하게 만들고 있데이."

아사기가 아이폰을 보여주었다. 나는 화면을 보고 내 폰으로도 트위터를 검색해 보았다.

—준준결승까지 올라오는 아마추어면 역시 보통내기는 아냐.

—나이, 프로/아마추어 같은 건 다 제쳐두고, 그냥 가장 많이 웃었다.

—최고 반응은 니케 트로피. 예상치 못한 고등학생 콤비가 분위기를 폭소로 휩쓸었음.

총 6500팀에서 살아남은 125팀으로 진행된 '준준결승'이 끝나고 돌아가는 길. 우리는 그냥 집으로 돌아가고 싶지 않아서 대회장 근처의 맥도날드에서 셰이크만 주문해놓고 에고서핑에 빠져보기로 했다. 이런 에고서핑에는 '빠진다'라는 단어가 어울렸다.

그만큼 니케 트로피의 역대 최고 반응을 얻은 무대였다.

검색창에 입력하는 단어는 이미 니케 트로피뿐만 아니라 'M-1 준준결승' 같은 것들도 포함되어 있었다. 도쿄 대회장의 60팀의 개그를 전부 언급하는 내용을 블로그에 올린 사람도 있었다. '리뷰'라는 제목으로 트위터에 마음에 든 콤비를 언급하는 사람도 있었고, 각 콤비의 이름을 나열하고 그 옆에 82점이나 90점, A+나 △ 등으로 평가를 매기는 사람도 있었다. 이렇듯 우리에 대한 평가도 SNS에 잔뜩 올라와 있어서 얼마든지 찾아볼 수 있었다.

그런 모든 평가 글에서 정도의 차이는 있을지언정 니케 트로피를 칭찬해주고 있었다. '고등학생이라는 게 믿기지 않는 침착함'이라는 수식어가 달린 경우가 있는가 하면, '고등학생이라는 점과 상관없이……' 라는 서두로 시작하는 글도 있었고, 고등학생이나 아마추어라는 점은 언급하지 않고 심플하게 개그를 논평해주는 사람들도 많았다. 숫자나 알파벳으로 평가해주는 사람들은 다들 90점 혹은 A+ 이상을 주고 있었다.

그중 3할에서 4할 정도는 '오늘 최고 반응은 니케 트로피'라

당신만이 알고 있다

는 평가를 내렸다.

그 말 그대로, 해당 공연에서 가장 좋은 호응을 얻은 콤비를 가리켜 '최고 반응'이라 칭한다. 니케 트로피 이후로도 전부 재미있는 콤비들이 등장했고 관객들을 폭소시킨 콤비도 몇 팀 있었기에 그쪽이 최고 반응이었다고 적은 사람도 있었다. 그래도 체감상 가장 많이 언급된 건 니케 트로피의 이름이었다.

'이거, 꽤 가능성 있어 보이지 않나?'

그렇게 말하고 싶었지만 꾹 참았다. 입 밖에 내는 순간 모든 게 사라져버릴 것 같은 느낌이 들어서였다. 일단 간절히 준결승에 진출하고 싶었고, 어떤 미신이나 징크스든 간에 부정을 탈 만한 말과 행동은 철저히 삼가고 있었다. 대신 "기쁘네, 진짜로." 라고만 중얼거렸다.

아사기는 짐짓 근엄한 표정을 지으며 말했다.

"아직 준준결승이고, 솔직히 오늘은 체감상으로도 그렇고 반응이나 평가를 봐도 통과했다고 생각할 만한 요소밖에 없지만, 그건 당연하데이. 우리 목표는 우승이다. 오늘 통과했다고 해도 20팀 정도는 우리가 쓰러뜨려야 할 적이 남아 있다카이. 이정도로 들뜨기엔 아직 이르다."

"내가 자리에 앉자마자 니가 스마트폰 내밀면서 보여줬다 아이가. 들뜬 사람이 누고?"

"내는 눈도 깜빡 안 했다. 오히려 너무 예상대로라 따분해 죽 겠다카이."

"니, 가만 보면 귀여운 구석이 있데이."

"한 번만 더 내한테 귀엽다 카면 죽을 줄 알아라."

그로부터 일주일 뒤, 준준결승 결과가 M-1 그랑프리 2023 공식 홈페이지와 SNS로 발표되었다.

니케 트로피는 준결승에 진출했다. 살아남은 콤비는 25팀이 었다.

$$\oplus$$

"안녕하십니까! 니케 트로피입니다."

"저희는 고3이고예, 같은 반 친구끼리 콤비를 짰습니다."

"니들 사귀나? 라고 묻는 어른들은 순서대로 거시기를 청소 기로 밀어버리겠습니다."

도쿄의 관객들, 특히 요시모토 소속 개그맨의 팬이 많이 왔 다는 준결승이었다. 아마추어 고등학생 콤비를 좋게 봐줄지가 걱정이었지만, 첫 개그는 제대로 된 반응을 얻어냈다.

우리의 출전 순서는 네 번째였고, 아직 대회장 분위기가 완전히 무르익었다고는 할 수 없었다. 대회가 이제 막 시작되었다는 점을 고려하면 변화구 같은 입담 만담보다는 정석적인 콩트 만담이 잘 먹힐 거라 판단했다.

아사기가 완성한 네 개의 4분 개그 중에서 '시공 경찰'과 '추리소설'은 만담 안에 콩트 설정을 집어넣은 '콩트 만담'이었고, '사죄'와 '육아'는 콩트 없이 두 사람의 캐릭터 그대로 떠들어대는 '입담 만담'으로 분류할 수 있다. 시공 경찰은 이미 준준결승에서 써먹었으므로 결승을 앞둔 지금은 아직 예선에서 써먹지 않았던 개그를 시도해보고 싶었다. ―그런 자연스러운 흐름으로 우리가 할 개그가 정해졌다.

"내는 추리소설에 나오는 탐정이 너무 멋있다카이."

"아~ 멋지긴 하지. '범인은 이 안에 있다!' 막 이런다 아이가."

"잠깐 탐정이 되어보고 싶으니까, 니가 범인 역할 좀 해줘."

만담 콩트에 돌입한 뒤로도 평소와 다름없이 웃기는 부분에서 제대로 반응이 왔다. 엄청나게 넓은 데다 천장도 높아서 객석보다 빈 공간이 더 넓어 보이는 대회장이었지만, 우리는 항상 길바닥에서 만담을 해왔다. 넓은 공간엔 익숙했다. 덕분에 대회장에 압도당하지 않고 평소의 템포대로 진행할 수 있었다.

하지만 딱 2분 정도가 지나고 만담의 반환점을 돌았을 때 아사기에게 이변이 생겼다.

"아니, 탐정이 추리하는 건 보통 살인 사건 아이가? 왜 음란물 진열 사건을 추리하고 있는데?"

"어, 이게 아이가?"

"음란물 진열죄는 현행범으로 체포되면 끝이다카이. 제대로 안 하나?"

거기서 하나의 단락이 끝나고 아사기의 대사를 통해 다음 바보짓 파트로 넘어간다. 이 부분은 빠르게 진행되는 편이 좋으므로 항상 내 가벼운 치고 들어가기 뒤에 아사기가 즉석에서 다음 대사를 치곤 했다.

그런데 딱 적당한 타이밍에 아사기의 목소리가 들리지 않았다. '평소보다 0.1초 느린가?' 하고 생각했지만 아니었다—아사기의 표정을 보고 나서, 나는 숨을 삼켰다.

아사기가 매달리는 눈빛으로 나를 보고 있었다. 시선이 딱 마주쳤다. 만담 중에는 대본에서 시킬 때가 아니면 절대 눈을 마주치지 않는다는 원칙으로 공연해온 니케 트로피에게, 이것이 무엇을 의미하는지는 뻔했다.

아사기가 개그를 까먹은 것이다. 초조함이 나에게도 전파되었다. 이대로 대회장의 시간이 멈춰버려서 우리에게만 개그를 다시 떠올릴 틈이 생기면 좋을 텐데……. 그런 부질없는 생각을 억누르며 내가 지금 뭘 해야 하는지를 생각했다. 시간은 1

당신만이 알고 있다

초, 아직은 아슬아슬하게 약간의 위화감 정도로 넘어갈 수 있었다.

내가 아사기를 도와야 한다.

"그럼 한 번 더 처음부터 해봐라. 하얗게 눈이 쌓인 겨울 산장에서 살인 사건이 벌어졌다카이."

공백을 메우듯이 대본에 없는 대사를 끼워 넣었다. 이걸로 생각해낼 시간을 버는 동시에 아사기에게 힌트를 주었다. 다음 바보짓은 마지막 마무리의 복선이 되므로 빠져선 안 된다. 만약 기억해내지 못한다면 니케 트로피의 M-1 무대는 이걸로 끝이었다.

아사기의 눈동자에 반짝임이 돌아왔다. 나는 마음속에서 주먹을 힘껏 쥐었다.

"자, 그럼 범인에게 이야기를 들어볼까예. 범인은 도바시 씨, 당신입니더!"

전형적인 탐정 연기. 아사기는 지난 몇 초 사이에 정확히 기억해낸 것이다.

"뭐, 뭐고? 무슨 증거로 그런 소릴 하는데?"

"당신의 수영 팬츠 고무줄이 빠져 있었습니더. 피해자의 목에 남은 흔적하고 정확히 맞을 것 같네예."

"아니, 왜 내가 겨울 산장에서 수영 팬츠를 갖고 있는데?"

"돈키호테에서 산 그 촌스러운 980엔짜리 수영 팬츠 고무줄로 목을 졸라 죽인 거 아닙니까!"

"겨울 산장에서 왜 돈키호테 수영 팬츠가 나오노?"

"그야 니는 뭘 해도 반대로 간다 아이가. 불꽃놀이 축제에 가서 다들 밤하늘을 올려다볼 때, 땅바닥에 기어 다니는 개미들 앞길을 딱 막아버릴 것 같이 생겼다카이."

"그런 음침한 청개구리 짓은 안 한데이! 아니, 만약 그렇다고 해도 개미들 앞길을 막아버릴 것 같이 생긴 남자는 돈키호테에서 수영 팬츠 같은 건 안 산다!"

앞 내용을 인용한 치고 들어가기였다. 아사기가 깜빡한 일은 처음부터 없었던 것처럼 큰 웃음소리가 온몸을 울렸다.

"만약 진짜로 내가 고무줄로 죽였다 카면 너무 허술하지 않나? 그건 명탐정이 아니라 누구라도 알아차릴 기다."

"니 지능 수준에 맞춰서 범인으로 만든 긴데."

"치워라! 내 모의고사 최고 순위가 전국 12위다카이!"

"M-1 준결승에서 모의고사 얘기하는 거 극혐이데이."

"맞고 싶나!"

그 뒤로는 내가 아사기를 잡으러 뛰어다니는 상황극이 잠시 이어졌다. 아사기의 절묘한 마임과 눈을 뒤집어 까는 얼굴 개그로 분위기가 점점 달아오르며 폭소가 터져 나왔다.

"멀쩡하게 생겨 갖고, 얼굴로 웃기려고 하지 마라!"

내 치고 들어가기로 상황극이 끝났다. 이제 아사기를 통해 다음 파트로 넘어간다.

"됐다. 그럼 똑똑한 범인으로 해줄게—."

그 뒤로는 늘 연습하던 대로 진행되었고 끝까지 잘 마무리할 수 있었다. 하지만 나와 아사기는 이미 알고 있었다.

반응은 좋았지만 대폭발까지는 아니었다.

최고 반응과는 거리가 멀다.

우리는 결승에 진출할 수 없다.

만담을 끝내고 퇴장할 때까지는 꾹 참았다. 무대 옆, 관객이 보지 못하는 위치까지 가고 나서야 아사기가 거의 무너져내리듯이 쓰러졌다. 그대로 머리를 부딪칠 것처럼 쓰러졌기에 나는 여운에 잠길 틈도 없이 급하게 아사기의 몸을 부축했다.

"괜찮나?"

"죽는 줄 알았데이. 참말로 죽는 줄 알았다."

아사기는 내가 되레 냉정해질 만큼 처절하게 울고 있었다. 빠른 호흡인지 오열인지 모를 움직임을 반복하며 새빨개진 얼굴을 잔뜩 일그러뜨리고 있다.

주변에서 무대를 지켜보던 다른 참가자들이 몇 명 다가오며

"괜찮아?"라고 물었다. 아까 담배 냄새로 찌든 대기실에서는 그들 모두 TV에서 볼 때와 달리 웃음기를 쫙 뺀 진지한 표정을 짓고 있었다. 지금까지 경험한 어떤 대기시간보다도 긴장된 분위기였고, 작은 소리만 내도 싸움이 벌어질 것처럼 예민해진 모습이었다. 하지만 여고생이 이렇게 오열하고 있으니 말을 걸어준 것이다. 좋은 사람들이데이, 하고 소박하게 생각했다.

"괘, 괜찮아예. 한심한, 모습, 보여드려서 죄송합니더. 저, 우는 거 아니니까 불쌍하게 보지 마세예. 전 여기 싸우러 왔습니더."

아사기는 다른 참가자들의 손을 뿌리치고 얼굴을 가리듯 감싸며 가버렸다. 나는 걱정해준 분들에게 고개를 깊이 숙인 뒤에 아사기를 따라갔다. 여고생의 눈물은 그것만으로도 많은 것을 알 수 있게 해준다. 동경하는 존재들에게 보여주고 싶은 모습은 아닐 것이다.

아사기는 복도를 빠져나가 외부에 있는 비상계단까지 단숨에 종종걸음으로 가버렸다. 나는 빠르게 뒤따라갔다. 아사기는 아무도 없는 공간에서 아까보다도 더욱 격하게 울어댔다.

"잠깐, 시간, 줘라. 지금, 무슨 말을 해도, 제대로, 대답 못 한데이."

나는 오열하며 말하는 아사기의 어깨에 내 재킷을 걸쳐주었다. 건물과 건물 사이, 햇빛이 전혀 들지 않는 비상계단은 웃음이 나올 만큼 추웠다. 물론 웃을 상황은 아니었지만.

나는 잠시 말없이 난간에 몸을 기댔다. 벽 말고는 보이는 것도 없어서 심심했지만, 이런 상황에서는 침묵이야말로 상대방의 입을 쉽게 연다는 걸 안다.

불쑥 아사기가 침묵을 깨뜨렸다.

"갑자기 무서워졌다카이. 머릿속이 새하얘지더라."

떨리는 목소리였다. 슬픔의 정점은 한 번 지나갔지만 그래도 언제든 그 정점으로 다시 돌아갈 수 있는, 표면장력으로 아슬아슬하게 유지되는 수면처럼 위태로운 목소리였다.

"역시 준결승 무대가 무섭긴 했다."

"그기 아이다카이. 무대에 겁먹은 건 아니었다. 다른 만담가들한테 겁먹지도 않았다. 첫 개그가 잘 먹히고 나서, 아, 이제 내 손에 꿈이 잡힐락 말락 한다고 생각한 순간에 무서워진 기다."

그 기분은 나도 잘 안다.

우리는 지금 도쿄의 극장에서 24팀의 강자들과 만담으로 경쟁하고 있다.

아사기가 계속 자신만만하게 하곤 했던 말―"내하고 천하를 노려보지 않겠나?"

목적지가 멀 때는 오히려 편한 법이다. 손이 닿지 않을 만큼 멀리 있는 꿈을 이야기하는 건 오히려 즐겁기만 하다.

그게 사정권 내로 들어왔을 때가 가장 두려워진다. 현실감을 띠기 시작한 꿈이 가장 무섭다. 꿈을 이룬 미래와 이루지 못한 미래가 동시에 다가오기 때문이다.

"그래. 여기서 이기면 꿈에 그리던 결승 무대에서 만담할 수 있다고 생각하면서, 전국에 우리 만담이 방송되는 광경을 떠올린 기다. 그 순간에 모든 게 뒤집히면서, 아 여기서 실수라도 하면 전부 사라지겠다 싶었다카이. 그랬더니 개그 내용이 하나도 생각이 안 나더라."

"완전히 까먹은 것 같았데이."

"그걸 도바시가 애드리브로 시간을 벌어준 덕분에 간신히 기억해냈다. 그 순간부터 눈물샘이 터지기 일보 직전이었는데 간신히 꾹 참았다. 꾹 참으면서, 무슨 일이 있어도 공연을 마지막까지 끝내고 나서 울어야 한다는 생각에 필사적으로 참은 만큼 눈물이 엄청 쌓여서, 지금 이 모양이다카이."

나는 일부러 농담으로 받지 않았다.

"고생 많았데이."

"고생은 무슨. 내가 내 다리를 걸어서 넘어뜨린 기다. 꿈에 손이 닿을 뻔했는데, 너무 높이 올라왔다고 겁먹어서 뛰어내린 기다. 참말로, 왜 하필 이럴 때……."

"아사기 하유."

나는 일부러 풀네임으로 불렀다. 아사기가 처음 나를 불렀을 때와 똑같이.

"날 여기까지 데려와 줘서 참말로 고맙데이."

진심이라는 것을 나타내기 위해 더 이상의 사족은 붙이지 않았다. 수험 공부, 나츠메와 보내는 시간, 친구들이 같이 놀러 가자고 유혹하는 노래방과 바다, 방과 후의 맥도날드. 그것들을 전부 포기하게 만들었다는 미안함을 아사기가 만에 하나라도 느끼고 있다면, 나는 그것을 부정해야만 한다.

나는 여기까지 올 수 있었다는 게 정말 행운이라고 생각했다.

아사기는 "됐다." 라고만 말하며 끌어안은 무릎에 얼굴을 묻었다. 그러더니 갑자기 벌떡 일어서며 내 배 언저리를 끌어안았다.

"고맙데이. 니가 따라와 줘서, 내랑 같이 해줘서 진심으로 다행이라카이."

그제야 갑자기 현실감이 회복되면서 낯이 뜨거워졌다. 아사기도 같은 심정이었는지 급하게 떨어지며 내뱉듯 말했다.

"아직은 끝난 게 아이다."

나는 일부러 장난스레 말했다.

"방금 그거, 막 사귀기 시작한 커플이었으면 틀림없이 하게 되는 분위기였데이."

아사기는 퉁퉁 부은 눈을 부드럽게 일그러뜨리며 미소 지었다.

"뭔 쓸데없는 비유를 다 하노. 미리 말해두는데, 내는 기모 팬티를 입고 있다. 만에 하나, 억에 하나, 조에 하나, 경에 하나, 니가 내한테 그런 마음이 생기는 사고가 생긴다 캐도, 그런 분위기를 몰아내고 시원하게 웃어버릴 수 있게 엄청 촌스러운 기모 팬티를 입었다카이."

나는 웃었다.

"그렇게 안 해도 니랑 있을 때는 웃기는 분위기 말고는 느껴본 적이 없다."

그러고 나서 우리는 한동안 말없이 엄청나게 추운 도쿄의 바람을 쐬었다. 20시의 결과 발표까지―단두대에 올라설 때까지는 아직 시간이 남아 있었다.

그러다 불쑥 아사기가 입을 열었다.

"내가 여기까지 데려온 기 아이다. 우리가 같이 왔다 안 카나."

"그걸 아까 말하면 좀 좋나."

20시, 결승에 진출하는 9팀의 참가 번호와 콤비명이 호명되었다.

그 안에 니케 트로피의 이름은 끼어 있지 않았다.

다음 날이었다. 솔직히 학교는 쉬고 싶었지만, 아사기는 오늘 기어서라도 꼭 등교하는 게 좋을 것 같다는 메시지를 보냈다. 나츠메와도 오늘부터는 같이 하교하자는 약속을 해두었기에 그녀와 이야기를 하고 싶기도 해서 내키지 않는 기분을 최대한 억누르며 학교에 갔다.

주차장에서 자전거에 자물쇠를 채우고 있는데 등 뒤에서 아사기의 목소리가 들렸다.

"왔나. 상쾌한 아침이데이. 어제 그런 쓰레기 같은 실수를 했다는 게 믿기지 않을 만큼 상쾌하다카이."

"그렇게 날카롭게 자학해봐야, 아무한테도 도움이 안 된―."

나는 뒤를 돌아보자마자 입을 다물었다. 다물 수밖에 없었다는 표현이 더 정확할지도 모르겠다. 말문이 막혔다는 얘기다.

내 눈앞에는 어깨까지 내려오던 머리카락을 시원하게 쳐내고, 소년 같은 쇼트커트 스타일로 변신한 아사기가 있었다. 작은 얼굴이 더욱 작게 정리된 것처럼 보였다.

"니, 머리가 와 그라노?"

"뭐, 점심시간에 얘기하자."

아사기는 그 말만을 남기고 자전거를 대충 세워놓은 뒤 교실로 가버렸다.

"비주얼은 무대 위에서 관객과 심사원들에게 제일 먼저 보이는 우리 정보인 기다."

점심시간, 나와 아사기는 매점에서 빵을 사서 가정과 준비실에 모였다. 짧게 친 머리의 아사기를 보고 있자니 전혀 다른 사람 같이 느껴져서 영 적응이 되지 않았다. 이미지 변신이란 건 때때로 이런 효과를 내는 건지도 모르겠다.

"굳이 부끄러움을 무릅쓰고 말하자면, 이게 내 각오의 표현이라고 생각해줬으면 좋겠는데―

내는 개그를 하기엔 얼굴이 너무 준수하다 안 카나."

"서두가 긴 것 치고는 여전히 부끄러워하네."

"겉모습으로 무언가를 판단하는 게 부정적으로 받아들여지는 시대다카이. 하지만 사람들이 그런 관념을 갖고 만담을 봐주진 않는다 아이가. 미남미녀가 만담을 하면, 관객 중 몇 할 정도는 그 외모에만 정신이 팔려버린다. 첫 개그에서 '고등학생 남녀'를 소재로 해서 어느 정도는 중화시켰지만, 그래도 내 외모는 개그에 방해가 된다. 그래서……."

아사기는 손가락으로 V를 만들어 머리카락을 자르는 시늉을 했다.

"일단 짧게 잘라 봤데이."

"니는 긴 머리에 애착이 있던 거 아니었나?"

"음~ 뭐, 개인적으로는 긴 머리가 더 좋기도 하고 짧으면 미용실에 자주 가야 하니까 돈이 많이 들어간다는 측면에서도 긴 머리를 선호하긴 하는데, 머리는 또 자란다 아이가. 마지막 승부, 내가 할 수 있는 일은 전부 해보고 싶데이."

나는 거기서 깊은 한숨을 쉬었다. 염려하던 점이 하나 사라졌기 때문이다.

"뭐, 싸울 의지가 사라진 게 아니라서 다행이다."

아사기의 머리를 슬며시 쓰다듬었다.

"패자부활전, 나갈 기지?"

"당연한 거 아이가? 이제 남은 길은 그것밖에 없고, 반대로 말하면 아직 그 길이 남은 기다."

M-1 그랑프리의 준결승 진출자는 본 대회 당일 낮에 패자부활전으로 야외무대에서 만담을 공연할 수 있다. 패자부활전은 TV로 중계되며, 시청자 투표로 1위를 차지한 콤비만이 결승에

참여할 기회를 얻게 된다. 이미 TV와 극장에 자주 출연하면서 고정 팬을 확보한 개그맨들과 시청자 투표로 싸우는 것이다. 지옥에 내려온 가느다란 목숨줄인 셈이다.

나는 오늘 아침까지만 해도 아사기가 이미 좌절해버렸을 가능성이 전혀 없진 않다고 생각했다. 패자부활전은 그만큼 어렵다.

하지만 아사기의 항성 같은 눈은 아직도 반짝이고 있었다.

"해보자. 사람들한테 가장 잘 먹히는 만담을."

"마지막 2주 동안 완주해보자. 아직 포기하기엔 이르다카이. 마지막 한 번, 4분 동안 만담할 기회가 남았다 아이가. 최고의 4분으로 만들어야 한데이. 그러는 데 필요한 노력은 전부 할 기다. 거리 만담도 계속 나가자."

이 녀석이 포기할 리가 없지. 참 쓸데없는 걱정을 다 했구나 싶다.

"내도 해야 할 일은 전부 할게."

실패하는 상황을 의도적으로 배제했다. 이기는 데 필요한 것만 생각했다.

그동안 마음속에서 늘 걸렸던 것이 있었다. 우연히 나 역시도 오늘 결판을 지을 생각이었다. 상징적인 의미도 있었고, 단순히 한계가 가까워졌기 때문이기도 했다.

"오카랑 헤어질란다."

내 선언에 아사기는 가늘게 숨을 쉬며 다음 말을 기다리고 있었다.

"1년 반 동안 사귀면서 좋은 추억을 많이 만들었데이. 우릴 이어준 아사기한테도 정말 고맙고, 오카는 정말로 재밌는 애다. 하지만 늦어도 지금 시점에서는 헤어지는 게 맞는 것 같다."

아사기는 의외로 동요하고 있었다. 반대하는 기색을 노골적으로 드러냈다.

"참말로 그래도 되겠나? 패자부활전 때문에 그러는 기면, 그냥 2주 동안만 기다려달라 카면 된다 아이가?"

"그기 아이다. 오카는 아마 올해에 합격해서 도쿄에 있는 대학으로 갈 기다. 내는 올해는 글렀다카이. 오카는 대학 가서 새로운 남친 만나 행복하게 사는 게 좋을 기다."

"뭘 혼자 어른인 척 미래를 상상하고 있노? 그냥 혼자 그럴 거라고 믿고 있는 거 아이가? 오카한테 한 번이라도 물어본 적은 있나?"

아사기는 어투가 격해졌다는 걸 자각했는지 고개를 저었다.

"뭐, 니가 후회 안 할 자신만 있다면 그래도 된다. 하지만 후회할 것 같으면 관둬라."

나는 고개를 끄덕였다.

"오늘 방과 후에 말할 기다. 이미 만나자고 메시지는 보내놨다. 오카가 어떤 반응을 보일지는 모르지만, 패자부활전 전에는 정리할 생각이다."

⊕

한 글자도 머리에 안 들어오는 수능 대비 수업이 끝난 뒤, 방과 후의 오후 6시였다. 특별 교실이 모인 서쪽 건물의 4층, 이 학교 안에서 가장 사용 빈도가 낮은 교실인 '가정과 준비실'로 갈 때를 제외하면 지나갈 일이 전혀 없는 계단의 층계참에서 나는 나츠메를 기다리고 있었다.

정확히 말하면 어제 메시지로 방과 후에 할 이야기가 있다고 말해둔 것이다. 나츠메에게 최대한의 예의는 지키고 싶었다. 헤어지자고 말한 경험은 중학생 때 딱 한 번 있었지만, 정말로 쉽지 않았다. 애초에 그 말을 쉽게 꺼내는 사람이 있기나 할까? 1년 반 동안 누구보다 가까이 지냈던 사람을, 가장 멀리 떨어진 관계로 밀어내는 행위다.

나츠메의 D반은 동쪽 건물 4층이었기에 통로를 지나 위쪽에서 내려올 거라 생각하며 그쪽만 보고 있었는데, 목소리는 의외로 아래쪽에서 들려왔다.

"안녕? 오래 기다렸어?"

나는 몸을 돌려 층계참 아래쪽 계단, 목소리가 들린 쪽을 바라보았다.

"아니, 별로—."

거기서 말이 끊겨버렸다.

나츠메의 머리카락이 확 짧아져 있었다. 햄버거를 먹을 때 거슬려 보이던, 어깨까지 내려오는 윤기 있는 흑발은 사라지고 작은 얼굴의 윤곽을 따라 단정한 보브 커트로 변신한 모습이었다. 완전한 원에 가까운 실루엣은 기존의 미려함과는 또 다른 종류의 완성도를 갖추고 있었다.

"어차피 차일 거, 미리 시원하게 자르는 게 나을 것 같아서."

나츠메는 전부 꿰뚫어 봤다는 듯이 장난스럽게 웃었다. 아래쪽에서 자연스럽게 나를 올려다보는 각도, 가장 매력적으로 보이는 각도로 선명히 보이는 새로운 모습.

"그렇게 티가 났나?"

"차일 땐 차이더라도 멋지게 차이고 싶어서. 난 오늘 지히로 군에게 할 말을 미리 대본으로 써놨거든."

헤어지자고 하려는 사람은 난데, 완전히 나츠메의 페이스대로 흘러가고 있었다. 나는 할 말을 잃고 순순히 감상을 이야기할 수밖에 없었다.

"역시 대단하다. 진짜 존경한데이. 내 뇌에 니하고 같이 있을 때만 자극되는 부분이 반드시 있다카이."

"단순하게 예쁘다는 칭찬도 받고 싶었지만…… 그것도 나쁘 진 않네."

"짧은 머리도 예쁘데이."

"하유보다?"

"금마는 안 예뻐 보일라고 자른 거 아이가."

"그런가? 뭐, 됐어. 그건 그렇고 일단 들어야 할 말은 들어야 겠지. 우리, 아직 이 순간까지는 서로 사귀는 사이잖아."

정말로 준비해온 것 같은 작위적인 대사에 나는 마음이 강하 게 죄어드는 기분을 느끼면서도 정확히 말했다.

"우리, 헤어지자."

주위의 온도가 2도에서 3도 정도 내려간 것 같았다. 나츠메 의 발랄한 태도가 실제로 이별을 말하는 순간과 상당한 온도 차를 만들어낸 것이다.

"내가 먼저 고백해놓고, 너무 제멋대로라는 건 안다. 내는 2 학년 봄에 만담을 시작하고, 비슷한 시기에 오카랑 사귀기 시 작해서 지금까지 비슷하게 시간을 보냈지만, 내한테는 역시 만 담이다. 아사기하고 만담을 하면서 니랑 사귀고 있다는 게 계 속 목에 걸린 가시처럼 신경이 쓰였데이. 오카랑 사귀고 싶어서 마지못해 시작한 만담이 아니라, 정말로 사람들을 웃게 하기 위한 만담으로 패자부활전에 나서고 싶다. 다 내 이기심이고, 바보 같은 고집이다. 그래도 여기서 내 마음을 확실히 정리해 두기 위해서—우리 관계를 끝내고 싶다."

"잘 말했어."

나츠메는 끝까지 아까의 태도를 유지했다. 목소리도 떨리지 않았다.

나츠메가 내 어깨를 가볍게 두드렸다. 마치 나비가 잠시 앉았다 날아가는 것처럼 부드러운 타격이었다. 자세히 보니 오카의 오른손에는 애처로운 화상 흉터가 있었다. 나는 지금까지 사귀면서 이런 것도 전혀 모르고 있었다는 걸 깨달았다.

"이건 절대 내가 할 말이 아닌 건 알지만, 아사기하고는 계속 친구로 있어 주면 안 되겠나?"

"니가 할 소리가?"

어색하게 익살부리는 나츠메의 간사이 사투리. 한 폭의 그림 같은 그 모습에 가슴이 아렸다.

"계속 친구로 남을 수 있을지는 모르겠어. 나도 갑자기 큰맘 먹고 멀리 떠나버릴지도 모르고. 그래도 걱정은 안 해. 하유한테는 지히로 군이 있으니까."

"우리는 그런 사이가—."

"나도 알아. 연애 감정은 아니지. 처음엔 연애 감정이라고 확신할 수 없는 연애 감정…… 같은 거라고 생각했어. 『발로 차주고 싶은 등짝』에 나오는 것 같은. 하지만 그런 것도 아니고─전우…… 같은 관계에 가장 가깝겠지. 전쟁터를 함께 누벼온 두 사람만의 우정."

전우. 나츠메의 입을 통해 듣자 신기하게도 그 단어가 머리에 선명히 들어왔다. 물론 '우리는 전우다 아이가.' 같은 노골적인 말을 한 적은 없지만, 아사기를 형용하는 어휘로는 가장 확 와닿는 말이었다.

"역시 니는 대단하데이. 존경스럽다."

나츠메는 어깨를 으쓱거렸다.

"솔직히 엄청 화가 나고, 아직도 좋아하고, 이제 와서 만담에 졌다고 생각하면 잠도 못 잘 것 같고, 엄청 울고 싶고, 당연히 지히로 군이 가고 나면 보는 사람이 놀랄 만큼 울 것 같지만……."

"응."

나츠메는 마지막까지 울지 않고, 목소리도 떨지 않으면서 할 말을 다 했다.

"마지막으로, 그런 나도 웃길 수 있을 정도의 만담을 보여줘."

⊕

"글렀다. 진짜로 토할 것 같데이."

절면 어떡하지? 개그를 까먹으면 어떡하지? 혹시라도 센터 마이크의 높이를 조절하려고 손을 뻗다가 넘어지면 어떡하지? 머릿속에서 온갖 부정적인 상상이 잇달아 떠올랐다가, 지금까지 한 번도 그런 실수는 안 했다 아이가, 하고 이성적으로 억눌렀다. 호흡하기 힘들고 목도 말라서—아야타카 녹차를 입에 살짝 머금으며 적셨다. 지난 10분 동안 벌써 10번째인 수분 보충이었다. 따뜻한 걸로 샀는데도 이미 완전히 차가워져 있었다. 몸의 떨림이 추위 때문인지, 긴장 때문인지, 아니면 그 둘 다인지, 반반인지도 모르겠다.

아사기가 "아하하" 하고 웃으며 내 등을 요란하게 때렸다. 나는 견디지 못하고 있는 힘껏 항의했다.

"니 진짜, 장난치지 마라. 참말로 토할 것 같다 안 카나."

"5분 뒤에는 토해도 된다. 내가 다 받아줄 수도 있데이."

"제발 부탁이니까 변기 같은 데에 토하게 해줘."

"내는 변기보다도 못 하단 소리가?"

"변기는 나중에 위자료 같은 건 청구하지 않는다카이."

"내도 안 그런다. 지금부터 천만 엔을 얻으러 나설 긴데, 그런

푼돈을 누가 신경 쓴다 카노?"

"진짜로 허풍 좀 떨지 마라. 그러다 승리가 도망가면—."

"니케 트로피 여러분, 이제 곧 들어갑니다."

스태프의 말과 함께 나와 아사기는 입을 꾹 다물었다. 말없이 무대 옆쪽으로 올라갔다.

"평소에 하던 대로, 확 뒤집어엎고 오자."

아사기가 작게 말했다. 절반은 나한테, 절반은 자신에게 하는 말이었다. 굳이 따지자면, 그 중얼거림은 자신 쪽으로 더 무게중심이 쏠려있는 듯했다.

앞 순서 콤비의 만담이 끝났다. 모든 걸 쏟아부은 4분 동안의 막이 내리고, 고개를 숙인 뒤 퇴장했다. 반응이 어느 정도인지는 모르지만, 적어도 손뼉을 치며 깔깔 웃는 소리는 들리지 않았다.

저음의 입장 음악이 아랫배에 묵직하게 울리는 듯했다. 생각해 보면 야외무대는 처음이었다. 무대 옆에서 한 걸음 걸어 나가자 롱패딩이나 다운 재킷을 입은 만원 관객이 보였다. 얼어죽을 만큼 추운 날씨 속에서, 크리스마스이브 오후부터 우리 고등학생 2인조의 만담을 4분씩이나 지켜봐 줄 수백 쌍의 눈이 우리 두 사람만을 주시하고 있었다. 수백 쌍의 귀가 우리의 말을 기다리고 있었다. 그리고 카메라 너머로는 수백만 명의 시청자도 있다.

신기하게도 무대로 뛰쳐나오자마자 긴장감은 씻은 듯이 사라졌다. 지난 1년 반 동안 해오던 대로 할 뿐이다. 평소처럼 아사기의 익살스럽고 명랑한 첫 마디가 센터 마이크 앞에 도착하기 바쁘게 흘러나왔다.

"안녕하십니까! 니케 트로피입니다."

나와 아사기의 1년 반, 여기서 이기기 위한 1년 반의 시간이 머릿속에서 주마등처럼 흘렀다. '치워라, 임종 직전도 아니고.' 하면서 내심 웃었다.

실제로 그랬다. 여기서 이기지 못하면 우리는 끝난다. 나와 아사기의 콤비는 죽는 것이다.

"저희는 고등학교 3학년이고, 같은 반 친구끼리 콤비를 짰습니다."

"니들 사귀나? 라고 묻는 어른들한텐, 평생 불심 검문당하는 횟수를 두 배로 늘리는 저주를 걸어드리겠습니다."

우리의 마지막 만담이 시작된다.

"내는, 졸업하면 시공 경찰이 되고 싶데이."

몰려드는 취재 기자들을 뚫고, 혼이 빠져나가기라도 한 양 얼굴이 백지장처럼 하얘진 아사기의 손을 잡아끌며 대회장을 빠져나왔다. 그리고 기리시마시(市)로 돌아가는 전철을 탔다.

전철 안에서는 역시 서로 아무 말도 없었다. 지금 해야 할 말은 이미 준결승 전에 전부 이야기해버린 기분이었다.

서(西)기리시마역에서 내려 세워두었던 자전거를 회수했다. 시간은 22시 4분, 세워둔 지 12시간이 넘어서 100엔을 내야 했다. 어머니에게 마중 나오겠다는 LINE 메시지를 받았지만 괜찮다고 했다.

자전거를 타고 갈 기분이 들지 않아서 끌면서 걸어갔다. 취객을 피해 인적이 드문 길을 골라, 강 옆의 공장 밖을 지나는 경로였다. 가로등도 드문드문한 샛길을 둘이서 걸어갔다. 서로 계속 말이 없었다.

이윽고 가로등조차 사라지고, 끄고 가는 걸 잊은 듯한 공장 불빛에 의지하며 나아갔다. 무언의 시간, 정적의 틈새에서 수도 없이 그 광경이 되살아났다.

'4위, 니케 트로피. 230,099표.'

16팀 중 4위. 아마추어치고는 쾌거라 할 만한 선전이었다. 전국에 이름을 떨쳤다. 20만이 넘는 표를 받았다. 트위터의 실시간 트렌드에도 올라갔다.

당신만이 알고 있다

하지만 결승에는 가지 못했다.

만담의 완성도만 보면 부족함이 없었다. 출연 순서도 10번째라는 나쁘지 않은 배치였다. 반응도 좋았다. 하지만 우리보다 더 대단한 만담가가 3팀이나 있었다.

딱 세 걸음이 부족했다.

이대로 아무 말 없이 집까지 가게 되나 생각했다. 공장에서 뭔지 모를 기계가 가동되는 소리가 우리의 정적을 방해했다. 이런 상태로는 아무렇지 않게 집에 돌아갈 수 있을 것 같지 않았다. 라디오나 유튜브에서, 탈락한 개그맨들끼리 술을 마시러 간다는 이야기를 들은 적이 있었다. 하지만 우리에겐 술이 없다.

지금쯤이면 이미 우승자가 발표되고 여러 개의 특별 방송과 함께 지금까지의 고생담을 인터뷰에서 늘어놓고 있을 것이다. 하지만 스마트폰도 꺼내 보지 않았기에 누가 우승했는지는 알 수 없다.

그때, 갑자기 하늘이 하얗게 빛났다. 문득 발을 멈추고 올려다보니, 한 박자 늦게 펑! 하는 대포 같은 소리가 몸을 뒤흔들었다. 때아닌 불꽃놀이가 하늘에 활짝 피어 있었다. 아마 꽤 가까운 거리일 것이다.

"이런 계절에 불꽃놀이를 다 하네."

"강변 쪽 아이가? 가볼래? 지금 축포하고 가장 거리가 먼 상황이긴 하지만."

누가 먼저랄 것도 없이, 미야베강에 가로막힐 때까지 걸었다. 계단 옆 경사면에서 자전거를 끌며 제방까지 올라갔다. 항상 연습하던 다리가 보이는, 익숙한 강변이다.

이제 더 이상 여기로 연습하러 올 일은 없는 건가.

제방 위로 올라가자 조깅 중인 부부가 우리를 스쳐 지나갔다. 화약 냄새가 진하게 났다. 강 쪽으로 내려가는 계단에 앉아 다리를 쭉 뻗었다. 아사기도 옆에서 똑같이 했다.

또 한 번, 무언의 시간이 흘러갔다.

큰 소리가 날 만큼 강한 강바람을 맞은 나는 코를 풀기 위해 주머니에서 티슈를 꺼냈다. 그와 동시에 주머니에서 참가 번호 종이가 같이 딸려 나와서 허공으로 날아가 버릴 뻔했다. 황급히 붙잡아 가방에 집어넣었다.

"내는 아버지가 안 계신다 아이가."

침묵을 먼저 깬 건 아사기였다.

"적어도 내가 기억하는 시점부터는 안 계셨는데, 내한테는 그게 당연했다. 특별히 쓸쓸하진 않았데이. 엄마도 계시고. 울 엄마가 참말로 재밌는 분이셨다. 둘이서 해마다 THE MANZAI 나 KOC나 ABC 같은 다양한 서바이벌 프로그램을 보면서 신나게 웃어댔다. 볼 때마다 엄마는 기린 맥주, 나는 기린 레몬을 꼭 마셨다카이."

나는 입가에 힘을 주었다. 지난 1년 반 동안 누구보다 많은 시간을 함께 보낸 파트너인 만큼, 아사기의 집안 사정에 대해선 어렴풋이 눈치채고 있었다.

"내가 난생처음으로 개그를 해서 웃긴 사람이 울 엄마였데이. 이렇게, 가슴 앞에서 손을 빙글빙글 돌리면서 가슴 정글링! 했다 아이가. 아니, 이걸 세 살 때 했다는 게 믿겨지나? 아, 개그 센스를 평가하진 말고. 아니지, 솔직히 나는 꽤 좋은 개그였다고 자부한다카이. 엄마가 깔깔 웃어대면서 '하유는 크면 일본에서 제일 웃긴 개그맨이 될 수 있겠어.' 라고 하셨다. 한 글자, 한 글자 똑똑히 기억한데이. 내한테는 많은 의미가 있는 개그다."

차가운 강바람이 다운 재킷을 뚫고 몸속에 파고들었다. 추위 탓인지 내 몸은 계속 떨리고 있었다.

"울 엄마는 간호사로 일하셨는데, 야근할 때도 잦고 내가 혼자 자야 할 때가 많아서 엄마의 언니—뭐, 흔히 말하는 이모라고 해야 하나?"

"흔치 않더라도 이모 맞다."

"그래, 이모가 옆 동네에 사셔서 자주 날 돌봐주러 오셨는데,

그것도 한계가 있지 않겠나. 혼자 있을 때는 대부분 엄마가 녹화해둔 M-1 영상이나 엄마가 갖고 있던 개그맨 DVD 같은 걸 봤다. 혼자라도 전혀 외롭지 않았데이. 그게 얼마나 재밌는데. 안 웃고는 못 배긴다카이. 내가 얼마나 따라 했는지 모른다. 언터처블의 자키야마의 그 밝은 분위기도 따라 해보고, 오드리의 가스가처럼 핑크색 옷을 입고 가슴을 쫙 펴보기도 하고. 울 엄마도 그 영상을 전부 50번은 넘게 봤으니까, 엄마 앞에서 세세한 부분을 흉내 내도 다 알고 엄청 웃어줬다. 그게 얼마나 기쁘고 즐거웠는지 모른다카이."

"좋았겠네."

"그런데 울 엄마는 내가 초등학교 6학년 때 병에 걸리셨다."

알고는 있었다—알고 있던 사실이었지만 나는 내 심장을 쇠사슬로 조이는 것처럼 숨이 막히는 느낌이 들었다.

하지만 절대 티를 내진 않았다. 최선을 다해서 이야기를 경청했다.

"중학교 1학년 때 장례를 치렀다. 내는 절대 안 울려고 했거든. 울면 엄마가 슬퍼한다 아이가. 그래서 내는 눈물 한 방울도 안 흘리고 웃으면서 장례를 치르려고 마음 먹었다카이. 향을 피우면서 사람들한테 개그도 보여줄 생각이었다. 기합이 단단히 들어가서, 전날에 물 한 방울도 안 마시고 장례식장에 갔는데…… 결국 사람들이 깜짝 놀랄 만큼 울었데이. 너무 많이 울다가 탈수증 증세까지 보여서 병원에 실려 가느라, 엄마 발인할 때 같이 있지도 못했다."

웃기기 위한 토크 형식의 기승전결에 목소리로 적당한 완급까지 주었지만, 내 입가는 1mm도 움직이지 않았다. 움직이지 않을 것이다. 움직일 수 있을 리가 없다.

"엄마 돌아가시고, 내는 쭉 혼자서 살았데이. 흔히 말하는 이모는 일주일에 한두 번 정도 와주시는데, 그때 빼면 쭉 혼자다. 계~속 개그 영상만 보는데, 조금도 웃을 수가 없는 기다. 혼자 있으면 너무 외로운 기다. 엄마 사진 보면서 이 대사 쩔지 않나? 하고 말해도 대답해줄 사람이 없는 기다."

나는 고개를 끄덕였다. 손은 움직일 수 없었다.

"중학교 1학년 봄부터 2학년 겨울까지, 내는 한 번도 웃질 않았다. 웃는 방향으로 몸이 움직이질 않는 기다. 만담을 보고 콩트를 보고 예능을 보고 개그 만화를 읽어도, 정말 뭘 봐도 웃을 수가 없었다카이."

눈물은 흐르는 대로 놔두었다. 여기서 눈가를 비비다가 옷깃 스치는 소리를 내고 싶진 않았다. 지금은 어떤 잡음도 필요 없다.

"그런데 계속 그러면 울 엄마가 슬퍼할 것 같았다. 그렇게 좋아하던 개그로 내가 웃질 못하다니, 그건 개그의 패배다카이.

그건 싫은데 어떻게 해야 웃을 수 있는지는 모르겠어서, 그럼 내가 나를 웃길 수 있는 개그를 짜보자는 생각을 하게 된 게 중학교 2학년 겨울이었다."

"그래서였나."

"그때 이후로, 그러면 내가 M-1에서 우승해야 안 되겠나, 그래, M-1에 나가자, 하고 생각한 기다. 엄마가 돌아가시긴 했어도, 그렇게 매년 M-1을 재밌게 보셨으니까 1년에 한 번 정도는 되살아나든 귀신으로 나오든 해서 보실 거 아이가. 그러니까 내가 M-1 결승에서 만담을 하면 최고로 기분이 좋을 것 같았다. 우승 상금으로 우리 집 빚도 갚으면 일석이조, 엄청 큰 새를 두 마리 잡는 기고. 계속 파트너 후보를 찾다가 겨우 찾아낸 게 니였데이."

나는 거기서 처음으로 목소리를 냈다. 오열하고 말았다.

"니도 안 우는데…… 내가 울면 안 된다는 건 안다. 아는데……."

"니가 울고 싶을 땐 울어야지. 웃고 싶을 땐 웃고."

겨울바람에 차갑게 식어버린 눈물을 닦고, 돌아오는 길에 쭉 고민했던 생각을 말했다.

"한 번 더, 딱 한 번만 더. 내년에 도전할 순 없는 기가?"

"그렇게 말할 줄 알았데이. 안 된다."

아사기는 절대 흔들리지 않는다는 말투로 단언했다.

"와? 1년만 더 하면 반드시―."

"니한테는 고맙데이. 그러니까 마지막으로 추억의 키스를 하자거나, 지금까지 거리 만담하면서 받은 돈을 전부 내놓으라는 요구라면 검토해줄게. 하지만 그것만은 안 된다카이. 안 된다."

아사기는 작위적으로 히죽 웃었다. 꼭 진지한 이야기를 할 때마다 부리는 익살이었다.

"내는 고등학교 졸업하면 일할 기다. 더 이상, 흔히 말하는 이모한테 폐는 못 끼친다 아이가. 이모는 흔히 말하는 이모일 뿐이고 엄마는 아이다. 대학 등록금까지 신세 질 순 없데이. 그것까지 바라면 안 될 기다. 니한테도 마찬가지다. 니는 의대에 들어가서 꼭 의사 돼라. 니가 진심으로 하는 소리라는 건 안다. 만담을, 니케 트로피를 진심으로 좋아하게 됐다는 건 알겠다. 그래도 니는 의대에 가라. 가서 개그 동아리 같은 데 들어가서, 거기서 만담 해라. 요새는 대학 개그 동아리 출신 개그맨도 많아진다카이. 만약에 진심으로 의사가 아니라 만담가로 먹고살 결심이 서면, 거기서 시작해라. 지금 내한테 얽매여서 선택하지 말고."

"내는 말이다, 니하고―."

"내는 오늘로 은퇴다. 니케 트로피는 해체, 아사기 하유는 이제 만담가가 아니라 평범한 여고생이자 취준생. 도바시 지히로는 수험생. 아직 올해에 합격할 가능성도 전혀 없진 않다 아이가."

아하하, 하고 웃는다. 절대 뜻을 바꾸지 않겠다는 태도이자 단호한 결의가 엿보이는 무언의 뉘앙스였다. 그것들로 짐을 싸지 않으면 당장이라도 마음이 바뀔 것 같은 아슬아슬한 방어이리라.

그건 좀 이상하지 않나.

내가 니를 옆에서 얼마나 오래 봤는데.

"일어서라, 아사기."

나는 자리에서 일어나 아사기의 손을 잡고 쭉 끌어당겼다. 손을 계속 잡아끌며 계단에서 벗어나, 풀이 우거진 제방 쪽으로 아사기를 넘어뜨렸다.

"야, 니, 추억의 키스 어쩌고 한 건 농담―."

"그럼 해체 기념 공연이다카이."

나는 넘어뜨린 아사기 옆에 편하게 드러누웠다. 이름 모를 잡초가 목덜미를 간지럽혔다. 마침 옆에 뭔지 모를 까맣고 긴 봉 같은 물체가 있었기에, 그걸 둘 사이에 놓았다.

"결승에서 하려고 했던 개그, 그거 하자. 사죄도, 추리소설도, 시공 경찰도 아닌 그거."

"뭐? 갑자기 와 그러노?"

아사기가 몸을 일으키며 항의하려는 걸 왼손으로 제지했다.

"정면은 저쪽이데이."

나는 오른팔을 쭉 뻗으며 하늘을 가리켰다. 연기 같은 것이 피어오르고 있는 겨울 하늘이다.

"만담 중엔 대본에서 시킬 때 아니면 내하고 눈 마주치지 마라."

"니―."

"하자. 아마 어머니가 저쪽에서 보고 계실 기다. M-1이 아니라 니를 보시는 기다. 여기서 보여드리자. 니케 트로피의 해체 기념 공연이다."

아사기는 잠시 입을 다물었다가 심호흡을 했다. 모드를 바꾸는 듯한 요란한 한숨이었다.

"첫 거리 공연도 관객은 한 명이었다카이."

"맞다. 그때보단 관객이 훨씬 많다 아이가."

"한 명밖에 없는데 많아졌다고 할 수 있나?"

콧물을 훌쩍이며 둘이서 웃었다. 나는 등을 두드려주는 대신 아사기의 어깨를 툭 찔렀다.

"최선을 다해서 해라. 상대가 어디에 있든 들릴 만큼 큰 목소리로, 배에 힘 꽉 주고."

둘이서 심호흡을 했다. 겨울 공기를 폐에 가득 빨아들였다.

"안녕하십니까! 니케 트로피입니더―."

제
3
장

S F 소 설
「FUTURE BASS」

《생일을 축하드립니다. ID:O000002—나츠메 오카 님의 연령이 만 18세가 된 것을 확인했습니다. 〈건축사〉 스킬(레벨10)의 사용 자격을 확인. 전용 취급 설명서의 이전 후, 스킬 사용이 가능해집니다. 또한 이 스킬 사용 시에는 쌍생성으로 인해 1.022메가 일렉트론볼트 이상의 감마선이 방출됩니다만, 사용자 및 주변에 대한 영향은 〈방사선 기사〉 스킬로 엄중히 무효화되므로 안심하고 사용하십시오.》

"어, 누구지?"

남자친구인 지히로 군보다 먼저 생일 축하 메시지를 말해준 건, 어디서 들려오는지 모를 중성적인 전자 음성이었다. 2023년 12월 1일 금요일 0시 0분 1초, 이제 막 열여덟 살이 된 내 머릿속에서 낯선 단어가 메아리치며 두개골 안쪽이 가려운 듯한 불쾌감이 느껴졌다. 자정이 넘은 지 15초가 되었는데도 지히로 군의 메시지가 오지 않았다는 사실과 맞물리면서 혼란이 모든 생각을 장악해버렸다.

진정하자—스스로 타이르면서 오른팔을 뻗고 검지를 쭉 세워 티 없이 맑은 연분홍색 손톱에 시선을 집중시켰다. 공황을 가라앉히는 법은 잘 알고 있다. 왜냐하면 유치원 때부터 공황은 내 절친이었으니까. 그 절친의 정체는 생각의 확산이다. 사방으로 흩어지는 상상의 연쇄를 억지로 한 곳에 집중시키면 자연스레 수습된다. 우리 아빠식 공황 길들이기 기술이다.

다시 한번 사고회로를 정리한다. —명제, 방금 그 전자 음성은 뭐지?

이 집에 사는 사람은 3년 전부터 나뿐이다. 외부 침입자가 있으면 보안 시스템이 시끄럽게 울어댔을 텐데 아직은 침묵하고 있다. TV나 유튜브도 틀어놓지 않았다. 아이폰도 조용했다. 애초에 방금 그 전자 음성은 공기의 진동으로 고막을 통해 전해진 게 아니었다. 머릿속에서, 마치 내 사고의 일부인 것처럼 들려왔다.

어, 그럼 뭘까?

다시 한번 머릿속 천칭이 공황 쪽으로 기울기 시작했을 때, 전자 음성이 두 번째 말을 꺼냈다.

《주변 상황을 충분히 확인하신 뒤에 의식의 지향성을 명확히 하고 머릿속에서 요구를 형성해 주십시오. 물리적인 발성으로 지향성을 확보하는 것을 추천드립니다.》

의미를 알 수 없는 설명이었지만, 그 안에는 아는 단어도 몇 개 섞여 있었다. 나는 혼란스러운 가운데서도 파악한 단어를 알맞게 해석해보았다.

건축사/사용 자격/요구를 머릿속에서 형성/물리적인 발성/지향성.

지금까지 읽어온 SF소설들의 장면이 뇌리를 스쳤다.

―뭔가 특별한 힘을 얻은 게 아닐까?

그때 전자 음성에 노이즈가 생기나 싶더니 갑자기 친근한 말투로 바뀌었다.

《뭐, 쉽게 말해 이런 거지. '빛이 있으라.' 같은 식으로 해봐.》

전자 음성의 속삭임에 나는 어느새 소리 높여 선언하고 있었다.

"핀란드 같은 곳에 있는 세련된 이동식 주택, 있으라."

아무 일도 생기지 않았다.

혼자 사는 곳 특유의 정적만이 방을 가득 채웠다.

갑자기 수치심이 밀려오면서, '아아, 쪽팔려, 열여덟 살이나 먹고 아직도 이런 허황한 상상이나 한다니 참 한심하지. 그런 건 중학교 때 졸업했어야 하는데.' 하고 침대에 쓰러지려고 했다. 그때였다.

내 방에 번개가 쳤다.

침대가 찌그러지는 소리와 함께 무언가가 조립되어 갔다. 야간 주택가의 허용량을 명백히 초과하는 소리와 함께 집 안 전체가 흔들렸다. 내 방은 순식간에 집에 점령당했다.

방의 중앙에 당당히 자리 잡은, 원목 뼈대와 호두나무 같은 색상의 목재로 지어진 작은 오두막. 어릴 때 도서관에서 읽은 이동식 주택·컨테이너 하우스 사진집에서 봤을 법한 외관이었다. 내가 몇 초 전에 머릿속에서 상상한 대로, 그야말로 핀란드의 호반 같은 곳에 세워져야 할 세련된 건물이다. 지붕에는 반으로 꺾인 침대가 얹혀 있었고, 나무 부스러기가 허공에 흩날렸다. 집과 집이 서로를 공격하는 듯한 참상에 나는 빨라지는 심장 박동을 억누를 수 없었다.

무(無)에서 생겨난 유(有).

말도 안 되는 일이지만 현실이다.

나는 문득 오른손을 들어 바라보았다. 검지의 뿌리 부분에 끼워진 샴페인 골드 색상의 디자인 링. 18년 일평생 아빠에게 받은 유일한 선물이다.

《건축사》 스킬은 유구한 역사를 갖고 있어. 비바람으로부터

몸을 지키고, 공동체를 유지하기 위한 시설로서의 집을 짓는, 중요하면서도 특별한 의미가 있는 능력이었지.》

전자 음성의 신난 억양과 연동하듯 반지에서 빛이 나고 있었다. 샴페인 골드 색상이 반짝거릴 때마다 형광 핑크로 바뀌었다. 마치 반지가 말을 하는 듯했다.

《레벨10에서는 모든 입체물을 설계 수준이 아닌 시공 수준으로 재현할 수 있게 돼. 이 스킬을 사용해서 네 생활을 윤택하게 만들도록 해.》

그 말을 단순하게 해석한다면…….

나는 이 스킬이란 걸로 원하는 건물을 얼마든지 만들어낼 수 있다는 게 아닐까?

아직 지히로 군의 생일 축하 메시지가 도착하지 않았다는 사실도 까맣게 잊어버린 채, 나는 흥분에 잠을 이루지 못했고…… 아니, 사실은 침대가 엉망이 된 탓에 물리적으로 잠들지 못했고……. 아침이 될 때까지 복슬복슬한 양모 재킷과 다운 재킷 더미에 파묻힌 채 거실 소파에 누워서 내게 찾아온 비일상이 가져다줄 무한한 가능성을 계속 상상했다.

밤을 새우는 도중에는 이 순간이 영원히 계속될 거라는 착각에 빠지며 무적이 된 것 같지만, 일출이라는 끝이 확실히 준비된 데다 엄청 졸리기 때문에 사실은 절대 무적이 아니다. 늘 울리던 시간에 울리는 알람 소리에 짜증이 났지만, 수험생답게 착실히 등교해야 한다고 생각하며 나갈 준비를 시작했다.

느긋하게 준비했더니 등하교할 때 타는 버스가 곧 올 시간이 되고 말았다. 이렇게 밤을 새우면서 4시, 5시, 6시, 7시까지 멀쩡하게 깨어 있었던 주제에 아침 7시 45분의 등교 시간에 지각한다는 건 말도 안 된다는 생각으로 뛰쳐나오듯 집을 나섰다. 뛰면 늦지 않을 것이다. 내 50m 달리기 최고 기록은 6.9초였다. 남자애들을 포함해도 반에서 5등 안에 든다. 스쿨 백의 손잡이를 어깨에 안정적으로 걸쳐놓고 달리기 시작했다.

하지만.

"나츠메 오카…… 맞지?"

내 스타트 대시는 세 걸음 만에 모든 추진력을 발밑의 열너지로 변환하며 정지하고 말았다. 날 풀네임에 경칭 없이 부를 만한 사람은 내 주변에 없다. 몸이 잔뜩 긴장되었다. 목소리의 주인공이 시야에 들어오자 경계심이 더욱 강해졌다.

밴드 멤버나 유튜버 정도를 제외하면 한 번도 본 적이 없는 은색 머리카락의 남자였다. 피부가 무서울 만큼 하얘서 까만

롱코트 위로 얼굴만 둥둥 떠 있는 것처럼 보였다.

무엇보다 이상한 건 그의 손에 들린 봉 형태의 물체였다. 마법사의 지팡이처럼 끝이 둥그스름했다. 그 이상한 지팡이가 남자의 손에 쥐어진 모습은 신기할 만큼 자연스러웠지만, 이 주택가와는 당연히 어울리지 않았다.

수상한 사람이 말을 걸어올 때는 무시하고 도망치는 게 최고다―나는 일단 남자에게서 벗어나기 위해 통학로를 무시한 채 아스팔트를 박찼다.

"나츠메 오카 맞지?"

방금 전과 완전히 똑같은 어투로 남자가 내 눈앞에서 묻고 있었다. 직전까지 분명 반대쪽에 있었을 텐데……. 순간 이동을 했다고밖에 볼 수 없는 상황이다.

"날 따라와 줘야겠어. 내 요구는 그것뿐이야. 반지는 갖고 있지?"

반지에 대해 알고 있다―그렇다면 단순히 수상한 사람은 아닐 것이다. 목적을 가진 정신 이상자다. 내 강한 경계심은 그대로 공포로 바뀌었다. 이가 부딪칠 만큼 몸이 떨리기 시작했다.

"누, 누구신데요?"

눈도 마주치지 못한 채 목소리를 쥐어짜듯 물었다.

"라쿠아. 풀 네임은…… 그렇지, 시라하네 라쿠아야. 널 받으러 왔어."

라쿠아가 스윽 하고 한걸음 다가왔다. 무슨 짓을 할지 모른다는 두려움에 반사적으로 물러나다가 쿵 하고 엉덩방아를 찧고 말았다. 다리에 제대로 힘이 들어가지 않는다. 올려다보니 라쿠아의 감정 없는 시선이 나를 뚫어지게 보고 있다. 끝이었다.

라쿠아의 하얀 손이 내게 쭉 뻗어왔다.

"잠깐! 거기, 뭐 하시는 건데요!"

새된 목소리가 나와 라쿠아 사이의 공기를 찢어발겼다. 다음 순간, 귀를 막고 싶어지는 경고음—하지만 지금은 무엇보다도 반갑고 편안한 복음처럼 들리는 방범 호루라기 소리가 주택가에 울려 퍼졌다.

"경찰을 부르겠어요!"

몸이 굳어버려서 고개조차 돌릴 수 없었지만, 힘찬 여자 목소리가 이쪽으로 뛰어오고 있었다. 라쿠아는 눈썹 하나 까딱하지 않았다. 그러다가 흥미를 잃은 듯이 내게 뻗었던 손을 쉽게 거두어들였다.

"또 오지. 기억해둬."

영수증 내용이라도 읽는 듯 감정 없는 목소리로 말을 남기고, 라쿠아는 훌쩍 가버렸다.

"괜찮으세요? 아니~ 우리 동네에도 있었네요, 저런 수상한 사람이."

또각또각하는 하이힐 소리와 함께 달려와 준 것은 묘령……이라고밖에 표현할 수 없는 여성이었다. 테일러드 재킷과 세로로 주름이 들어간 바지로 멋지게 차려입은 걸 보면 출근 중이었던 모양이다. 몸에 걸친 가방과 시계, 장갑에서 어딘지 모르게 유능한 어른의 분위기를 풍겼다. 40대 후반 정도 되려나?

"가, 감사합니다. 덕분에 살았어요."

"그냥 가버려서 다행이네요. 무서웠죠? 천천히 심호흡을 해봐요."

여성에게 부축받으며 몸을 일으켰다. 깊이 머리를 숙여 감사를 표했지만, 얼굴을 드니 그녀가 내 얼굴을 뚫어지게 응시하고 있었기에 당황하고 말았다.

혹시 내가 뭔가 실례되는 행동이라도 한 걸까? 이렇게 생명의 은인이라고도 할 수 있는 분한테……. 그렇게 생각하며 어쩔 줄 몰라 하고 있는데 그녀가 예상치 못한 말을 꺼냈다.

"혹시 학생 아버지 성함이 지아키 아닌가요?"

나는 숨을 삼켰다.

지아키―나츠메(夏目) 지아키(千秋). 여름인지 가을인지 알 수 없는 이름이다. 나츠메 오카(桜花)라는, 여름인지 봄인지 모를 이름을 지어주신 우리 아빠…….

"맞아요. 나츠메 지아키가 우리 아빠인데요. 아빠를 아세요?"

3년 동안 한 번도 나타나지 않았던 우리 아빠를 아는 사람이라니.

"'서양자(역자주-婿養子, 사위이자 양자가 되어 처가의 대를 잇는 것. 성도 아내의 성씨를 따르게 된다)로 들어가면서 겨울 동(冬)자가 들어간 성에서 여름 하(夏)가 들어간 성으로 바뀌어버렸다.' 라고 말했던 게 기억나네요……. 학생 얼굴을 보자마자 확신이 들었어요. 야무진 눈매가 아버지랑 빼다 박았네요."

마흔이 넘어서도 '했다고'라는 말투―딱 우리 아빠다. 3년 만에 아빠 목소리를 들은 듯한 기분이 들 만큼, 나츠메 지아키라는 사람이라면 충분히 그럴만하다고 납득하고 말았다. 야무진 눈매가 닮았다는 것도 어릴 때부터 몇천 번은 들어본 말이다.

"당신은…….."

"아난이라고 해요. 아난 란마. 신기하네요. 이런 데서 지아키 씨의 따님과 만나다니."

아난은 한 장의 카드를 내게 건넸다. 종이가 아닌 금속 같은 소재로 만들어진 명함이었다. 프리랜서 작가라는 직함 밑에는 이름과 전화번호만 적혀 있었다.

나는 그걸 받아들며 명함을 내민 아난의 손이 떨리고 있다는 걸 알아챘다.

"저기, 괜찮으세요?"

"아, 미안해요. 조금…… 긴장했나 보네요."

왜 긴장했는지는 모르겠지만, 적어도 내가 더 동요하고 있다는 건 분명했다.

"혹시 우리 아빠에 대한 소식을 들은 게 있으세요? 아빠는 지금 어디에……."

계속 알고 싶었다─간절하게. 내가 모르는 아빠의 지인은 지금까지 한 명도 없었다. 소탈한 성격에 늘 익살스러운 장난을 치면서도 친한 친구는 거의 없다시피 했던 사람이니까.

"미안해요. 지금 어디에 있는지는 저도 몰라요. 옛날─그래요, 옛날의 그 사람을 알고 있을 뿐이죠."

"옛날이면 몇 살 정도인지…… 제가 태어나기 전인가요?"

나도 모르게 아난의 손목을 양손으로 붙잡았다. 아난은 잠시 넋이 나간 듯 멍하니 있다가 이윽고 정신을 다잡은 듯 부드럽게 내 손을 떼어냈다.

"천천히 이야기하고 싶은 마음은 저도 굴뚝 같지만…… 일에 늦겠어요. 약속한 시각은 철저히 지키는 성격이라서요. 나중에 전화 줘요. 시간 날 때 천천히 얘기하죠."

"아, 알겠습니다."

정중한 말투를 들으면서 방금 전에 수상한 사람에게서 도망치던 공포가 씻겨져 나가는 기분이었다. 나는 그녀에게 내 연락처를 알려주었다.

"그럼 조심해서 가요."

내 생명의 은인, 아난 란마라는 여성은 가볍게 미끄러지듯 걸어가며 반대쪽 인도로 건너갔다. 나는 원래 타려던 버스를 놓쳐 지각하고 말았다.

"이런 시기에 지각이라니, 아주 막 나가네. 뭐, 오카라면 합격은 하겠지만."

"오늘은 정말 어쩔 수 없었다니까. 아니, 누이도 가끔 지각하잖아."

"나야 올해는 이미 포기했으니까 그렇지. 재수나 열심히 할 거야. 네 남친처럼."

시라누이는 웃으며 매점에서 산 샌드위치 포장을 뭉쳐 칠판 옆 쓰레기통에 던졌다. 손목에 끼워둔 빨간색 곱창 머리끈이 나풀거렸다.

"지히로 군은 만담 때문에 그런다지만, 누이는 그냥 수험 공부에서 도망치고 싶은 거잖아."

"도망친다기보다, 재수생이라는 걸 한번 해보고 싶은 거지."

여전히 이상한 소리를 한다. 시라누이는 원래 아오야마 대학을 지망했고 지난 달까지도 엄청 열심히 공부하고 있었다. 그녀는 머리도 염색하고(우리 학년 중에선 유일했다) 수업 중엔 잠만 자는 불량 학생이지만 영어와 현대 국어 성적은 꽤 좋은 편이라 세계사와 한문만 열심히 하면 지금부터라도 충분히 합격할 수 있었다.

"같이 대학 가자. 열심히 노력하면 도쿄에 있는 대학도 갈 수 있다니까 그러네. 난 아직 나랑 지히로 군이랑 누이가 같이 도쿄 소재 대학에 합격하는 꿈을 포기하지 않았어."

"도쿄에서 재수하는 것도 괜찮겠네. 기리시마에는 좋은 재수 학원도 없어서 차라리 집에서 공부하는 게 낫잖아."

"재수를 왜 하고 싶은데? 그런 소릴 하는 건 누이밖에 못 봤어."

시라누이가 요거트를 종이 스푼으로 휘휘 젓던 손을 멈췄다. 보기 안 좋지만 그녀는 이렇게 먹는 걸 좋아했다.

"내가 이래 봬도 중학교에서는 제일 공부를 잘해서 제일 좋은 고등학교로 온 거란 말이지. 중3 때도 한 번 멈춰 서보고 싶다는 생각을 했었거든. 초중고는 계속 이어지잖아. 졸업식 다음엔 입학식이 오고, 시업식 다음엔 종업식이 오고. 매년 4월마다 새로운 환경에 적응해야 하고. 딱 이쯤에서 한 번만, 아무 데도 소속되지 않은 1년을 보내고 싶어."

"뭐야, 그게. 같이 도쿄로 가자니까 그러네."

가벼운 말투로 말했지만 난 진심으로 그녀를 설득하고 싶었다. 시라누이의 논리를 전혀 이해할 수 없긴 해도, 적어도 그녀 나름대로 생각하는 바가 있다는 건 안다. 그래도 난 시라누이와 지히로 군과 함께 도쿄로 가고 싶었다. 내가 이 세계에 잘 고정되어 있다고 느끼는 건 시라누이나 지히로 군과 이야기할 때뿐이었다. 그 아이들과 떨어질 수는 없었다.

하지만 시라누이는 말을 돌렸다. 내가 가장 말하고 싶은 주제였기에 말을 돌리기 가장 좋은 방향으로, 정확하게.

"그런데 이제 슬슬 M-1 준결승 아냐? 남친은 역시 만담에만 빠져 있어?"

"응. 들어봐, 어제는 결국 생일 축하한다는 LINE도 안 왔어."

"진짜? 오늘 집에 갈 때 깜짝 선물을 주려는 게 아닐까?"

"오늘은 같이 안 가는 날이야. 연습 있대."

"외롭겠다. 그래도 뭐, M-1에 최선을 다하는 모습은 멋지긴 해."

"그렇긴 하지."

내가 시라누이를 좋아하는 건 바로 이런 부분 때문이었다. 내가 지히로 군에 대한 불만을 늘어놓을 때, 지히로 군을 필요 이상으로 비난하지 않았다. 내가 자주 투덜거리긴 해도, 지히로 군은 최고의 남친이니까 나 말고 다른 사람이 험담하게 두고 싶진 않다. 공감은 바라지만 나와 함께 공격해주길 원하진 않는 것이다. 시라누이는 그런 내 복잡한 심경을 아무렇지 않게 맞춰주었다.

시라누이도 나 말고 다른 아이들과는 대화가 잘 맞물리지 않는 것 같다. 결과적으로 우리는 늘 둘이서 행동하게 되었다. 여자가 많은 문과 반이라 6~7명끼리 모여 다니는 게 일반적이지만, 우리는 늘 둘이 뭉쳤다.

"그런데 들어봐. 오늘 아침 수상한 남자가 나한테 말을 걸어왔거든."

"수상한 남자면 어떻게 수상했는데?"

"무슨 마법사 같은 지팡이를 들고 날 데려가려고 했어."

"맙소사."

"그런데 그건 이미 중요하지 않고, 이 여자분이 도와주셨는데, 글쎄 우리 아빠를 알고 있더라니까? 이 아난이라는 사람."

나는 아까 받은 금속 명함을 지갑에서 꺼내 보여주었다. 이름과 전화번호만 적힌 명함이다.

오늘 아침 아난과 있었던 일을 간단히 설명하자, 시라누이는 "진짜?" 하고 놀라며 눈을 가늘게 떴다. 우리 아빠의 실종 사실을 아는 사람은 시라누이와 지히로 군과 선생님들, 그리고 중학교부터 친구인 하유뿐이다. 지히로 군과 하유는 만담 대회에 도전하는 중요한 시기였고 선생님들에겐 믿음이 가지 않았기에 이런 이야기를 털어놓을 수 있는 사람은 결국 시라누이밖에 없었다.

"그래서 말인데, 난 이 아난이라는 사람한테 이것저것 물어볼까 생각 중이야. 이분이 지금 아빠가 어디 계신지 알고 있을 가능성은 낮겠지만, 옛날에 알던 사이라고 했고 어떤 접점은 있었던 거니까 내가 아빠에 대해 모르는 부분까지 알고 있겠지. 내가 아빠에 대해 알고 싶은 것 랭킹 1위는 당연히 지금 어디 계시냐는 거지만, 2위는 결혼 전─그러니까, 엄마랑 만나기 전까지 어떻게 사셨는가 하는 거거든."

"부모님이 결혼 전에 어땠는지는 대부분 잘 모르지 않나? 나도 거의 모르는데."

"그래도 할아버지 할머니한테 옛이야기를 듣거나 앨범에서 옛날 사진을 본 적은 있을 거 아냐? 나도 엄마 옛날 사진은 본 적이 있어. 그런데 아빠의 경우는 그런 게 전혀 없었으니까."

"뭐야, 조부모님이 그런 얘기 안 해주셨어?"

당신만이 알고 있다

"이런 얘길 전에 안 했는지도 모르겠는데, 난 친가 쪽 할아버지 할머니는 한 번도 뵌 적이 없어."

"아~ 이미 돌아가셔서?"

"아니, 존재 자체를 언급한 적이 없었어. 성묘도 간 적이 없고. 외할아버지랑 외할머니랑은 지금도 엄청 친한데, 아빠는 자기 부모님 얘기를, 지금 생각해 보면 이상할 정도로 아예 안 하셨단 말이지. 당시엔 그것 말고도 이상한 부분이 너무 많아서 알아차리지 못했지만."

자연스레 주변을 돌아보았다. 이런 이야기를 혹시라도 엿듣는 사람이 있으면 안 될 것 같았다. 다행히 주위에서는 각자 담소를 나누느라 바쁜 모습이었다. 점심시간이 유일하게 공부에서 해방되는 시간일 테니까.

"오카의 호기심은 대단하다니까. 부모님에 대한 것도 그렇지만, 평소에도 알고 싶은 게 많아서 책을 읽거나 사람들한테 열심히 물어보잖아. 보통은 그렇게까지 흥미를 갖기는 힘들지 않나?"

"어~ 실종된 아빠의 과거를 알고 싶다는 게 그렇게 '왕성한 호기심'으로 불릴 만한 일일까?"

"나는 모르는 건 되도록 모르는 채로 남겨두는 성격이니까, 오카의 호기심이 더 왕성해 보이는 걸 수도 있겠네."

"난 한번 궁금해지면 못 참거든. 그리고 옛날부터 꼭 나에 대해 다 안다는 듯이 말하는 사람이 많았어. 이렇게 예쁘면 세상만사가 편하겠다느니, 운동도 공부도 잘하니까 고민할 게 없겠다느니. 그래서 난 다른 사람들에겐 그러지 말아야겠다고 생각한 거야. 모르는 건 제대로 알아두고, 전부 안다는 듯이 행동하진 말아야겠다고."

"그게 되겠어?"

시라누이는 후훗, 하고 부드럽게 웃었다.

"이 세상에 대해 하나도 빠짐없이 전~부 알 때까지는, 누구에게 무슨 말을 하든 아는 척일 뿐이야."

$$\oplus$$

나는 종례 시간이 끝나자마자 교실을 빠져나왔다. 해야 할 일은 이미 정해져 있다. 어젯밤 내 방을 엉망으로 만든, 그 건축사 스킬이란 걸 검증하러 가야 했다. 수업 중에 죽을 만큼 졸리다가도, 어젯밤 체험한 현상에 대해 생각하는 것만으로 잠이 확 깼다.

십중팔구 이건 아빠가 개발하신 장치일 것이다. 아니, 그렇게밖에 생각할 수 없었다. 지금 생각하면 튜토리얼 때의 말투

당신만이 알고 있다

도 완전히 우리 아빠였고.

다만 아무리 그래도 무에서 물체를 생성해내는 건 너무 미래의 기술력이긴 하다. 과거에도 아빠가 개발한 기계를 사용해본 적이 많았고 그중에는 이걸 특허로 신청하기만 하면 떼돈을 벌겠다 싶은 물건도 있었지만, 역시 이 정도로 놀라운 기술은 처음이었다. 에너지나 질량 같은 건 보존되는 게 아니었나? 물리 법칙을 근본적으로 무시하고 있다.

뭘 어디까지 할 수 있는지─그걸 제대로 확인하고 싶었다.

미야베 강변의 시작점보다도 조금 상류에 커다란 텐트 4개 정도는 세울 수 있을 만한 넓이의 모래톱이 있었다. 검증 장소는 그곳이었다. 이미 날이 저물어가고 있었기에 스마트폰 조명을 비추며 물이 흐르지 않는 용수로 부분으로 내려와서 억새풀밭을 가로지르고, 발이 아슬아슬하게 젖지 않을 정도의 여울 위로 돌다리를 건너 도착할 수 있었다. 크게 늘어뜨려진 나뭇가지가 커튼 역할을 해서, 물가 쪽에선 여기가 잘 보이지 않았다. 중학교 때 발견한 나만의 비밀 장소다.

나는 커다란 돌 위에 가방과 장갑을 내려놓고 약간의 긴장과 설렘, 그리고 할 수 있을 거라는 막연한 예감과 함께 검지에 낀 반지에 의식을 집중하며 선언했다.

"파란 지붕의 개집 있으라."

강물 소리와 나뭇가지가 흔들리는 소리만이 부드럽게 들려왔다. 마음이 편안해지는 공간이다. 어제의 이동식 저택만큼은 자세하게 상상했다고 확신한다. 그러나 개집은 생겨날 기미가 보이지 않았다.

그렇다면 다른 조건이 있단 얘기였다.

거기서 문득 떠오른 생각―주요 전원을 관리하는 시스템이 있는 게 아닐까? 이 반지에 어떻게 에너지가 공급되는지는 수수께끼지만, 계속 전원이 켜져 있다면 효율이 너무 떨어진다. 상상만으로 물체를 출현시킬 수 있다면 오작동 같은 문제도 있을 테고.

"기동! 발동! 스타트! 전원 온!"

그럴듯한 단어를 계속 선언해봤지만 아무 일도 벌어지지 않았다. 수험을 한 달 반 앞둔 고등학생이 지금 대체 뭘 하는 건지 ―그런 자괴감도 들지만 어젯밤에 목격한 현상을 떠올리면 역시 여기서 물러나고 싶진 않았다. 나는 점점 초조해졌다.

"아~ 진짜, 그 건축사 스킬 어쩌고 하는 것 좀 쓰게 해줘!"

《〈건축사 스킬〉, 기동.》

투덜거리자마자 머릿속에서 담담한 전자 안내 음성이 울려 퍼졌다. 나는 하마터면 비명을 지를 뻔했다. 됐다, 됐어. 이걸 기다렸다구.

아마 사용하겠다는 의지와 함께 '건축사 스킬'이란 단어를 말하는 게 조건인 듯했다. 그런 건 튜토리얼에서 알려줬어야지, 하고 머릿속으로 불평했다. 이런 사소한 부분까지 신경 쓰지 못한다는 점에서도 아빠의 성격이 느껴졌다.

이번에야말로 성공시킨다—나는 검지를 쭉 펴고 10초 동안 반지에 의식을 집중한 다음 말했다.

"파란 지붕의 개집 있으라."

발동되기 전부터 이미 성공할 거란 확신이 들었다. 완성된 이미지를 뒤쫓듯 도깨비불 같은 번개가 쳤고, 선명한 파란색 합판으로 만들어진 삼각형 지붕이 눈앞에 나타났다. 대형견도 편히 잠잘 수 있을 만한 개집이 자갈이나 잡초로 불안정한 지면을 평탄화시키며 출현했다.

이제 다음 검증으로 넘어갔다.

"개집, 사라져라."

선언과 동시에 개집이 순식간에 사라졌다. 무(無)에서 물체를 생성시키고, 또한 없앨 수도 있다—그걸 전부 상상력과 목소리라는 인터페이스만으로 실현할 수 있는 것이다. 누가 봐도 현대의 과학기술을 초월한 일이었다.

이걸 소설 장르로 구분한다면—SF가 아닐까?

물체를 어떻게 출현시켰고 그러기 위한 에너지는 어디서 공급되는지, 개집이 생겨난 공간에 원래 존재하던 공기는 어디로 갔는지, 또 기초 공사는 대체 어떻게 한 건지 등의 다양한 의문이 떠올랐다.

그리고 그런 모든 의문이 재미있었다.

들뜬 기분을 조절하면서 다음에 검증할 내용을 생각해 보았다. 개집보다 더 크면서도 강 한복판에 생겨나도 간신히 얼버무릴 수 있을 만한 건축물을 만들어보고 싶었다. 어느 정도 규모까지 만들어낼 수 있는 걸까? 도쿄의 스카이트리 같은 것도 가능하려나?

상상력을 증폭시켰다. 커다란 건축물이라는 주제에서 가장 먼저 떠오르는 건, 어릴 때 읽은 성경 그림책에서 본, 하늘까지 닿을 만큼 높이 쌓아 올려진 탑이었다.

"좁으면서 높은 바벨탑 같은 거, 있으라."

개집이나 이동식 주택 때보다도 기분 탓인지 강렬해 보이는 번개가 내리치더니, 발밑에서 솟아오르듯 벽돌로 된 외벽이 나타나기 시작했다. 천공을 향해 천천히 뻗어나가는 미완성의 탑. 마치 거목의 성장 과정을 빨리 감기로 지켜보는 기분이었다.

문득 떠오르는 생각이 있어서 한 가지 더 검증해보기로 했다. 어떤 명령어까지 통하는지에 대한 실험이다. 나는 설레는

당신만이 알고 있다

마음으로 주문을 외우듯 소리 높여 선언했다.

"좀 더 빠르게, 그리고 좀 더 멋진 장식도 달아줘."

말이 끝난 순간, 에스컬레이터 정도의 속도로 하늘로 뻗어 오르던 탑이, 거짓말처럼 성장 속도를 높였다. 마치 구름을 때리러 올라가는 듯한 속도였다.

그게 다였다면 좋았으리라. 문제는 그 외벽에 추가된 발코니 난간에 하필 내 가방의 한쪽 손잡이가 걸려버렸다는 사실이었다. 반사적으로 다른 쪽 손잡이를 움켜쥔 나는 가속화된 탑의 성장에 의해 빠른 속도로 끌려 올라가기 시작했다. 모래톱의 나무 사이를 순식간에 빠져나왔고, 시야의 절반을 하늘이 점유했다. 고도(高度)라는 최강의 흉기 앞에서 목숨이 위험해진 나는 소리쳤다.

"잠깐, 스톱! 건축 스톱—."

내 요구대로 바벨탑의 성장이 멈췄다. 위쪽을 향해 움직이던 건물은 정지했지만 끌려 올라가던 나는 관성에 의해 상승 운동을 계속했고—결국 가방 손잡이를 놓치면서 하늘을 향해 솟구치고 말았다.

으아아아아아아아아아아, 하는 얼빠진 비명만을 지르면서, 내 몸은 그대로 수직 낙하했다. 보이는 풍경 전부가 나에게는 흉기였다. 내 발이 밟을 곳을 찾아 버둥거렸다. 몸이 돌처럼 딱

딱하게 경직되어 갔다. 모래톱을 향해 머리부터 일직선, 주마
등이 스쳐 지나갈 틈도 없이—.

"위험해!"

몸에 느껴지는 충격에 눈앞이 캄캄해졌다. 하지만 모래톱의
자갈밭에 떨어진 듯한 충격은 아니었다. 한 박자 늦게, 아직 죽
지 않았다는 상황 판단이 뇌에 침투해 들어왔다.

나는 하늘을 날고 있었다. 더 정확히 표현하자면, 하늘을 나
는 남자에게 안겨 있었다.

남자는 천천히 낙하하며 탑 밑으로 착륙했다.

"내가 〈비행사〉가 아니었다면 진짜 큰일 날 뻔했어."

무모함과 부주의를 질책하고 있지만, 숨길 수 없는 따뜻함이
느껴지는 말투였다. 죽을 뻔하면서 확 밀려온 피로감을 밀어내
듯이 오늘의 두 번째 생명의 은인을 관찰했다.

물감을 종이에 칠했을 때와 똑같은 발색의 빨간 머리 사이
로, 토끼 실루엣 모양의 귀걸이가 흔들리고 있었다. 얼굴은(내
취향은 논외로 치고 객관적으로 봤을 때) 놀랄 만큼 준수했다.
빨간 머리와 조화를 이루는 옅은 색의 눈썹과 눈동자, 부자연
스럽지 않을 정도의 하얗고 가지런한 이가 산뜻한 이미지를 발
산하고 있다. 자상한 이미지와 신비감을 연출하기 위한 최적의
위치에 눈물점이 나 있어서 온화한 인상을 완성시켜주는 듯했

당신만이 알고 있다

다. 엄청 부끄러운 표현이지만 그냥 말해버리자면, 나와 비슷할 만큼 준수한 얼굴이라는 느낌을 받았다.

"나츠메 오카, 어제 생일로 딱 18세. 맞지?"

강물 소리를 들을 수 있을 만큼은 여유를 되찾은 상태였다. 왜 이 사람이 내 이름을 알고 있는가 하는 의문을 품을 만큼은 내 사고회로도 정상적으로 작동했다.

나는 경계심을 높이며 되물었다.

"그러는 당신은요?"

남자를 올려다보며 살짝 뒷걸음질 쳤다.

"구해주신 건 감사합니다. 하지만 솔직히 아직 이해되지 않는 부분이 많아서 일단 경계해야겠네요. 지금 정말 너무 많은 일이 벌어져서 혼란스럽기만 하고, 왜 날 수 있으신 건지도 전혀 모르겠고요."

"그럴 줄 알고 온 거야."

남자는 싱긋 웃었다. 멋진 자기소개를 시작하겠다고 선언하는 듯한 호흡 뒤에 말이 이어졌다.

"난 아카이시 하쿠토, 스무 살이야. 널 구하러 미래에서 왔어."

"2060년은 지금과 완전히 달라. 거의 지금과 야요이 시대(역자주-기원전 3세기부터 기원후 3세기까지를 지칭한다. 일본에는 이 시기에 청동기와 철기가 유입되었다.)만큼의 차이일 거야. 2000년 정도의 시간 동안 거쳐온 변화가 지금부터 37년 동안에 발생한 거지. 이건 2053년의 싱귤래리티(기술적 특이점) 이후로 가속화된 혁신에 따른 현상이지만, 뭐 그건 그렇다 치고—음, 어디서부터 설명하는 게 빠를지 모르겠네. **역사인**에게 시대에 관해 이야기하는 건 처음이라 조금 흥분이 돼서 말이야."

"숫자하고 모르는 단어가 너무 많아서 이야기가 머리에 하나도 안 들어오네요."

자신을 하쿠토라고 소개한 빨간 머리 남자를, 나는 결국 우리 집으로 데려왔다. 수상한 사람에게 끌려갈 뻔한 게 바로 오늘 아침인데, 잘 알지도 못하는 남자를 쉽게 집에 들였다는 사실이 스스로 약간 어이가 없고 위험하다는 생각이 들었다.

하지만…….

미래인을 자처하는 남자를 단칼에 떼어낼 수 있을 만큼 내 로망이 시들진 않았던 것이다.

게다가 이 남자에게서는 라쿠아를 볼 때 느꼈던 두려움이나 수상함이 느껴지지 않았다. 전부 털어놓을 테니까 뭐든 물어보세요, 라는 자세를 표정과 태도를 통해 전면적으로 드러내고 있었다.

하쿠토는 내가 타온 호지차의 향을 흥미롭게 맡은 다음 입에 대었다. "의외로 맛있네." 라는 실례되는 감상을 이야기한 뒤, 다시 한번 내게 필요한 설명―즉, '미래에서 왔다는 게 무슨 뜻이죠?' 라는 질문에 대한 답을 고민하기 시작했다.

"그렇겠지…… 하지만 이 37년간의 역사를 어느 정도는 이야기하지 않으면 이해하기 힘들 테고……. 음~."

"제가 우선 알고 싶은 건, 이 반지에 관해서인데요."

하쿠토를 향해 오른손등을 쓰윽 들어 보였다. 하쿠토는 고개를 끄덕였다.

"그 반지 이야기도 역사 설명부터 들어가야 하는데……. 아니~ 이건 정말 하룻밤은커녕 반년은 쉬지 않고 말해야 하는 분량인데 말이야."

"간결하게 이야기해주세요. 이 반지로는 무슨 일을 할 수 있나요?"

하쿠토는 입을 비죽 내밀면서도(얼굴이 잘생겨서 이것도 한 폭의 그림 같다) 검지를 세우며 해설하는 포즈를 취했다.

"개발 콘셉트를 한마디로 표현한다면, '스킬 트랜스퍼(기술의 이전)'야."

"스킬 트랜스퍼……."

생소한 단어를 간신히 따라 말했다.

"원래 그 단어 자체는 지금 시대에도 있었던 것 같은데, 오카도 들어본 적 있지 않아? 업무의 인수인계를 해서, 그 사람이 획득해온 지식이나 기술을 다른 사람에게 가르치고 이행시키는 걸 말해. 이 반지의 힘도 의미 자체는 똑같지. 말 그대로, 기술이나 경험이나 지식의 **인수인계**를 할 수 있는 장치란 얘기야. 다만……."

아니, 초면인데 그냥 오카라고 부르면 어떡하냐고 항의하고 싶었지만(뭘 숨기랴, 지히로 군조차 평소에 편하게 오카라고 부르게 될 때까지 반년 가까이 걸렸다), 다음 내용이 너무 궁금해서 말을 끊을 수가 없었다.

"그 인수인계의 심도와 전달률이, 이 장치의 특장점이자 역사를 바꾼 요인이었지."

반짝거리는 눈으로 이야기하는 모습이 지히로 군의 모습과 겹쳐 보였다. 정말로 좋아하는 것에 대해 이야기할 때의 눈─어쩌면 그래서 믿음이 갔던 건지도 모르겠다. 게다가 그가 해주는 이야기의 내용도 엄청나게 흥미로웠다.

"그럼 건축사 스킬이란 건……."

"맞아. 건축사가 가진 능력─선배들이 쌓아 올려온, 건물을 짓는 행위에 관한 모든 기술을 그 반지를 통해 **이어받을 수**

있어."

이동식 저택, 개집, 바벨탑―그것들을 상상하는 것만으로 생성시키는 기술.

"이건 건축사가 하는 일의 범주를 넘어선 것 같은데요…….
차라리 초보자도 정교한 설계도를 그릴 수 있게 되는 반지라고
하면 그나마 납득이 되겠지만요."

"순서대로 설명해줄게. 원래 이 기술의 단서가 된 건 '보디
셰어링'이라는 기술인데, 혹시 들어봤어? 여기로 오기 전에 조
사해보니까 2023년 시점에도 이미 취재 기사가 나왔다고 하
던데."

나는 고개를 가로저었다.

"보디셰어링은 원래 사용자의 신체 감각을 공유하는 기술이
었어. 가위를 손에 들었을 때를 예로 들면, 가위의 중량감이나
질감, 온도감이라던가 손가락을 움직이는 방식, 일정한 각도까
지 벌리면 더 이상 펴지지 않는 저항감, 머리카락을 자를 때 근
육에 얼마나 힘을 줘야 하는지 등의 고유의 감각이 있잖아. 그
모든 걸 수치화시켜서 로봇 조작에 반영시키기도 하고 VR 공
간에서의 감각 피드백에 사용하는 등의 기술이 지금 시대에도
이미 연구되고 있어."

"그럼 해당 직업을 가진 사람의 신체 감각을―예를 들어 '미

용사가 머리카락을 능숙하게 자를 때'의 신체 감각을 공유해서 재현하는 기계가 이 반지라는 거예요?"

하쿠토가 휘이익, 하고 휘파람을 불었다. 한 폭의 그림 같은 동작이다.

"이해가 빠르네. 정확해."

"제가 문학소녀라서요. 그런 공상의 세계에 자주 빠져들곤 하거든요."

"오, 좋네. 나도 소설은 좋아해. 철저히 독자의 상상력에 맡기는 매체 방식인 게 흥미롭지. 공상의 세계라니, 좋은 표현인데?"

"하지만 건축사가 갑자기 바벨탑을 출현시키는 건 좀……. 그런 건 거의 과학이라기보다 마법에 가깝잖아요."

"싱귤래리티를 지나왔으니까 말이지."

어디선가 들어본 적이 있는 정도의 거리감이 느껴지는 단어였다. AI 같은 분야가 아니면 잘 쓰이지 않는 말일 것이다.

"처음엔 오카가 말한 것처럼, 미용사가 머리카락을 자를 때나 도예가가 물레를 돌릴 때 같은, 직인들의 몸에 깃든 기술을 보존하는 방향으로 연구가 진행되었어. 하지만 점점 손을 움직이는 것뿐만 아니라, 예를 들면 수학 교사가 학생들에게 수열을 가르치기 위한 최적의 교재를 만드는 법이라던가, 컨설턴트

당신만이 알고 있다

가 가진 수많은 프레임워크와 사물을 구조화해서 파악하는 사고방식, 변호사가 기억하는 법률과 판례의 방대한 지식 같은 **머리 쓰는 법**도 이어받아서 재현할 수 있게 되었지. 그 결과, 어떻게 됐을 것 같아?"

"그렇다면—그 최고 수준의 두뇌를 누구나 가질 수 있게 되었다는 거군요."

"맞아. 지금 식으로 말하자면 마이 넘버 카드(역자주-주민등록증과 공인인증서 등의 기능을 합친 디지털 카드)를 신청하는 것보다 조금 귀찮은 정도의 과정을 거쳐야 하지만, 반대로 생각하면 그정도의 작업만으로도 세계 최고 명의의 손놀림으로 동맥 혈전제거술을 시전할 수 있게 되는 거야. 이게 얼마나 혁신적인 기술인지, 이제 이해가 되지?"

하쿠토는 스스로 빛을 발하는 항성 같은 눈으로 설명을 이어나갔다.

"예를 들어 의료기술이 평균 5레벨 정도였다고 치면, 거기서 **레벨 100의 천재가 단 한 명 출현하는 것만으로 플레이어 전원의 레벨까지 100으로 끌어올려지는 거지.** 그 단계에서 추가적인 연구와 창의적인 아이디어로 105레벨이나 120레벨이 등장하고, 가끔 혁명적인 일이 일어나면서 4000레벨인 인간이 등장하기도 해. 그러면 또 모두의 레벨이 4000으로 올라가겠지? 그런 일이 거듭되면서 2050년에는 5레벨이었던 것이 2060년에는 5천조 레벨 정도가 되어 있는 식이야. 그런 과정을 통해 연구개발 기술도 점점 레벨이 올라간 결과, **기술이 기술을 낳는** 경지에 이르게 됐어."

기술이 기술을 낳는다—AI가 AI를 낳는 것처럼 자기증식하기 시작하는 기술.

"기술이 기하급수적으로 고도화되어가는 가운데서—공기샤워를 통한 쌍생성을 통한 원자 분자 변환으로 소재를 조달하는 일까지 방사선 피폭의 위험성을 0퍼센트에 가깝게 억제하는데 성공하면서, 상상력만으로 바벨탑을 출현시킬 수 있는 영역까지 가버린 거지."

처음 듣는 단어가 연이어서 나왔지만 일단 이해한 사실이 두 가지 있다. 어떤 식의 이론적인 메커니즘을 통해 바벨탑이 세워졌다는 것이 첫 번째. 하쿠토는 이 기술이전이라는 영역을 정말로 좋아한다는 게 두 번째였다. 그도 그럴 것이, 만약 내가 19세기로 타임슬립했다고 해서 인터넷이나 드럼식 세탁기 같은 메커니즘의 장점에 대해 이런 식의 열변을 토할 것 같진 않았기 때문이다.

하쿠토의 열정에 압도당하는 한편, 나는 내 안에서도 불이 붙기 시작하는 것을 느꼈다. 바로 호기심의 불꽃이다. 존댓말을 쓰는 것도 잊은 채 묻고 말았다.

"……그렇게 된 과정이 너무나 궁금한데. 레벨이 5천이나 5조가 된 사람은 그 기술을 독점하려고 하지 않겠어? 모든 사람이 5천이나 5조가 되어버리면 자신의 가치가 사라지잖아. 세계 최고의 외과 의사는 계속 세계 최고의 외과 의사로 남고 싶을 거야. 기술을 이전하면 금세 동률 1위가 수억 명이나 나타나는 건데……."

"그야 물론 레벨을 올리고 그 기술이전을 제공한 사람에게는 상응하는 인센티브가 주어져. 기술을 공유함으로써 생겨나는 불이익이 없도록 하는 제도가 갖춰져 있지. 그런 식의 사회 제도 설계 기술도 레벨이 잔뜩 올랐으니까 말이야."

"그리고 설명 첫 부분부터 신경 쓰였던 점인데…… 단순히 생각해 보면 대량의 실업자가 생겨나는 거 아냐?"

지금까지 들은 이야기로 생각해 보면 미용사도 의사도 필요 없어지고, 집 같은 건 이 〈건축사〉 스킬로 지어버리면 그만이다.

"그건 오카도 이해할 수 있게 설명하기 좀 어려운데, 사회적인 장치가 잘 마련되어 있어. 합리적인 인센티브 설계는 물론이고, 기술이 하나의 화폐처럼 취급되기 때문에 다들 자기 영역에서 기술을 향상시키는 게 직업인 셈이지."

"범죄 같은 건? 내 이 〈건축사〉 같은 기술은 악용하려고만 하면 끝이 없잖아. 마음만 먹으면 사하라 사막을 빌딩 숲으로 바꿀 수도 있는 거 아냐?"

"오오, 좋아. 보아하니 SF를 많이 읽었나 본데? 그로 인해 예상되는 사회문제를 설명하기 쉽겠어."

하쿠토가 기쁜 표정으로 호지차를 한 모금 마셨다. 맛이 마음에 든 모양이다.

"물론 기술 중에도 위험도가 높은 건 면허가 필요하고, 기술을 사용하는 행동은 전부 추적되고 있지만…… 가장 중요한 건 오카가 가진 그 반지는 특별 제작품이라는 거야."

"특별 제작품……."

"일반인에게 개방되는 건 레벨 3까지야. 프로로 불리는 특별한 면허를 가진 직업인이 레벨 5까지고, 일반인이 인지하는 것도 여기까지지. 레벨 5 이하라면 역시 무에서 유를 창조해낼 수는 없어."

"그럼 레벨 10이라는 건……."

"미래에도 일반인들에게는 유통되지 않아. 바벨탑이든 에펠탑이든 원하는 건축물을 지을 수 있는 건 오직 너만의 능력이야."

나는 입을 다물었다. 마지막으로 물어보려던, 가장 궁금했던 질문을 하고 싶었다. 하지만 물어보기가 겁났다. 완충제가 되어줄 만한 질문이 필요했다.

"그러면 그쪽이⋯⋯."

"하쿠토라고 불러도 돼."

자연스레 끼어들었다.

"난 내 이름을 좋아하거든. 그리고 편하게 반말로 얘기해도 돼. 두 살 차이밖에 안 나니까."

"그럼⋯⋯ 하쿠토가 하늘을 날아온 것도 스킬 트랜스퍼야?"

"응. 난 〈비행사〉 스킬을 갖고 있어. 레벨은 5. 프로용이라 다른 사람을 싣고 날 수 있지. 참고로 그 밖에도 미용사나 요리사 같은 '범용 생활 스킬'도 갖고 있어. 이쪽은 레벨 1이나 2 정도야. 가성비를 고려하면 나한테 레벨 3까지는 필요하지 않았거든."

"하쿠토의 반지를 내가 끼면 하늘을 날 수 있어?"

"날 수 있지. 다만 오카는 면허가 없으니까 사용할 수 있는 건 레벨 3의 기술까지야. 그래서 다른 사람과 함께 날지는 못 해."

하쿠토가 왼손을 내밀어 보여주었다. 내 것과 색은 다르지만 기묘한 형태의 반지를 끼고 있었다. 보석 같은 반짝임이 전혀 없는, 일그러진 돌 같은 물체가 끼워져 있어서 투박해 보였다.

"반대로 내 반지를 하쿠토가 끼면, 바벨탑을 지을 수 있고?"

"말했잖아. 레벨 10은 특별 제작품이라고. 불가능해. 그 반지는 한 명의 사용자만 받아들이거든. 쓸 수 있는 사람은 나츠메 오카, 단 한 사람뿐이야."

가슴이 꾹 죄어드는 기분이었다. 도라에몽의 비밀 도구 같은 미래 장치, 그중에서도 가장 고성능의 반지를 유일하게 사용할 수 있는 사람이 나라니.

"그럼 나한테 이 반지를 준 아빠는 이걸 어떻게 갖고 있었던 건데?"

3년 전에 실종된 우리 아빠. 학교에 가는 나를 배웅해주던 우리 아빠. 학교에서 돌아오자 지갑도, 스마트폰도, 마음에 들어 하던 목도리도, 내가 초등학생 시절 가정 시간에 만들어준 동전 지갑도 그대로 두고 사라져버린 아빠.

3년 전부터 품고 있던 의문─아빠는 아마 다른 은하계나 이 세계 같은, 그런 두 번 다시 돌아올 수 없는 세계에서 살아가고 있는 게 아닐까?

나도 아빠를 따라가야 하는 것 아닐까? 하는 생각.

"미안, 나도 그건 잘 모르겠어. 어떤 이유로 인해 2060년의 기술이 과거로 표류했고 너희 아버지가 그걸 손에 넣었다는 게 가장 유력하지만, 정확하진 않아."

"우리 아빠에 대해선 아는 거 없어? 나츠메 지아키. 이상한 기계를 잔뜩 갖고 있고, 둥근 테 안경에 턱에만 수염을 기르고, 알미울 만큼 얼굴이 준수한 중년이야. 으음~ 그리고 실종된 게 2020년이고 그때 쉰한 살이었으니까…….”

“아니, 역시 모르겠어.”

거짓말이다. 직감이 내게 알려주었다. 지금까지 '뭐든 털어놓을게'였던 말투가 한순간 흔들리는 게 느껴졌다. 나쁜 의도로 숨기는 건 아닐 테지만, 적어도 아빠에 대해 뭔가 알고 있는 게 틀림없다. 실종이라는 단어를 듣고 궁금해하지 않는 것도 의심스러웠다. 군이 물어보진 않더라도, 보통은 거북하다거나 가엾게 여기는 감정을 표정으로 드러내기 마련이었다. 하지만 하쿠토는 아무 말도 하지 않았다. 아빠의 실종에 대해 뭔가 알고 있는 것이다.

“그런데 내가 여기로 온 이유를 아직 말 안 했지? 가장 중요한 일인데.”

노골적인 화제 전환이었다. 하지만 단순히 말을 돌리기 위한 화제라고 치부하기에는 나도 너무 궁금했다.

“뭐하러 온 건데? 관광?”

“오카를 유괴하려고 하는 미래인이 있어.”

하쿠토와 눈이 마주쳤다. 온화하지만 진지한 눈빛이었다.

“유괴라니, 나를 왜……?”

"……그건 몰라. 다만 오카를 미래로 유괴하려는 놈이 있다는 것만은 확실해."

"그게 누군데?"

어차피 이름을 들어도 모를 테지만, 하고 머릿속으로 중얼거렸다. 그리고 다음 순간 퍼뜩 깨달았다.

"아, 설마 오늘 아침 그 은색 머리……."

12시간 전쯤에 딱 봐도 수상해 보이는 사람과 만났던 사실을 어느새 완전히 깜빡하고 있었다. 은발에 지팡이를 든 수상한 마법사보다는 바벨탑 추락 사건과 미래인이 말해주는 미래 강좌의 임팩트가 훨씬 강했던 탓이다.

"어, 설마 이미 접촉한 거야?"

하쿠토는 처음으로 다급한 표정을 지었다.

"괜찮았던 거야? 그, 공격하거나 협박하진 않았고? ……으아, 결국 한발 늦었나 보네."

노골적인 자책이었다. 오히려 내가 미안한 기분이 들어서 괜찮다는 걸 어필하기 위해 질문을 꺼냈다.

"괜찮아. 무슨 일을 당하기 전에 지나가던 언니가 쫓아내 주셨으니까."

"우와~ 다행이다. 위험할 뻔했어, 나보다 먼저 도착했을 줄이야. 정말 아슬아슬했네."

한숨.

"난 그놈한테서 오카를 지키기 위해서 온 거거든. 뭐, 실제로 와보니까 그 보호 대상은 놈한테 당하기 전에 자기가 세운 탑에 죽을 뻔한 상황이었지만."

"죽음 직전까지 갔던 기억을 떠올리게 하지 마……. 그래서 그놈은 누군데? 라쿠아 어쩌고 하는 이름이던데."

"확실하진 않지만 아마 가명이겠지. 그놈의 진짜 이름은 아무도 몰라."

"그게 무슨 말이야?"

"타임머신을 강탈해서 지금 시대로 시간을 거슬러 온 인간이 있어. 그게 누구인지, 어떤 사람인지는 아무도 몰라. 다만 사라진 타임머신과 과거 이동 이력만 남아 있었어."

"어, 그건 결국…… 꽤 위험한 상황 아냐?"

얼빠진 감상을 말하자 하쿠토는 진지한 표정으로 고개를 끄덕였다.

"틀림없이 30세기까지 회자될 대사건이지."

"그 대사건하고 내가 무슨 상관이 있는 건데?"

21세기를 살아가는 평범한 고등학생에게 무슨 볼일이 있다는 걸까?

"용의자가 과거로 이동할 때 자기 단말기를 떨어뜨렸어. 그

단말기에 나츠메 오카에 관한 정보를 수집한 이력이 잔뜩 남아 있었지."

"아이고, 무서워라."

가벼운 분위기를 내려고 별생각 없이 중얼거려 봤지만, 이내 점점 섬뜩함이 몰려왔다. 나에 대해 검색한 미래인이라니.

"그 뭐냐, 시공 경찰 같은 조직은 없는 거야? 시공을 수호하기 위해 순찰이라도 해줘야지."

"나도 같은 생각이야."

하쿠토는 얼굴을 찡그리며 중얼거렸다.

"흔히 말하는 시공 경찰 같은 조직이 있긴 한데 거기서도 다양한 의견이 존재하다 보니, 시공 경찰관은 되도록 과거 역행을 하지 않고 시공간을 침범하지 말아야 한다는 사고방식의 '보수파'가 힘을 얻고 있거든. 시공의 항상성을 어떤 시각으로 보느냐에 따라 다양한 파벌이 존재해. 그리고 과거로 실제 이동한 사례는 아직 한 손으로 셀 수 있을 정도밖에 없으니까, 평범한 사고일 가능성도 있고. 엘리트인 시공 경찰은 그런 목숨과 시공의 위험을 굳이 무릅쓰려고 하지 않는 거지."

"그래서 목숨과 시공의 위험을 두려워하지 않는 하쿠토 청년이 오게 된 거구나."

"고맙게 생각하라고, 정말 목숨을 걸고 온 거니까……. 아니,

내 용감함에 대한 이야기는 이만 넘어가자. 아무튼 진짜 위험한 놈이 이 시대에 와 있는 거야. 과거 역행용 타임머신은 화성의 맨틀을 꺼내는 것보다 어렵다고 할 만큼 엄중히 관리되는데 말이지. 그래도 지나가는 사람이 도와줘서 정말 다행이야. 내가 늦게 와서 미안해."

하쿠토의 태도를 보면 진심으로 나를 걱정해주는 것처럼 보였다. 하지만 상대는 미래인이다. 만약 온갖 종류의 직업 기술이 진화했다고 치면, 〈배우〉 스킬로 완벽히 연기할 수도 있다는 가능성까지 염두에 둬야 하지 않을까? 날 만만하게 보면 안 되지. 이런 설정의 스토리는 수도 없이 읽었고, 많은 작가가 보여준 연출에 감탄하곤 했다고. 처음에 착해 보이는 놈이야말로 적이고, 처음에 싸우기만 하는 소꿉친구랑 끝에 가서 결혼하기 마련이니까.

그래서 그런 생각을 솔직히 말해보기로 했다.

"그 은발이 사실은 착한 놈이고, 하쿠토가 날 속이고 있을 가능성도 있지 않나?"

"전혀 없어. 그랬다면 내가 오카를 왜 구했겠어?"

산뜻한 미소. 완전히 믿을 수도 없지만 의심할 수도 없다. 의심하는 사람한테 문제가 있다는 생각이 들 만큼 선한 눈빛이었다.

"그건 그런가……. 그럼 그냥 반신반의하는 걸로 할게. 하지만 하쿠토가 말해준 정보는 정말 재미있었고 이해도 잘 됐어. 고마워."

시간 역행이 어떻게 가능한 건지, 타임 패러독스 같은 문제는 괜찮은 건지 등, 타임머신 쪽 이야기도 물어보고 싶었지만 역시 내 머리에 더 이상의 내용을 저장하긴 힘들 것 같았다. 이쯤에서 그만 돌아가 달라고 해야겠다.

"그런데 오늘 잘 곳은 있어? 지금 시대에 호텔 예약을 어떻게 하는지는 알고 있고?"

하쿠토는 어안이 벙벙한 얼굴로 말했다.

"아니, 아니, 난 오카를 지키려고 왔잖아. 당연히 여기서 자야지."

농담인가 싶어 잠깐 지켜보았지만 누가 봐도 진심인 표정이었다.

잔다고? 우리 집에서? 나 혼자 사는 이 집에서?

"아니, 갑자기 그런 말을 받아들이긴 힘들지. 대체 왜 우리 집에서 잘 수 있다고 생각한 건데? 우린 오늘 처음 만났잖아?"

"오늘 막 왔는데 내가 잘 데가 어딨겠어? 그리고 언제 또 습격을 당할지도 모르는 일이니까 같은 공간에 있는 게 제일 안전해."

"일단 난 남친이 있어. 다른 남자를 집에서 재우는 건 말도 안 돼."

"친척이라고 하면 되지."

"우리 집에 남는 이불도 없고."

"그냥 바닥에서 자면 돼."

"아니, 아니, 됐으니까 그냥 호텔에 가서 자라고."

"돈이 있어야지."

"아니, 같은 나라니까 돈은 똑같을 거 아냐?"

"아까 말했잖아. 기술이 화폐를 대신하게 됐다고. 돈 같은 건 데이터까지 포함해서 수집가들이나 갖고 있어. 뭐, 최대한 생활비 같은 쪽으로 부담은 주지 않도록 노력할게."

"애초에 언제까지 있을 건데?"

"그야 그 타임머신 강탈범을 붙잡을 때까지지. 걱정하지 않아도 오래 있을 생각은 없어."

이건 결국 밀어붙이는 패턴이라는 걸 파악한 나는 즉시 지히로 군에게 '한동안 친척이 우리 집에 와 있기로 했어.' 라는 메시지를 전송했다. 혹시라도 이 일 때문에 이상한 오해가 생겨서 헤어진다는 건 말도 안 된다. 하쿠토에게는 만에 하나 누군가가 무슨 관계냐고 물으면 사촌이라고 대답하도록 강하게 지시했다.

⊕

그 뒤로 주말을 포함한 6일이 지났다. 6일 동안 나는 하쿠토와 함께 생활한 것이다.

솔직히 지루하지 않은 시간이었다. 하쿠토는 매일 내 등하교를 함께해 주었고, 그때마다 새로운 미래 이야기를 들려주었다.

"재미있는 기술? 글쎄…… 추리소설 같은 걸 좋아한다고 했으니까 〈탐정〉 스킬은 어때? 상대의 음성이나 동작 같은 걸 완벽하게 관찰하고 통찰해서 상대가 무슨 생각을 하는지 알아내는 수준까지 가능하다던데. 그래서 아무리 해결하기 어려운 사건이라도 범인을 금세 맞춰버리지. 아아, 물론 나한테는 없어. 아는 사람 중에 사용자가 있을 뿐이지."

"시공법(時空法)에 의해, 그 시점에서 존재하지 않는 기술은 기본적으로 사용할 수 없게 돼. 시공 통관사가 미래 고유의 장치를 전부 엄중히 검사해서 소지품에서 제외시키거든. 단, 이반지—스킬 트랜스퍼 장치만은 특별히 예외야. 그리고 당연히 타임머신도 말이지. 다만 그 강도 녀석은 그런 검사를 받지 않았으니까, 이것저것 많이 갖고 있을 거야."

"과거에 대한 개입으로 '세계선'이 나뉜다는 인식은 없어. 시간의 흐름은 항상 하나뿐이고, 해당 시대는 내가 살아가는 시대와 지속성을 갖고 있지. 다만 내가 과거에 오면서 변동이 발생하는 건 당연해. 그 변동 폭을 보정하는 게 〈시공 보수 정비반〉의 역할이고, 위법적인 시간 역행을 시도하는 사람이 나타나지 않도록 감시하는 게 〈시공 경찰관〉의 역할이야."

"애초에 시간 역행자는 과거에 대단한 영향을 끼치지 못한다는 설이 유력해. 흔히 말하는 '소프트 터치의 풀이'를 말하는 거지. 그래도 물론 시공에 대한 영향은 엄중히 관리되니까, 과거 역행은 원칙적으로 금지되어 있어. 한 손으로 셀 수 있다는 과거 역행 사례는 전부 예외적인 희귀한 경우야. 아, 난 대학에서 연구하는 학생이거든. 조금 연줄이 있어서 과거 역행 자격과 수단을 갖고 있어. 계속 와보고 싶었어. 이 시대에."

"미래로 가는 타임머신은 싱귤래리티 이후 의외로 금세 발명되었어. 한편 과거로 되돌아갈 수 있는 타임머신은 아~주 먼 옛날, 무려 20세기 시점에 불가능하다는 판단이 내려졌지. 웜홀을 흔들어 가속도를 만들어내는 방법이라고 할 수 있는데, 만약 발명된다고 해도 그 발명 이전 시점으로는 돌아갈 수 없다고 했어. 웜홀의 **입구**는 만들 수 있어도 **출구**는 만들 수 없으니까. 그런데 어느 날 그 시공의 **출구**가 딱 두 개 발견된 거야. 그중 하나가 바로 이 2023년 12월 1일. 최첨단 기술이지만 원리가 아직 완전히 해명된 건 아니야. 참고로 또 하나는 2004년이고. 그래서 우리는 2004년 아니면 2023년으로밖에 되돌아갈 수 없어. 공룡이나 오다 노부나가, 고등학교 1학년 시절의 오카와는 만날 수 없는 셈이지."

수능 기출 문제를 하나도 남김없이 불태워버리고 싶어질 만큼 하쿠토의 이야기는 재미있었다. 하쿠토는 등하교 때와 집에서 시간을 보낼 때는 거의 계속 내 옆에 붙어 있었다(사람이 많은 곳에서는 나타나지 않을 거라며 교실까지는 따라오지 않았다). 그동안 우리는 끊임없이 대화를 나눴다.

하쿠토가 말해주는 미래 이야기는 재미있었고, 역사인(그들은 과거 시점의 인간을 이렇게 불렀다. 약간 멸시하는 표현 같아서 발끈할 때가 있다)인 나도 이해할 수 있도록 자세한 해설과 비유를 통해 능숙하게 설명해주었다.

시대갭 토크는 '하쿠토→나'뿐만 아니라 '나→하쿠토'일 때도 있었다.

"물 정도는 마음껏 마셔도 돼. 미래에는 정수기도 없어? 어, 물이 그렇게 고급품이 된다고? 상수도는 기본 인프라잖아. 마시고 싶을 때 그냥 컵에 따라서 마시면 돼. 대학 졸업할 때까지는 내 생활비를 매달 보내주는 사람이 있으니까."

"지금 시대에서는 다들 착실히 학교에 가서 수업을 받아. 지

당신만이 알고 있다

금은 수험 한 달 전이니까 다들 수능 기출 문제를 풀고 그 해설을 읽는 거야. 그야 당연하잖아, 수험 때문에 공부하는 건데. 난 성적이 좋은 편이야. 아마 대학도 합격할걸?"

"의사소통은 인스타 DM을 이용할 때가 많을 거야. 반 아이들하고 연락할 때는 LINE을 쓰고. 당연하지, 집에 돌아가면 더는 못 만나는데 학교에서 보내는 시간이 얼마나 중요해? 나야 친구라고 해봐야 누이 정도밖에 없지만, 친구가 많은 애들은 다들 메시지를 엄청나게 주고받아. 그래, 문자 정보가 우리를 연결해주는 셈이지. 미래에는 안 그렇구나. 아, 얼마든지 만날 수 있어? 그래, 우리에게는 '귀가'라는 개념이 있거든. 하교하면 못 만나."

"진짜? 생일을 축하하는 문화가 사라지는 거야? 응, 나도 축하해주는 사람이 있지. 지히로 군도 결국 생일 다음다음 날, 일요일에 생일 선물을 줬잖아. 타탄체크 모포. 학교 교실은 춥거든. 뭐, 난 원래 무릎 담요를 갖고 있었지만, 오래된 건 집에서 쓰면 되니까. 아, 내가 선물 받을 때 창문으로 보고 있었지? 그게 지히로 군이야. 내가 제일 좋아하는 남친."

"지히로 군은 만담 대회에서 우승하는 게 목표인데 내일이 준결승이야. M-1 그랑프리는 역시 2060년에는 없겠지? 응, 그럴 거야. 그럼 만담은? 무형문화재가 됐으려나? 어, 그건 왜 말해줄 수 없는데? 금지 사항이야? 별게 다 금지 사항이네."

내일은 M-1 준결승 날이다. 나는 미리 응원하는 편지를 써 두었기에 점심시간에 지히로 군의 교실에 가서 건네주었다. 지히로 군과 하유는 함께 도시락을 먹으면서 회의 같은 걸 하고 있었고, 다른 반인 나는 왠지 이방인 같았다. 오늘 같이 돌아갈래? 라고 권해봤지만 완곡하게 거절당했다.

마음에 적지 않은 타격을 받았지만, 투정과 위로를 물물교환할 상대가 없었기에 그런 심정을 쏟아낼 곳이 없었다. 오늘은 시라누이가 결석했기 때문이다.

시라누이가 없는 날, 나는 혼자였다. 특별히 반에서 무시당하는 건 아니었고 춥다거나 나른하다고 말을 걸면 동의와 공감을 보여주는 정도의 관계인 아이들은 잔뜩 있지만, 이런 정신 상태로 대화한다는 건 오히려 정신력만 소모시킨다.

나는 최악의 기분으로 하굣길을 나섰다. 남문을 빠져나와 중심가를 남하했다. 중간에 아야 공원 옆의 주차장(평일은 자동차가 늘 한 대도 세워져 있지 않다)을 가로지르는 지름길이었다. 모든 사고회로가 답답한 기분으로 가득 차 있었다.

그랬기에 인적 없는 주차장에 발을 들일 때까지 알아채지 못했다.

어라, 하쿠토가 없다.

지난 한 주 동안은 아야 공원에 도착하기도 전에 하쿠토가 합류하곤 했다. 평소엔 교문 앞 자판기에서 하루에 하나씩, 전시된 음료수를 왼쪽 위부터 순서대로 사 마시며 기다려주곤 했는데. 오늘은 드디어 두 줄째의 리얼 골드를 마실 수 있는 날이라고 얘기했었다.

어디로 간 거야, 하며 주변을 둘러봤을 때였다.

"어라, 나츠메 양?"

"아난 씨!"

나를 무서운 미래인 범죄자에게서 구해준 생명의 은인인 언니였다. 그 뒤로 전화를 걸었지만 좀처럼 연결되지 않아 결국 연락이 닿지 못했다. 아직 우리 아빠에 대해 물어보지도 못했던 것이다.

오늘은 지난번과 달리 베이지색 스탠 칼라 코트와 청바지 조합의 캐주얼한 차림이었다.

"전화 줬는데 한 번도 못 받아서 미안해요. 지금 학교에서 돌아가는 길인가요?"

왠지 긴장되어서 고개만 끄덕해 보였다. 존댓말을 써주니까 오히려 몸 둘 바를 모르겠다.

"지난번엔 정말로 감사했습니다. 가만히 생각해 보니까 도와주신 보답도 아직 못 해드렸네요."

"보답받을 만한 일은 아니에요. 그보다도 오늘은 일이 끝났으니까 천천히 이야기할 수 있겠어요—지아키 씨에 대해서."

내 생각을 전부 꿰뚫어 보는 것만 같았다. 내가 아난에게 묻고 싶은 건 우리 아빠에 대한 것뿐이다. 물론 생명의 은인에게 감사와 경의를 표현하고 싶지만, 아빠의 정보에 관한 관심이 그것들을 쉽게 앞서고 있다.

그래서 아난이 "여기서 우리 집이 가까운데, 괜찮으면 들렀다 가지 않겠어요?"라고 제안하자마자 나는 곧바로 승낙했다.

"그날 나츠메 양과 만나서 옛날 생각이 많이 났거든요. 옛날 앨범을 찾아냈어요. 30대 시절의 지아키 씨 사진도 있더라고요."

아난의 집은 주차장을 가로지르면 금방이라고 했다. 심장이 안쪽에서 흉근을 미친 듯이 노크해대고 있었다. 우리 아빠에 대해 아는 인물이라니—바로 그때, 나는 위화감을 느꼈다.

캐주얼한 복장에 어울리지 않는, 답답해 보이는 까만 가죽 장갑. 시계도 가방도 지난번과 다르게 캐주얼한 스타일로 맞췄지만 장갑만큼은 그대로였다. 그것뿐이라면 대수로운 일은 아닐지 모른다. 특별히 마음에 드는 장갑일 수도 있으니까.

하지만 그 장갑의 검지와 중지와 약지 부분이 미묘하게 솟아올라 있는

212   당신만이 알고 있다

것을 나는 알아차리고 말았다.

위화감은 연쇄되며 또 다른 위화감을 부른다. 나는 주차장 중심에서 멈춰 섰다. 아난이 나를 돌아보았다.

"왜 그래요?"

"먼저 아빠와 어떤 사이셨는지 알려주실 순 없을까요? 저기…… 혹시라도 아빠의 전 애인이기라도 하면 거북할 것 같아서요."

내 적당한 트집에도 아난은 온화한 미소를 거두지 않았다.

"친구예요. 오랜 친구요."

나는 깊이 숨을 들이마셨다.

"아빠는 엄마랑 결혼한 뒤로 한 번도 또래의 여자와는 이야기한 적이 없다고 하셨어요. 엄마가 너무 좋은데, 다른 여자가 자기한테 반하면 귀찮아지니까 아예 말도 섞지 않았다고요. 참 바보 같은 이유죠─정말로 아빠의 친구분이세요?"

후우, 하고 아난이 긴 한숨을 쉬었다. 이제 상관없어졌다는 듯한 체념의 표현이었다.

"의심받은 이상, 굳이 연기할 필요는 없겠네요. 모처럼 산 건데, 쓸모가 없어졌군요. 〈메이크업 아티스트〉와 〈스타일리스트〉의 스킬. 아아, 긴장되네……. **껍질 없이 나츠메 오카와 마주하**게 되다니."

명백한 스킬 이름을 언급하고 있었다.

"해제."

그 선언과 함께 아난의 얼굴이 **무너져내렸다**. 길었던 머리카락이 사라지고, 눈에 띄지 않을 정도의 면적만 옆을 짧게 자른 투블럭컷이 나타났다. 투박한 목덜미에는 울대뼈가 툭 튀어나와 있다. 베이지색 코트가 녹아버리듯 사라지고 투박한 검정 트렌치코트로 바뀌었다. 오른쪽 절반의 화상 자국 외에는 큰 특징이 없는 넓적한 얼굴이 드러났다.

아난의 모습이 순식간에 호리호리한 중년 남성으로 변모했다.

"은발이 아니라, 당신이 타임머신 강도였던 거야……?"

"일단은 당신의 자유 의지를 확인하고 싶군요. 저와 같이 가 주시겠습니까?"

아난이 무표정한 얼굴로 다가왔다. 나는 반사적으로 비명을 질렀다. 이곳에 하쿠토가 없다는 사실을 통감하면서.

"누가 좀—."

아난의 무표정한 얼굴이 일그러지며 순식간에 거리를 좁히나 싶더니 내 뒤로 파고들었고, 물 흐르듯 자연스럽게 목덜미에 팔을 감았다. 그대로 손으로 입을 틀어막자 가죽 장갑의 기름 냄새가 호흡을 가득 채웠다. 갑자기 밀려드는 중년 남자의

당신만이 알고 있다

압박과 숨을 쉴 수 없다는 신체적인 공포가 내 사고회로를 장악했다. 입을 봉쇄당한 탓에 스킬을 발동시킬 수 없었다. 남자의 숨이 내 귀를 간지럽혔다. 아난은 흥분한 듯이 소곤거렸다.

"아아, 나츠메 오카를 안고 있는 지금 이 순간 이 장소에서 2023년 12월 6일 18시 23분 54초, 55초, 56초—아아, 시공의 뒤틀림—."

소름이 돋아서 공황이 밀려왔지만—힘껏 억눌렀다.

나는 아난의 팔을 뿌리치는 것을 포기하고 바로 교복 주머니에서 볼펜을 꺼내 아난의 몸에서 유일하게 노출된 손목을 힘껏 찔렀다. 신음과 함께 구속이 순간적으로 느슨해졌다. 나는 볼펜에 더욱 힘을 주며 팔을 풀어냈다. 탈출 성공이다.

돌아보니 아난은 손목의 상처에 입을 맞추고 있었다. 입을 맞추며 그 손목을 향해 고속으로 무언가를 외우듯 중얼거리고 있다.

"시공을 뛰어넘은 해후—내 몸속에 2023년 12월 6일의 나츠메 오카의 영향 계수가 들어왔다……! 환상적이군……."

아무리 봐도 정상이 아닌 모습에 온몸의 피가 차갑게 식어버리는 듯했다. 대체 뭐야, 이 변태는.

이 변태를 가둬둘 감옥이 필요했다.

"〈건축사〉 스킬."

사용법은 지난번 실험과 하쿠토의 강의를 통해 완벽히 숙지해두었다. 일단은 스킬의 이름을 불러서 가동시킨다. 그리고 자기만의 루틴—검지를 세우고 반지에 의식을 집중한 다음, 정밀하게 상상했다—견고한 상자를.

"밀실 있으라."

소곤소곤 중얼거리던 아난의 사방에서 회색 벽이 빠르게 생겨나더니 그대로 직방체를 형성했다. 개미 한 마리 드나들 틈도 없는 상자의 출현이다.

일단 가둬놓는 데는 성공했다. 즉시 하쿠토에게 연락을 취하기 위해 반지의 통신 기능을 실행하려고 할 때—

"〈불꽃놀이 장인〉 스킬."

상자 안에서 아난이 나직이 말하는 소리가 들렸다. 불꽃놀이 장인이라는 스킬명이 내 위기 감지 레이더를 마구 자극해댔다.

반사적으로 소리쳤다.

"베를린 장벽 있으라!"

오후 수업 때 세계사 자료집에서 본 덕분에 인상에 남은, 그런 이미지의 씨앗이 순발력과 함께 튀어나왔다. 자료집 사진과 거의 똑같이 생긴 벽이 아난이 들어 있는 상자와 내 사이를 가로막았다.

"점화."

당신만이 알고 있다

벽이 출현하는 것과 거의 동시에, 엄청난 폭발음과 파직파직하고 무언가가 튀는 소리가 요란하게 울리며 섬광이 번쩍였다. 벽을 강타하는 폭풍 소리와 사방으로 흩어지는 폭죽선에 내 몸이 딱딱하게 굳었다. 지상 0m에서 터진 로켓형 폭죽이었다. 나도 모르게 뒷걸음질을 치고 말았지만, 그 결과 호를 그리며 날아온 폭죽이 오른손등에 맞으며 나는 한심한 비명을 질렀다. 오른손이 마구 뜨거웠다. 심한 화상을 입은 것 같다.

불꽃놀이 장인—불꽃놀이를 자유자재로 조종하는 기술인 걸까? 주머니 안에 대형 폭죽을 넣고 다닐 리는 없을 테니, 무에서 불꽃놀이를 생성한 것이리라.

"다치진 않으셨나요? 만약 상처를 입은 곳이 있다면 치료해 드릴 수 있습니다만."

아난이 벽 끄트머리에서 돌아 나오며 아무 일도 없었던 것처럼 말했다. 검정 트렌치코트는 그을음과 먼지투성이였지만 얼굴에는 눈에 띄는 부상이 없었다. 내 건축물을 파괴할 만한 위력의 폭죽을 폭발시키면서도 본인은 그 영향을 받지 않았다는 건—폭발에 어느 정도의 방향성을 부여할 수 있는 걸까?

아난의 섬뜩함과 공격력에 공포가 가속화되었다. 손을 뻗어 어떻게든 이 변태를 가둘 만한 입체물을 만들어내기 위해 상상력을 총동원했다.

하지만 그런 사고가 딱 멈추었다.

아난의 머리 위로 입체 영상이 떠올라 있었다. 미래 기술─아마 불법으로 유출된 투영 기술이리라.

"오늘, 누이 씨는 결석했다죠?"

우리 학교 교복을 입은 소녀가 눈가리개를 하고 앉아 있는 영상이 마치 그곳에 실제로 존재하는 것처럼 허공에 선명히 떠 있었다. 손은 뒤로 묶여 있고, 그 옆에는 갈색 구체 폭죽과 거기서 뻗어져 나온 길고 긴 선─끝에는 불이 붙어 있다.

시라누이였다.

"어째서……."

"당신─나츠메 오카에게는 항상 아카이시 하쿠토가 붙어 있어서 빈틈이 없었으니까, 나츠메 오카에게 아마 가장 가치 있는 존재인 시라누이 린을 비장의 카드로 쓰려고 한 것이죠. 뭐, 결과적으로 오늘은 아카이시 하쿠토가 없었으니까 이렇게 비장의 카드로 간직할 수 있었지만요."

담담하게, '최근에 밤에 잠을 못 자서 커피를 끊고 무카페인 홍차로 바꿨단 말이지.' 하고 말하듯 가벼운 말투였다.

"지금 어디 있어? 누이를 풀어줘."

"그렇다면 저와 같이 와주시죠."

아난은 히죽 웃었다. 오른쪽 입가가 유난히 치켜 올라가는 비대칭의 미소였다. 등줄기를 바늘에 찔린 것처럼 소름이 돋았다.

"그녀가 어디 있는지 아는 사람은 저뿐입니다. 도화선을 자르지 않으면, 몇 시간 뒤에 폭죽이 터지겠죠. 리튬을 배합해서 그녀가 좋아하는 홍차색이 되도록 만들어뒀습니다. 저도 참 센스가 있죠?"

머리를 회전시켰다—살아남기 위해서. 이 변태는 어쨌든 내게 집착하고 있고 나를 데려가는 게 목적인 것 같다. 따라가면 어떻게 될지 상상하고 싶지도 않고, 절대 그런 요구를 들어줄 수는 없었지만 어떻게든 시라누이를 구출하지 못한다면 내 패배였다.

시라누이는 어디 있을까? 정보를 캐내야만 한다. 대화를 시도하자.

그때 문득 깨달았다. 애초에—이 변태는 시라누이를 **누이**라고 불렀다. 그건 오직 나만 부르는 나만의 고유한 애칭이었다. 나와 시라누이가 친구라는 사실도, 시라누이가 아주 짙은 빨강을 좋아한다는 사실도, 이 변태가 어떻게 알고 있단 말인가.

"도청한 거야……?"

"명함을 열심히 갖고 다녀주신 덕분이죠."

모든 게 이해되었다. 그때 받은 금속 명함—지금도 내 지갑

속에 꽂혀 있다. 하쿠토에게도 이 명함에 대해 언급한 적은 없었다.

"미래의 도청기는 그렇게 얇은 거야……?"

"위치 정보를 발신해주기까지 하죠."

히죽 웃는 비대칭 스마일.

"완전 소름 끼쳐."

상대에게는 폭발물을 자유자재로 생성하는 기술이 있다는 사실도 잊은 채 거칠게 말했다. 지난 6일 동안의 모든 것을─시라누이와 학교에서 나눈 대화도, 딱 한 번 지히로 군과 같이 하교할 때 길을 조금 멀리 돌아갔던 것도, 하쿠토와의 시대갭 토크도. 전부 듣고 있었던 것이다. 내 대화는 나와 상대방만의 것인데.

"왜 나야? 굳이 미래에서 범죄를 저지르면서까지 오다니……. 나한테 그럴 만한 가치는 없잖아."

"오오, 대화가 성립할 뿐 아니라 나츠메 오카가 직접 화제를 정해주다니……."

"대답해."

이런 상황을 대화로 받아들인다는 게 구역질 났다.

"왜 나야?"

아난은 잠시 침묵한 뒤에 진지한 얼굴로 입을 열었다.

"시공간의 역사상, 가장 특별한 존재기 때문이죠."

쿵, 하고 심장을 얻어맞은 듯한 충격이었다. 나라는 인간이 특별하다는 것. 그게 무슨 의미인지—설명을 듣고 싶은 마음과 듣고 싶지 않은 마음이 서로 대립하기 시작했다. 어렴풋이 느끼고 있는 사실을 이 변태의 입을 통해 듣고 싶지 않은 마음과 내 인생의 원동력인 호기심이 충돌한 것이다.

이런 경우, 대부분은 호기심이 승리한다. 호기심보다 강한 이성은 세상에 존재하지 않으니까.

"무슨 뜻인지 모르겠어. 구체적으로 말해."

아난은 멍한 표정을 짓나 싶더니 납득이 간다는 듯 고개를 끄덕거렸다. 그리고 목소리 톤과 텐션이 한 단계 올라갔다.

"그래요. 아카이시 하쿠토한테서 듣지 못한 거군요!"

"그러니까 그게 무슨—."

"당신이 미래인과 역사인 사이에서 태어난 아름다운 생명이라는 사실을요."

심장이 꾹 죄어들었다.

전혀 신용할 수 없는, 내 친구를 감금한 남자의 입에서 튀어나온 엉뚱한 이야기. 하지만······.

내 마음속 어딘가에서 이 변태의 말이 사실이라는 걸 받아들이고 있었다.

"당신의 아버지—나츠메 지아키는 미래인입니다."

할 말을 잃은 내게 아난은 수다스럽게 떠들어댔다.

"이상하다는 생각이 안 들던가요? 그 미모. 다른 급우들과 비교해서, **아무리 그래도 너무 아름답다고 생각하지 않으셨습니까?**"

스읍, 하고 들이마신 숨이 목구멍 안쪽에서 탁 막혔다. 숨을 내뱉는 방법이 제대로 기억나지 않았다.

"그 미모는 미래의 기술로 만들어진 겁니다. 당신의 아버지가 미래에서 받은 미용적인 유전자 조작이 유전된 결과죠. 아마 아빠를 닮았다는 말을 많이 들었을 겁니다."

어릴 때부터 지겹게 듣던 말이었다.

"아버지 쪽 친척과는 한 명도 만나본 적이 없을 테고요. 당연합니다. 아버지의 친척은 지금 시대에 아직 태어나지도 않았으니까…… 아니, 정확히 말하자면 적절한 나이로 존재하지 않는다고 말하는 게 정확하겠군요. 서양자로 들어간 것도 아마 그런 이유 때문이겠죠."

아빠 쪽 친척은 한 명도 만나보지 못했다.

"당신의 아버지는 2025년생입니다. 지금 시점에서 2년 뒤에 태어나죠."

아직 태어나지도 않은 우리 아빠. 나보다 어린 우리 아빠.

"당신에게는 미래의 피와 과거의 피가 둘 다 흐릅니다. 나츠

당신만이 알고 있다

메 지아키가 〈관리 영양사〉 스킬로 만들어진 음식을 먹고, 〈약제사〉 스킬로 처방된 체조직 구성제를 먹고, 그 밖에도 60년대식의 온갖 기술을 향유하면서 시간 역행까지 경험한 **2060년대산 정자와 나츠메 유우의 순수한 2000년대산 난자**가 시간을 초월해 맺어진 결과가 나츠메 오카인 거죠. 이건 시간 역행 기술이 개발되고 과거 역행이 가능해진 뒤로도 유일무이한 경우입니다. 시공의 건전성을 보전하는 것이 원리원칙으로 정해진 이 세계에서, 그 어떤 시공 침범 사례도 비교가 안 될 만큼 **나츠메 오카라는 존재는 시공을 침해하고 있는 거예요.**"

좋아하는 주제를 말할 때의 수다스러움이었다. 하지만 지히로 군이나 하쿠토와는 다른, 엽기성과 해악성을 머금은 독선적인 연설이다. 그의 눈빛은 항성이 아닌 암흑물질의 걸쭉한 어둠을 띠고 있었다.

"저는 그런 일그러진 존재에 사족을 못 쓰거든요."

"……그래서, 굳이 날 만나려고 이런 변두리 시대까지 왔다는 거네."

아난은 오른손을 내밀었다.

"나츠메 오카. 저와 결혼해 주십시오."

순도 100퍼센트의 순진무구함마저 느껴지는 목소리였다. 중년의 순진함만큼 무서운 건 없다.

"죽어도 거절하겠다고 말한다면?"

"그런 선택지는 존재할 수 없다고 생각합니다만."

아난이 머리 위의 입체 영상을 가리켰다. 자신의 수호령을 소개하듯 시선은 계속 날 향하고 있다. 그게 아난의 실수였다.

나는 소리 높여 선언했다.

"삼중 감옥, 있으라."

아난의 몸이 허를 찔린 듯 경직되었다. 그와 동시에 다시 한 번 아난의 사방에서 벽이 출현해서 그를 삼키듯 감쌌다. 이번 엔 그런 동작이 세 번 거듭되었다.

나는 즉시 달리기 시작했다.

아난과 대화하던 중간부터, 입체영상에 하쿠토가 나타나 시라누이를 구출하는 장면이 보였던 것이다.

⊕

"뭐부터 물어볼래?"

미야베강 남쪽의 폐업한 파친코 가게에 붙잡혀 있던 시라누이를 구출하고, 적당한 거짓말로 둘러대며 집까지 바래다준 뒤 우리 집으로 돌아왔을 때는 이미 밤 9시가 넘은 뒤였다.

하쿠토는 아난이 일주일 가까이 움직이지 않자 만약을 위해

당신만이 알고 있다

시라누이의 안전도 확인하고 있었다고 한다.

시라누이를 통학로 중간에서 놓치자 이 근방에서 사람을 가둬놓기 좋으면서 폭파해도 미래에 대한 영향이 낮을 만한 건물을 닥치는 대로 찾아다녔고, 폐업한 파친코 가게에서 묶여 있던 시라누이를 발견했다고 한다.

시라누이는 평소와 다르게 잔뜩 겁을 집어먹은 모습이었지만, 집에 도착한 뒤로는 조금 진정된 것 같았다. 외상이나 기절당한 후유증 같은 것은 없었고 입고 있던 옷도 멀쩡했다. 아난은 평범한 역사인에게는 별 관심이 없었던 것이리라.

집에 도착하니 마침 시라누이의 메시지가 와서 한동안 부모님이 등하굣길을 함께해 주시기로 했다는 걸 알려주었다.

그 메시지를 내려다보며 나는 하쿠토와 마주 앉아 있었다.

"아빠하고 하쿠토는 아는 사이야?"

"지아키 선생님은 내 스승님이야. 연구 스승님."

내가 모르는 아빠의 모습. 아카이시 하쿠토라는 스무 살 청년을 제자로 두고 있는 아빠.

"왜 처음부터 말하지 않았어?"

처음에 물었을 때, 하쿠토는 아빠를 모른다고 했다. 명백한 거짓말이다.

나는 그 이유를 추궁했다.

"말하지 말라고 하셨거든."

"누가?"

"지아키 선생님이."

"왜?"

"내 생각엔 바이어스가 걸리지 않은 상태에서 판단하라는 뜻이었던 것 같아."

하쿠토는 말하기 곤란한 듯했지만 내 시선에서 눈을 피하지는 않았다. 피하지 않고 진심으로 마주하겠다는 의지의 표명 같았다.

"바이어스가 뭔데?"

"지아키 선생님은 나한테 오카가 미래에 올 마음이 있는지를 판단해달라고 했어."

"그게 무슨 뜻이야?"

나는 대충 짐작하면서도 물어보았다.

"말 그대로의 의미야. 미래로 가고 싶다는 마음이 있다면 데려와도 좋다고 하셨거든. 자기 아빠가 미래인이라는 사실 같은 건 상관없이, 미래로 갈 수 있는 수단이 생겼을 때 어떤 선택을 할 것인지를 지아키 선생님은 알고 싶어 하셨어."

미래로 간다니. 왜 갑자기 그런 이야기가 나오는 걸까?

아빠가 미래인이라는 게 무슨 상관이란 말인가. 나는 2005

당신만이 알고 있다

년 12월 1일생의 18세 소녀고, 내가 살고 있는 건 지금 시대다. 엄마는 이미 하늘나라로 가셨지만 시라누이와 지히로 군, 하유는 물론이고 다른 친척들이나 반 친구들, 중학교 친구들도 모두 여기에 있다. 그런데 왜 미래로 가느냐 가지 않느냐의 선택을 하라는 걸까? 당연히 고민할 필요조차 없는 문제다.

하쿠토는 내 얼굴을 보며 부드럽게 말했다.

"딱히 지금 꼭 결정하라는 건 아니야. 다만 이렇게 된 이상은 말해둘게. 아난한테서 오카를 지키는 게 내 임무지만─돌아갈 좌석이 한 자리는 남아 있어."

하쿠토가 손목에 찬 금속 팔찌를 들어 보였다.

시간을 건너가기 위한 기계이리라.

"지금 너무 많은 일이 있어서 판단이 안 돼."

시라누이가 납치 감금을 당하고, 웬 아저씨가 날 끌어안으며 청혼을 했고, 우리 아빠가 미래인이라는 사실을 알게 됐다.

그런 아빠가 미래에서 날 기다리고 있다는 건 확실하다.

"일단 아난부터 처리하고 나서 생각할게."

나는 뒤로 미룬다는, 가장 편한 선택지를 골랐다.

다음 날. 나는 착실히 학교에 나왔지만 수업 내용이 하나도 머리에 들어오지 않았고, 자율학습 시간에는 한 문제도 풀지 못했다. 자꾸만 딴생각이 났다. 시라누이는 오늘까지 결석한다고 했으니 나는 오늘도 혼자였다.

아빠가 미래인이라니. 그 뒤로 하쿠토한테서 들은 이야기에 따르면 아빠는 2060년—35살에 대학 준교수로 일할 때 사고로 과거에 왔고, 2004년에 표류(맞는 표현인지는 모르겠지만)했다고 한다. 거기서 엄마와 만나 첫눈에 반했고, 타임머신도 고장 난 김에 평생 이 시대에서 살아갈 각오를 굳히고 결혼, 이듬해에 내가 태어났다.

아빠는 그대로 쭉 나와 엄마와 함께 2000년대와 2010년대를 살아갔지만, 내 아홉 살의 크리스마스이브 날에 엄마가 병으로 하늘나라에 가셨다. 그때부터 타임머신을 수리해서 미래로 돌아갈 방법을 모색했다고 한다. 나를 데려갈 생각이었는지, 아니면 놓고 갈 생각이었는지는 하쿠토도 모르겠다고 말했다.

3년 전—2020년, 쉰한 살이 된 아빠는 여러 겹으로 중복된 우연 덕분에 타임머신 수리에 성공했고 2060년으로 돌아가 버렸다. 쉽게 말해 원래 살던 시대로 돌아갔다는 얘기다(연대가 너무 많아서 헷갈린다. 난 세계사 공부할 때도 연표를 잘 못 외

당신만이 알고 있다

우는 편이었으니까).

하쿠토의 입장에서 보면, 35세의 나츠메 지아키가 갑자기 사라지나 싶더니, 금세 51세의 나츠메 지아키가 돌아온 셈이다. 그는 '처음엔 지아키 선생님인 줄도 모르고 수상한 사람이 나타났다고 신고해버렸어.' 라고 웃으며 말했다.

그런 사실들을 떠올리며 아빠의 인생과 내 인생에 관해 생각하는 사이, 어느새 방과 후가 되어 하쿠토와 함께 집으로 돌아왔다. 그때야 비로소 오늘이 M-1 그랑프리의 준결승 날이라는 게 기억났다.

집에 돌아올 때까지 오늘이 준결승이라는 걸 까맣게 잊고 있었다는 사실이 조금 충격적이었다. 지히로 군과 사귄 이후로 M-1 그랑프리의 일정이 머릿속을 떠난 적은 없었다.

사이트를 확인해 보니 지히로 군의 콤비는 탈락이었다.

메시지를 보내야 하는지, 전화를 걸어도 괜찮을지 고민했다. 하유에게 먼저 연락해보는 방법도 떠올랐지만 그리 좋은 생각은 아닌 것 같았다.

다른 각도로 생각하던 부분이 하나 있었다. 어제는 시라누이가 인질로 잡혔지만, 다음 타깃이 될 만한 사람이라면 지히로 군뿐이었다. M-1 그랑프리는 준결승에서 탈락했지만 패자부활전이 남았다. 분명 지금쯤 지히로 군과 하유는 패자부활을 향한 작전을 짜고 있을 것이다.

그런 시기에 지히로 군이 납치당해서는 안 된다.

생각이 거기까지 이르렀을 때, 내 의지는 확고해졌다.

지히로 군과 헤어져야겠다.

놀랍게도 그날 저녁―지히로 군에게서 메시지가 왔다.

'내일 방과 후에 이야기할 수 있을까?'

우린 정말 잘 통하는 커플이라는 생각에 코끝이 조금 시큰해졌다.

"하쿠토."

거실에서 TV를 보던 하쿠토에게 말을 건넸다.

"무슨 일이야? 눈가가 부었는데."

"〈미용사〉 스킬, 갖고 있지?"

이별은 최대한 인상적이고 아름다운 모습으로 하고 싶다.

지금의 내 모습이 지히로 군의 기억에 애매하지 않고 선명히 남을 수 있도록.

⊕

지히로 군과 헤어진 뒤로 사흘 동안 쉬지 않고 울었지만, 그 뒤로는 또 한동안 아무 일도 없는 날들이 이어졌다. 지히로 군에게 메시지를 보내지도, 오늘은 같이 하교하는 날인지 만담 연습을 하는지 확인하지도 않는 밋밋한 시간들.

하쿠토는 계속 내가 모르는 미래의 방식으로 아난의 잠복 장소를 찾아다녔지만 성과는 없는 듯했다. 하쿠토는 결국 어느새 2주 넘게 우리 집에서 묵고 있었고, 이 정도면 여기서 산다고 봐도 무방했다. 돈도 없고 이 시대의 상식을 잘 모르기 때문에 집안일 같은 것도 하지 않는다('욕조는 매번 물을 빼고 청소한 다음, 또 다음 날 물을 채워 넣어야 하는 거야?' 라고 말할 정도 다). 하지만 하쿠토가 집에 있는 덕분에 어떤 부분에선 도움이 되는 것도 사실이었다. 이 집에 나 말고 다른 사람이 상주하는 건 3년 만이다. 혼자 있으면 생산성 없는 사색으로 낭비했을 시 간이 하쿠토와의 대화 시간으로 바뀌었다는 건 정말로 감사한 일이었다.

올해의 크리스마스이브를 혼자 보내지 않아도 된다는 것 역 시 고마웠다. 딱 1년 전, 지히로 군을 처음으로 우리 집에 데려 왔을 때의 기억을 떠올리면 지금도 가슴이 죽을 것처럼 아프 다. 올해 이브는 일요일이라 학교라는 시간 때울 곳조차 없다. 집에 혼자 있어야 했다면 정말 힘들었을 것이다.

크리스마스이브 당일엔 오전까지 푹 자고 점심이 되자 조금 비싼 도시락을 사 먹은 다음 오후부터는 M-1 그랑프리의 패자부활전을 하쿠토와 둘이서 보았다.

참 시기적절하다고 해야 할지, 개그의 주제가 '시공 경찰'이었다는 게 왠지 웃겼다. 이 개그 자체는 이미 몇 번이나 본 적이 있지만, 대본을 조금 수정하거나 목소리 톤을 조정한 걸 보면 두 사람 모두 정말 만담을 좋아한다는 게 느껴졌다.

결과가 발표되는 건 결승전 중간이었기에, 결승이 시작되기 전에 크리스마스다운 음식을 사러 밖으로 나왔다. 2020년대답게, 오늘 메뉴는 프라이드 치킨이다. 샴페인 맛 탄산음료와 피스타치오 조각 케이크(나는 딸기보다 피스타치오를 좋아하는 여자다)도 사서 둘이서 나눠 먹었다. 이 정도면 그냥 연인 사이가 아니냐고 해도 될 만한 하루였다. 하지만 그런 쪽으로는 걱정할 필요가 없는 게, 하쿠토는 집 안에서 내 반경 3m 이내로는 접근하지 않는다는 자신만의 규칙을 엄수하고 있었다. 그만큼 아빠를—지아키 선생님을 진심으로 존경하는 것이리라.

그대로 M-1 결승을 둘이서 보다가 중간에 패자부활전 대회장으로 중계가 연결되었을 때, 지히로 군과 하유가 4위 깃발 밑에 서 있는 모습이 한순간 비치며 가슴이 죄어들었다. 23만이 넘는 사람들이 두 사람의 만담에 투표해주었다. 거기에는 내 한 표도 포함되어 있다. 나는 결국 아직 아무것도 이뤄낸 게 없다. 지히로 군과 하유의 모습은, 설령 그것이 패자의 모습이라 해도 아름다웠다.

"대단하네, 도바시 지히로. 전국대회에서 끝까지 선전한 거 잖아."

하쿠토가 그렇게 말했기에 내 뇌에서 감정을 주관하는 부위가 난리를 쳤다. 지히로 군과 사귀는 계기가 된 하유의 소개. 처음으로 대화했을 때 내 외모 이외의 부분을 칭찬해주었고, 게다가 그것이 피상적이지 않고 핵심을 찌르는 칭찬이었기에 나는 한방에 그에게 빠져버렸다. 사귀게 된 계기는 만담이었지만 (지히로 군의 입장에서 보면) 헤어진 이유도 만담이었다. 나라는 여친을 버리고, 수험공부도 버린 채 최선을 다한 청춘의 결과였다.

"끝까지 선전했지만 꿈은 이루지 못했어."

하유는 나와 닮았다. 나보다 훨씬 어릴 때부터 혼자 살았다. 전에 딱 한 번 내게 말해준 적이 있다―M-1 결승에 나가면 엄마도 봐줄까?

그 꿈은 결국 이뤄지지 않았다.

"아직 이루지 못했을지도 모르지만 내년이 또 있잖아?"

"아마 저 애한테는 올해가 마지막일 거야."

하유는 나와 달리 고등학교 졸업 후 대학에 갈 돈이 없다. 1

학년 때 그런 이야기를 자주 하곤 했다. 졸업하면 바로 일을 할 거라고. 의대를 지망하는 지히로 군과는 다른 길이다.

"호오. 왜 그렇게 생각해?"

"저 애는 올해에 모든 걸 걸었어. 그러기 위해 지히로 군을 끌어들여서 지난 1년 반 동안 노력한 거야. 아마 이제 번아웃이 왔겠지."

'아, 나 지금 진짜 못됐다.' 하고 생각하면서도 멈출 수가 없었다.

"그렇다면 그 1년 반이라는 시간이 대체 뭐였나 싶은 생각도 조금 들어."

"그건 본인이 판단해야 하지 않을까?"

온화한 목소리의 단호한 말이었다.

"오카나 내가 상관할 일은 아니지. 그건 그냥 아는 척일 뿐이니까."

맞는 말이다. 나도 그건 알고 있었다. 이건 단순한 열등감의 표출이다. 나와는 달리, 자기가 하고 싶은 일로 성과를 낸 하유에 대한 질투다. 나보다 훨씬 긴 시간을 지히로 군과 보냈던 하유에 대한 질투다. 어머니에 대한 사랑을 행동 원리로 삼을 수 있는 하유에 대한 질투다. 시샘·남부러움·시기 질투. 아니, 그게 화염·파이어·플레임하고 뭐가 다른데─아아, 이건 지히로 군이

당신만이 알고 있다

했던 말이다.

나는 갑자기 무슨 행동이든 하고 싶어져서 몸을 일으켰다.

"하쿠토, 미안. 잠깐 나갔다 와야겠어."

"괜찮긴 한데, 어디로?"

"엄마 묘지."

우리는 현관이 아닌 2층 베란다에서 출발했다. 현관에서 가져온 신발을 신고, 방한용품은 코트와 장갑뿐 아니라 귀마개까지 완벽하게 했다. 밤공기가 뺨을 어루만졌다.

"〈비행사〉 스킬."

하쿠토가 중얼거리는 것과 동시에 우리는 단숨에 날아올랐다. 손을 잡은 채 하늘로. 고도는 금세 50m를 넘었고, 360도의 시야가 펼쳐진 비일상 체험이 시작되었다. 지면에 발이 닿지 않고 체중이 대지에서 해방된 순수한 공중 부유.

실제 항공기에서 연상되는 기능이라면 뭐든 재현이 가능하다고 했기에—스텔스 기능으로 우리의 모습은 밤의 어둠 속에 녹아들어 있었다. 지상에서 목격될 일은 없었다.

엄마의 묘지는 미야베강 건너편의 고이즈미 상점가를 북쪽으로 빠져나온 언덕 위에 있었다. 집에서 날아오르자 금세 다리가 보였기에 그쪽을 향해 가면 된다고 알려주었다.

상공 70m에서 내려다보는 기리시마시(市)는 크리스마스이브 밤답게 아름다운 빛의 모자이크 아트가 펼쳐져 있었다. 군데군데 어두운 곳은 논밭이나 산이고, 빛이 모여 있는 곳은 아사이쵸의 상점가나 전구 장식으로 반짝거리는 번화가뿐이다.

여기가 바로 내가 나고 자란 동네였다.

"날아가는 것도 꽤 기분 좋지?"

"응. 오늘이 엄마 기일이거든. 그래서 오늘 꼭 가고 싶었어. 하쿠토가 있어서 다행이야."

"그랬구나. 오늘—."

다리 위까지 도달했을 때 하쿠토의 안색이 바뀌었다. 급정지에 이은 급선회로 인해 팔이 쭉 잡아당겨지는 것처럼 아팠다.

"뭐야, 갑자기 왜 그래!"

"하필 이런 타이밍에 나타났군."

하쿠토가 내려다본 방향—강변 한가운데에 서 있는 그림자가 보였다. 까만 코트로 어두운 잔디밭과 동화되어 있지만—깜빡거리며 빛나는 구체와 연기를 꼬리처럼 달고 솟아오르는 불꽃을 보자 몸이 긴장으로 굳어버렸다.

"정말 성가신 스킬을 갖고 있네!"

시간 역행 정신 이상자가 내쏜 로켓형 폭죽을 하쿠토는 대담한 S자 선회로 회피했다. 원래 로켓형 폭죽은 이 정도 높이까지 올라오지 못하지만, 상대는 〈불꽃놀이 장인〉의 스킬—미래 수준의 과학을 자유자재로 쓸 수 있는 것이다. 수십 미터의 거리를, 스텔스조차 관통해서 저격하고 있었다.

〈건축사〉 스킬로 가둬놓으려 해도 거리가 너무 멀어서 제대로 된 이미지를 떠올릴 수 없었고, 애초에 내 몸이 땅에 닿지 않은 상태에서는 〈건축사〉 스킬을 사용할 수 없다—지난 3주 동안에 하쿠토와 실험한 결과 판명된 사실이다.

차례차례로 솟아오르는 불꽃을 피하면서 어떻게든 사정거리 밖에서 착륙하기 위해 하쿠토가 지그재그로 섬세하게 비행했다. 아무것도 할 수 없어 답답했던 나는 참지 못하고 외쳤다.

"상공으로 도망칠 순 없어?"

"만약 저놈이 로켓 폭죽으로 공격해오면 추락해서 죽을 거야. 어떻게든 착륙할 테니까—."

그때였다. 우릴 향해 날아오는 물체 중에 일반 폭죽도, 로켓형 폭죽의 탄두도 아닌 구체가 섞여 있다는 걸 나와 하쿠토가 동시에 알아챘다. 20cm는 넘어 보이는 존재감이었다. 사전에 조사했던 구체 폭죽의 크기를 떠올려 보면—8호, 폭발 반경이 140미터는 된다.

하쿠토는 비행 방향을 아래쪽으로 급선회했다. 가장 빠르게 폭발에서 벗어날 방법은 자신에게 중력 가속도를 적용시킨 급강하였다. 강변 잔디밭이 나와 하쿠토의 눈앞에 맹렬하게 다가왔다. 90도의 선회와 함께 부드러운 착지, 땅을 밟는 감촉과 함께 내 몸의 무게를 다시금 떠올렸다.

그와 동시에 느껴지는 위화감—폭죽이 아직도 폭발하지 않고 있다. 하쿠토와 나를 지면으로 유인하기 위한 속임수였던 것이다.

"그 소중한 몸을 상처입힐 리가 있겠습니까?"

착지 지점에서 우릴 기다리는, 비대칭으로 히죽거리는 얼굴. 내 머리부터 발끝까지를 쭉 훑어보는 끈적한 시선. 솟구치는 혐오감을 쏟아내듯 외쳤다.

"〈건축사〉 스킬."

굳이 의식하지 않아도 이 변태를 가둬둘 감옥의 이미지를 떠올릴 수 있었다. 하쿠토와 맞잡고 있던 손을 아난을 향해 뻗어서 대상을 한정했다.

"감옥 있으라."

그러나 아난을 가둘 견고한 우리는 나타나지 않았다. 타석에서 요란한 풀스윙으로 공을 헛친 느낌이었다. 생각이 얼어붙었다. 왜 나타나지 않는 거지?

내 의문에 대답하듯 아난이 소리 높여 선언했다.

"점화."

다음 순간, 주변 일대가 불꽃 천지로 변했다. 슈우우우욱, 하고 날아가는 비행기 같은 소리가 홍수처럼 강변에 쏟아졌다. 살충제를 맞고 괴로워하는 벌레처럼 몸부림치는 불꽃들—대량의 회전 불꽃놀이가 불꽃과 연기를 피워올리며 땅바닥에서 계속 돌고 있었다.

연기 너머에서 아난이 즐겁게 말했다.

"저의 불꽃이 있는 공간에서는 **건축**이 불가능합니다."

완전히 불꽃에 지배된 공간—감옥도 벽도 세울 수 없는 명백한 위기였다. 불꽃놀이 소리에 압도당하며 초조함만 더해갔다. 진정하자, 공황을 다스려야 해. 여기서 〈건축사〉를 사용할 수 없다면—장소를 바꾸면 된다.

하쿠토 쪽을 돌아보았다. 그도 동시에 내 쪽으로 손을 뻗었다. 〈비행사〉로 이곳에서 벗어나지 않으면 승산이 없다.

"오카, 손을—."

"점화."

마치 이 순간을 기다렸다는 듯이, 나와 하쿠토 사이로 설치형 분수 불꽃의 대열이 나타나나 싶더니 일제히 불꽃을 뿜어내며 불의 장벽을 만들어냈다. 방수포에 물을 뿌릴 때처럼 치지

지직 하는 소리가 우리 둘을 갈라놓았다.

불꽃놀이 소리와 뒤섞여서 등 뒤에서 신이 난 목소리가 들려왔다.

"〈비행사〉 스킬로 비행할 때, 동승자와는 반드시 신체의 일부를 접촉해야 하죠. 뭐, 이 정도 벽은 뛰어넘을 수 있을 테지만—."

아난의 말대로 하쿠토가 불꽃 벽을 넘기 위해 날아올랐다. 나는 회전 불꽃놀이로 가득한 땅을 밟으며 아난에게서 뒷걸음쳤다. 하쿠토가 손을 뻗으며 나를 향해 날아왔다.

"그러면 맞추기 딱 좋은 과녁이 되는 거죠."

작열음과 함께 하쿠토의 손이 튕겨 나갔다. 로켓형 폭죽의 저격이었다. 그리고 여러 발의 불꽃이 그의 몸에 명중했다. 하쿠토가 균형을 잃으며 추락했다—회전 불꽃놀이의 바다로. 비명을 지르는 하쿠토에게 이번에는 로켓형 폭죽이 날아들었다.

"그만해!"

하쿠토를 감싸듯 양팔을 펼쳤다. 하지만 로켓형 폭죽은 나를 깔끔하게 피해 가며 하쿠토에게로 쏟아졌다.

"저랑 **자겠다면** 그만둘 수도 있는데요?"

짓궂은 목소리로 로켓형 폭죽을 계속 쏟아대는 아난. 연기와 역광 탓에 얼굴은 보이지 않지만, 일그러진 미소를 짓고 있다는 걸 어렵지 않게 예상할 수 있었다.

당신만이 알고 있다

역대 최대급의 공황—나뿐만 아니라 다른 사람까지 위기에 처해 있다. 온몸에서 식은땀이 배어 나왔다. 〈건축사〉가 무력화되어 아무것도 할 수 없고, 아무것도 갖지 못한 나. 미래와 지금의 피가 섞였다는 이유로 날 노리는 중년 남자. 만약 이 변태를 따라가면 어떻게 될까? 나를 소유물 삼아 왜곡된 성적 욕구를 충족하려 들까?

절대 싫었다. 나는 내 것이다. 얼마 전까지는 그걸 절반쯤 지히로 군에게 줬었지만, 지금은 100퍼센트 나만의 것이었다.

그때 문득 떠오른—위험 부담이 큰 작전.

불꽃의 소용돌이 속에서 나는 아무 맥락도 없이 떠오른 아이디어를 실행하기 위해 발밑의 회전 불꽃놀이를 걷어차며 모든 용기를 쥐어 짜내 외쳤다.

"지름 25cm의 극세 탑 있으라, 높이는 50m 정도."

초조함 탓에 순서가 엉망진창이었지만, 그래도 내 발밑에서 내 한쪽 발 사이즈의 극도로 가늘고 긴 탑이 쓰윽 생겨나며 하늘을 향해 뻗어 올라가기 시작했다. 회전 불꽃놀이가 없는 공간만큼의 넓이로 한정해야 했지만, **높이**라면 마음대로다. 탑의 <u>끄</u>트머리에 있다고 **상상**해둔 난간에 손과 발을 걸자, 내 몸은 점점 하늘로 올라갔다. 땅에서 몸이 빠르게 멀어져가는 상쾌함과 난간의 차가운 감촉을 느끼며 50m까지 탑이 뻗어 오르는 걸 기다렸다가 소리쳤다.

"그만하지 않으면 뛰어내리겠어!"

내 몸을 인질로 삼은 교섭이다. 불꽃의 바다 안에서, 아난과 하쿠토가 있는 곳만 그림자가 어둡게 드리워져 있었다. 아난의 커다란 목소리가 하늘을 향해 솟구쳤다.

"당장 내려오세요! 〈건축사〉 레벨 10이라면 건물의 형태를 바꿀 수 있을 겁니다!"

"내가 왜 당신 말을 들어야 하는데?"

나는 각오를 굳히려고 깊이 숨을 들이마셨다. 하지만 그 탓에 상공까지 피어오른 연기를 그대로 들이마셔서 기침이 나왔다. 그와 동시에 난간을 놓쳤다.

"으아아아아아아—."

원래부터 뛰어내릴 계획이었던 주제에, 의도치 않은 타이밍에 떨어지자 공포의 절규를 내질렀다. 위를 보면 시야 전체가 하늘, 눈 밑으로는 빠르게 다가오는 불꽃의 대지. 사람이 정말로 위험해지면 이런 목소리가 나오는구나, 하는 생각이 들 만큼 얼빠진 비명이 밤을 찢어발겼다.

"아카이시 하쿠토, 어떻게 해서든 받아내세요! 손이 닿기만 하면 멈출 겁니다!"

놀랍게도 아난이 그렇게 외치는 소리가 들리나 싶더니 시야

끝에서 하쿠토를 부축해 일으키는 모습이 슬쩍 보였다. 다음 순간에는 하쿠토가 내 팔을 꽉 붙잡고 이륙하면서 비행 상태에 돌입했다. 추락하는 느낌이 사라지면서 목숨을 건졌다는 실감이 온몸에 퍼져나갔다.

"미안해. 무모한 짓을 하게 해서."

그렇게 말하는 하쿠토의 얼굴이야말로 화상투성이라 애처로워 보였다. 우리는 다리를 넘어 아난과 거리를 벌렸다. 후방 쪽에서 연기가 피어오르는 게 보였다.

"내가 제대로 지켜줬다면, 그렇게 무모한 다이빙을 하지 않아도 됐을 텐데."

진심으로 자책하는 표정이었기에 나는 억지로 웃어 보였다.

"전부터 관심이 있었거든. 스카이다이빙이나 번지 점프 같은 거. 뭔가 다른 세상으로 갈 수 있을 것 같잖아? 지난번 바벨탑에서 떨어질 때도 사실은 기분 좋았어."

"낙하산이나 로프 없이는 당연히 죽게 될 뿐이야."

지나치게 현실적인 지적이라 웃음이 나왔다.

"어쨌든 여길 벗어나자. 스텔스도 통하지 않았고, 아마 저 녀석은 반지 외에도 많은 미래 장치를 갖고 있을 거야."

"바로 그렇습니다."

들릴 리가 없는 목소리가 바로 밑에서 들려왔다. 나와 하쿠토의 눈이 마주쳤다. 시간이 얼어붙는 듯했다.

"〈비행사〉는 비행 시에 만진 사람을 전부 **탑승**시키지요. 따라서 저의 체세포를 집어넣은 보디 스트링(신체 확장 실)으로 연결된 저를 **탑승**시킬 수밖에 없죠."

아난이 우리와 일정한 거리를 유지하면서 뒤따라오고 있었다. 그의 팔에서 뻗어 나온 굵은 실이 하쿠토의 신발과 이어져 있다. 그는 내 시선을 눈치챘는지 말했다.

"〈비행사〉처럼 몸에 닿은 사람에게 효과를 발휘하는 타입의 기술을 보조해주는 장치입니다. 비행 중에는 당연히 떼어낼 수 없습니다."

"너무 끈질기다고―."

하쿠토가 내뱉듯 말했다. 머릿속에서 어떤 영상이 재생되었다. 아난이 하쿠토를 부축해 일으키는 장면―아마 그때 붙여둔 것이리라.

"거래를 하죠."

아난이 낮은 목소리로 말했다. 하쿠토는 공중에서 정지했다. 당연히 나와 아난도 함께 멈추었다. 공중에 떠 있는 세 사람의 교섭이 시작되었다.

"나츠메 오카를 제게 주십시오. 그러면 아카이시 하쿠토에게는 위해를 가하지 않겠습니다. 물론 나츠메 오카에게도 위해를 가할 일은 절대 없습니다.”

내 표정을 보며 다급히 덧붙이듯 말했다.

“오직, 그 시공을 왜곡시키는 신체를 주기만 하면 됩니다.”

얼음이 등줄기를 타고 내려오는 것처럼 몸이 딱딱히 굳었다. 그리고 이내 온몸이 아난에 대한 혐오감을 표현하기 위해 부들 부들 떨렸다.

“거절한다. 빨리 내려가.”

“그러신가요. 솔직히 나츠메 오카와 잘 수 없다면, 저는 이 시 대에 특별히 미련은 없습니다.”

아난이 담담히 말했다.

“겨울 하늘에서 같이 꽃이 됩시다.”

아난의 손 주위가 일그러지나 싶더니 그의 얼굴보다도 커다 란 갈색 구체가 차례차례로 생성되기 시작했다. 각각의 구체에 서 뻗어 나온 긴 도화선이 주렴처럼 매달려 있었다. 모든 구체 폭죽의 도화선이 하나로 연결된 것이다.

“하쿠토, 저 변태를 떨어뜨려.”

하쿠토보다도 아난이 먼저 거침없이 대답했다.

“사용자의 의지와 상관없이, 〈비행사〉는 2m 이상의 상공에 서는 착지 장소 없이 탑승 중인 승객을 떨어뜨릴 수 없게 되어 있습니다. 당연한 안전 설계죠.”

하쿠토는 씁쓸한 표정으로 입술을 깨물었다. 피가 흘러나왔다.

"오늘은 어머님의—나츠메 유우 씨의 기일이죠? 하늘을 성대하게 장식하는 것도 나쁘진 않겠군요."

"입 닥쳐."

엄마의 이름을 마음대로 언급하자, 반사적으로 적개심이 솟구쳤다.

"지금 당장 그 불꽃을 꺼."

"제가 왜 당신 말을 들어야만 하죠?"

아까 내가 했던 말을 그대로 돌려받았다. 시치미 떼는 표정에 속에서 열불이 났다.

"앞으로 5초 내로 결정하시죠. 5초 뒤에는 도화선에 불을 붙이겠습니다."

아난이 5, 4, 3, 하고 카운트다운을 시작했다.

"알겠어. 조건을 받아들이지."

하쿠토의 의지와 함께 세 사람의 몸이 다시 다리를 넘어가서 회전 불꽃놀이로 다 타버린 땅으로 천천히 향했다.

"잠깐, 하쿠토!"

"아난 란마."

하쿠토가 의연한 목소리로 말했다. 각오가 뒷받침된 단호한

당신만이 알고 있다

말이었다.

"난폭한 짓만은 하지 마. 최대한 오카가 행복해질 수 있는 방향을 생각해."

"그에 관한 자세한 이야기는 지상에서 나누도록 하죠."

나를 배제한 채 진행되는 대화—아니, 잠깐. 내 처우를 얘기하면서 나만 쏙 빼놓으면 어쩌자는 건데? 미래에서는 다 그러는 거야? 난폭한 짓을 하지 않고 나랑 잔다니, 진심으로 그런 일이 가능할 것 같아?

하지만—마음속 어디선가 확신하고 있었다. 하쿠토가 그렇게 쉽게 태도를 바꾸는 성격이 아니라는 것을.

출발 지점—회전 불꽃놀이의 잔해가 대량으로 흩어진 장소로 착륙하기 직전, 우리는 V자를 그리듯 급상승했다. 중력의 저항을 보면 얼마나 빠른 속도인지 알 수 있었다. 빠르게 올라가는 고도가 하쿠토의 어떤 의도를 드러내는 듯했지만, 나는 머리가 제대로 돌아가지 않아서 무슨 의도인지 짐작할 수 없었다.

"탑을 붙잡아!"

새하얘진 머릿속보다 몸이 먼저 반응했다. 뇌를 거치지 않고 지시받은 행동을 실행한 것이다.

나는 마침 손을 뻗으면 닿을 거리까지 가까워진 난간을 붙잡왔다.

"점화."

하쿠토에게 나를 순순히 넘겨줄 생각이 없다는 걸 깨달은 아난이 차갑게 말했다. 그러자 수많은 구체 폭죽의 도화선에 즉시 불이 붙었다. 천천히, 폭발까지의 제한 시간을 먹어 치워 나갔다.

"폭발까지 앞으로 30초입니다. 저를 내려주면 멈추겠습니다. 지금 당장 저의 지시에 따르세요, 아카이시 하쿠토."

"난 오카를 지키려고 여기 온 거거든."

하쿠토가 아난의 제지를 무시하며 나에게 무언가를 던졌다. 하지만 내가 받아내지 못한 탓에 빛을 발하며 지상으로 떨어져 내렸다.

"내가 죽더라도 스스로 선택해."

다음 순간, 하쿠토가 내 시야에서 사라졌다. 그리고 한 박자 늦게, 격렬한 상승기류에 내 머리카락이 나부꼈다. 다급해진 나는 무슨 일이 벌어졌는지도 모른 채 일단 나를 위한 행동을 하기로 했다. 탑의 높이를 낮춰서 천천히 지상으로 내려온 것이다.

내려오면서 하늘을 올려다보았다. 하쿠토와 아난과 수많은 폭죽이 올라간 방향으로.

아무 말도 나오지 않았다.

섬광과 함께, 붉은 불꽃이 8번 연속으로 꽃을 피웠다.

그을음투성이로 더러워진 코트와 훈제당한 것 같은 연기 냄새와 계속 빛나는 은색 팔찌. 이것이 내가 엄마 묘지에 가려다가 결국 가지 못하고 돌아오면서 가져온 물건이었다.

집에 돌아와 세탁 바구니 옆에 떨어진 하쿠토의 양말을 주워들면서, 다시 혼자 지내는 시간이 시작되었다는 사실을 통감했다. 전에도 내 방에서는 혼자 있었지만, 집 안에서 아무 소리도 나지 않았다. 아무것도 하기 싫어서, 더러워진 옷을 전부 벗고 속옷 차림으로 방에 들어가 침대에 몸을 던졌다. 눕고 나서 조금 지나자 엄청 춥다는 사실을 깨달았다. 춥다는 걸 바로 느끼지 못할 만큼 뇌의 처리능력이 망가져 있었다. 날아서 다녀오면 오래 걸리지 않을 거란 생각에 난방은 계속 켜둔 상태였지만, 창문이 살짝 열려 있던 모양이다. 어디선가 찬바람이 새어 들어오고 있었다.

그렇다. 나는 하쿠토와 여기로 함께 돌아올 생각이었다.

일어나서 창문을 닫을 기운도 나지 않아 침대에서 반라 상태로 계속 떨고 있었다. 눈물이 날 것 같기도 했지만, 멋대로 흘러 나오는 눈물은 아니고 내 기분에 따라 흐르기도 멈추기도 할 것 같은 눈물샘 상태였다. 지금부터 하쿠토의 얼굴을 떠올리며 지난 몇 주 동안의 기억을 되짚기라도 하면 쉽게 울 수 있겠지만, 굳이 울고 싶진 않았기에 전부 머릿속에서 밀어냈다.

"미래인, 둘 다 죽어버렸어."

불쑥 중얼거렸다. 지금 나에게 가장 중요한 일이 하쿠토가 죽은 것도 아난이 죽은 것도 아닌, 미래인이 전멸했다는 사실이라고 생각하자 무서워졌다. 목숨을 빚졌다는 사실이 나를 무겁게 짓눌렀다. 이제부터는 불꽃놀이가 내게 트라우마가 될지도 모른다는 생각까지 했다.

그런, 도무지 정리되지 않는 감정을 주체 못 하고 있을 때였다.

《해당 역사에 대한 설정 체재 기간은 이제 일주일 남았습니다. 등록 시점으로 귀환하시겠습니까?》

침묵이 이어져야 할 내 방에 전자 음성이 끼어 들어왔다. 갑자기 깨진 정적에 반사적으로 몸을 일으켰다.

목소리의 출처는 당연히 하쿠토가 준 은색으로 빛나는 팔찌였다.

하쿠토는 그때 '선택'하라고 했다. 죽음을 각오하고, 대량의 폭죽과 함께 하늘로 날아오르기 직전에 했던 말—가장 전하고 싶었을 메시지.

미래로 귀환한다는 표현은 당연히 확 와닿지 않았다. 그건 하쿠토를 주어로 해야 비로소 성립하는 문장이다. 아니면 아난. 그것도 아니면—나츠메 지아키.

아빠는 나를 남겨둔 채 미래로 돌아갔다. 그 사실을 하쿠토의 입을 통해 들었을 때, 내 가슴을 가득 채운 첫 번째 감정은 안도감이었다. 아빠는 뜻을 이루기도 전에 돌아가신 게 아니었다. 사고에 휘말리거나 한 것도 아니었다. 명확한 당신의 의지대로 나를 남겨두고 가신 것이다.

가장 아빠다운 행동—미래로 돌아가 딸이 따라오기를 기다리는 것.

〈건축사〉의 스킬 트랜스퍼를 사용할 수 있게 된 계기는 내 열여덟 살 생일이었다. 열여덟 살이 될 때까지는 사용할 수 없는 기술이다. 나이 제한. 시간을 역행하는 기술도 아마 열여덟 살이 될 때까지 사용하면 안 되는 것이리라.

하쿠토의 말—선택해. 모든 걸 나에게 맡긴다는 듯한 태도였다. 당연한 말이지만 나에게도 내 생활이라는 게 있다. 억지로 데려갈 수는 없는 것이다. 아무 말 없이 나를 두고 가버리는 무심함과 지금의 내 의지를 존중하는 배려의 충돌.

나는 마음을 정하며 물었다.

"나, 돌아갈 수 있어?"

《등록 음성이 인식되었습니다. 하위 사용자인 나츠메 오카 님이시군요. 상위 사용자인 아카이시 하쿠토 님의 권한 양도 과정을 통해 등록 시점으로 귀환할 수 있습니다.》

하마터면 침대에서 떨어질 뻔했다.

"상위 사용자가 사망한 경우는?"

《상위 사용자의 사망이 인정되자마자 일부 권한이 하위 사용자 쪽으로 이양됩니다.》

"어, 사망은 어떻게 해야 인정되는데?"

미래의 사망 판정 기준은 모르겠지만, 그 과정이 알아서 진행되는 방식인 걸까? 몇 가지 질문을 해보았지만 좀처럼 쓸 만한 대답은 돌아오지 않았다. 마이크로소프트의 도움말 페이지만큼 도움이 안 된다. 팔찌를 손목에 껴 보았지만 특별한 반응은 나타나지 않았다.

그 뒤로 밤을 새워가며 팔찌의 AI와 질의응답을 반복했지만, 결론적으로 내가 이 팔찌를 사용해서 미래로 갈 수는 없다고 한다. 뭐, 그도 그럴 것이 만약 하쿠토가 살아 있을 때 내가 이 팔찌를 악의적으로 사용했다면 그를 이 시대에 버리고 갈 수도 있었을 것이다. 아난이 말한 안전 설계라는 단어가 떠올랐다.

'아아, 이렇게까지 필사적으로 노력할 필요가 있나?' 하고 자조하다가 이불 위로 드러눕고 말았다. 잠에 빠져드는 순간에 '아아, 나 잠드나 보네.' 하고 자각했다. 그도 그럴 것이, 피곤함으로 따지면 역대 최고 수준이다. 그렇게나 하늘을 날아다니고 탑에서 뛰어내리는 등의 활극을 연출하느라 근육도 잔뜩 긴장되어 있었고 온몸이 피로를 호소하고 있다. 졸린 게 당연하다. 잘 수밖에 없지. 잠들자마자 자각몽 같은 상태로 의식이 녹아내렸다.

그래서 "왜 그런 꼴로 자고 있어?"라는 달콤한 목소리가 들렸을 때도 '와, 결국 난 오늘 죽은 남자를 당일 꿈에서 보는 여자인 건가.' 하는 이상한 자괴감에 빠지며 "시끄러워, 죽은 사람은 그냥 누워 있으라고. 아니, 죽지 마, 바보." 라고 대답하며 몸을 뒤척거렸다.

그래서 갑자기 몸 밑에 깔려 있던 이불이 빠지며 식탁보 빼기를 당한 와인잔처럼 매트릭스에 착지했을 때, 무슨 일이 벌어진 건지 이해할 수 없었다. 바로 몸 위로 이불이 덮이며 시야가 가려졌다. 나는 반사적으로 몸을 일으켜 시야를 확보했다.

"그러다 감기 걸릴라. 왜 속옷만 입고 있는 거야, 민망하게."

잠이 확 깼다. 커튼 틈새로 스며드는 햇빛과 공기에 노출된 팔과 발끝에서 느껴지는 차가움. 지금 눈앞에 보이는 광경이

꿈이 아니라는 사실을 강하게 자각했다. 자각몽이 아닌 자각현실이었다.

내 눈앞에 하쿠토가 서 있었다.

뺨에는 화상 자국이 남아 있었고 옷도 그을음과 탄 자국으로 가득했지만, 그건 지상 가득 설치되었던 회전 불꽃놀이 탓일 것이다. 구체 폭죽의 폭발을 뒤집어쓴 것치고는 멀쩡하다고 해도 될 만한 상태였다.

문득 부끄러워져서 이불을 목욕 가운처럼 몸에 둘렀다. 말이 나오지 않았다. 하쿠토는 휴우, 하고 숨을 뱉어내더니 말했다.

"어쨌든 살아 있더라고."

"압도적으로 설명이 부족해."

나는 소감을 말했다. 그렇게밖에 말할 수 없었다.

"아니, 나도 설명할 방법이 없으니까 그렇지. 폭죽은 틀림없이 폭발했는데, 정신을 차리고 보니 강가에서 기절해 있더라고. 엄청 멀리 떨어진 곳이었고 길도 잘 모르는 곳이라 밤새 필사적으로 걸어서 여기로 돌아온 거야."

"뭐야, 어떻게 된 건데? 어떤 미래 장치의 힘으로 보호받았다는 거야?"

"아니, 근거리에서 폭발하는 여덟 발의 구체 폭죽으로부터 몸을 보호해줄 만한 장치는 갖고 있지 않아. 그런 게 있었으면

당신만이 알고 있다

처음부터 썼겠지."

"지금 그런 냉정한 논리는 필요 없어."

어제 그렇게나 펑펑 울었던 주제에, 어느새 또 눈물이 쏟아지고 있었다. 충격과 이별의 순간이 긴장이라면, 안도는 이완이다. 한 번 터져버린 눈물샘은 막을 수가 없는 거구나, 하는 느긋한 생각에 잠겼다.

아무래도 좋다. 하쿠토가 살아 있다면.

"어서 와."

"다녀왔어."

하쿠토가 내 손목에 장착된 팔찌로 눈을 돌렸다. 나는 그의 시선을 느끼며 투덜댔다.

"이거, 사용법을 전혀 모르겠던데."

"내가 죽으면 자동적으로 오카에게 권한이 넘어가도록 해뒀거든. 그 결과, 내가 살아 있어서 내 승인 없이는 사용할 수 없는 상태가 된 걸 텐데……."

그때 하쿠토의 표정이 바뀌었다. 이제야 알아차렸나 싶지만, 너무 피곤해 머리가 잘 돌아가지 않는다면 그럴 수도 있겠지 싶다.

"그걸 사용하려고 계속 시도하다가 못 잔 거야, 설마?"

"완벽하게 바로 그 설마야."

하쿠토가 숨을 멈추며 말했다.

"미래로 갈래?"

그 질문에 내 심장에서 수없이 많은 글자들이 폭발적으로 쏟아져나왔다. 지금까지 문예상에 공모하려고 써둔 소설의 총글자 수를 뛰어넘을 만큼 격렬한 정서의 폭풍이 불어닥쳤다.

18년 동안 살아왔다. 엄마는 돌아가시고 아빠는 미래로 돌아가 버렸지만, 당연히 내 인생의 등장인물이 그 두 분만 있는 건 아니었다. 초등학교 친구들……하고는 이제 거의 만나지 않는다. 중학교 친구들……하고는 하유처럼 같은 고등학교로 올라온 몇 명 빼고는 관계가 거의 끊어졌다. 고등학교 친구……는 시라누이뿐이지만, 설령 쉰 살이 된 시라누이를 내가 스무 살의 모습으로 만나러 간다 해도 지금과 똑같이 대해줄 것 같다. 그래도 음, 글쎄. 시라누이가 없는 생활 같은 건 상상하기 힘들고, 시라누이는 내가 없으면 남은 수십 일의 고등학교 생활을 혼자 보내야만 한다. 그리고 지히로 군이 언젠가 만담 이외의 길로 나아갔을 때 내 인생과 한 번 더 접점이 생길 가능성은 남겨두고 싶었다. 설령 그것이 연애 감정이 아니라 해도 좋은 친구(a.k.a. 전 남친)로 남을 수도 있는 거니까.

지금까지 TV와 유튜브를 보거나 매점까지 빵을 사러 달려가거나 종이책 페이지를 한 장씩 넘기거나 영어의 분사구문이나 세계사의 말도 안 되게 긴 로마 황제 이름을 열심히 노력해서 외우거나 했다. 그건 이 시대의 미래를 위한 일이고, 나는 이제부터 대학에 들어가 재학 중에 소설로 문예상을 타고 그대로 아쿠타가와상 후보가 되지만, 한 번에 성공하진 못하고 몇 번의 도전 끝에 결국 졸업 전까지는 수상하면서 문단에 화려하게 두각을 드러내고 싶다. 그게 안 된다면 평범하게 취직해서 평범하게 결혼 상대를 찾아 아이를 낳고 싶다. 내 자손을 남기고 싶고 아이는 귀엽고, 친척은 없지만 아빠가 옛날에 도와준 적이 있다는 아오카게 지오리라는 사람이 대학 졸업까지 필요한 돈은 매달 보내주고 있으니까 걱정할 건 없고, 이 집도 어릴 때부터 살다 보니 꽤 마음에 든다.

지금의 기리시마시(市)도 너무 좋은데 미래엔 역시 다른 곳과 합병되려나? 거리의 모습은 변해가기 마련이라고 노래 가사에 흔히 나오지만, 카지노 같은 게 엄청 생겨나 있으면 어떡하지? 지금처럼 이 동네를 사랑할 수 있을까?

애초에 동네라는 개념이 있기는 할까? 다들 메타버스에 영혼만 보낸 채 살아간다면 적응하는 데 시간이 걸릴 것 같다. 그런데 내가 가려고 하는 곳은 2060년이니까 00년대생인 사람은 엄청 차별받지 않을까? 박물관 전시품 같은 '역사인'이라는 명칭으로 부르고 있고, 만약 차별 같은 게 없다고 해도 미래 수준의 상식이나 교양 같은 게 전혀 없는 열여덟 살짜리가 어떻게 살아가겠어? 19세기 말 사람한테 아이폰 14를 건네준 꼴이잖아, 싫다. 아니, 하지만 그걸 스킬 트랜스퍼라는 게 전부 해결해주지 않을까? 스킬 트랜스퍼라는 것 덕분에 전쟁은 사라졌으려나? 차별도, 빈곤도, 기아도, 격차도, 종적 사회도, 횡적 사회도.

비틀즈의 노래를 그때도 듣고 있을까? 〈만화가〉 스킬 같은 걸로 나도 『헌터×헌터』를 그릴 수 있게 되지 않을까? 아니, 그것보다도 넨능력(역자주-만화 『헌터×헌터』에 등장하는 초능력의 일종)을 쓰고 싶다.

〈불꽃놀이 장인〉 스킬이 있는 걸 보면 불꽃놀이 축제도 있으려나? 안 돼, 전혀 상상이 안 되고 너무 무서워, 미래가. 바벨탑 다이빙보다 1조 배는 무서워. 2060년에 문예상하고 아쿠타가와상하고 내 꿈은 남아있을까?

옛날에 읽었던 『와트』라는 소설이 떠올랐다. 거기에도 엄청나게 긴 대화문이 있었다. 그 정도는 아닐지라도 그 정도로 맹렬한 생각이 내 머릿속에서 생겨난 것이다. 하지만 그것들은 내 판단에 아무 영향도 끼치지 못했다.

나는 얼굴을 들었다.

"당연히 가야지."

나는 말했다.

호기심이 모든 것을 앞섰다.

미래에 갈 기회를 멍청히 놓칠 만큼 내 로망은 시들지 않았으니까.

제
4
장

판 타 지 소 설

「라쿠아 브레즈노와 죽은 자의 기억」

홉골귀(뱀보이어)족의 침공은 맹렬하기 그지없었다.

기품과 청렴함을 무엇보다 중시하는 종족인 마법사(위저드) 족에게 같은 사람종의 뼈를 먹는 전술로 나선 홉골귀족의 존재는 혐오의 대상일 뿐이었다. '벽지가 더러워질까 봐 방 안의 벌레를 못 잡겠다.'라는 사고방식처럼, 전쟁이 발생한 시점에서 패배했다고도 할 수 있는 상대였다. 마법사족은 홉골귀들을 '비천한 권속'이라 부르며 멸시하고 배척했다.

라쿠아 브레즈노는 지금 마법 진영의 가장 안쪽에서 끊임없이 나타나는 홉골귀들을 계속 요격하고 있었다.

《명성(明星) 50도, 〈화문절(火文節)〉부대 준비─ 슬구불, 발사!》

지휘를 맡은 마법 장군의 목소리가 머릿속에 직접 울려 퍼졌다. 통신계열 마법사에 의한 전달이었다. 화문절 부대가 아닌 라쿠아에게까지 굳이 전달할 필요는 없는 명령이지만, 지금의 장군은 모든 정보를 공유해야 한다고 믿는 지휘관이었다. 분명 명성 50도 방향에 적이 밀집해 있다는 건 알겠지만 정보량이 너무 늘어나면 전투원들의 처리능력이 따라가지 못한다.

 무엇보다도—장군은 지금 라쿠아의 등 뒤에 있었다. 장군이 그런 지령을 내리는 목소리를 라쿠아도 듣고 있었기에 굳이 통신 마법으로 공유해줄 필요는 전혀 없었다.

 한동안은 나설 차례가 없을 거라는 라쿠아의 예상대로 아군이 대량으로 사망하거나 이 마법 진영까지 흡골귀들이 도달하는 사태는 발생하지 않았다. 아직 라쿠아가 나설 단계는 아니었다. 마력은 보존하면서 유사시에 대비할 뿐이다.

 그러나—라쿠아의 그런 느긋한 생각을 깨부수듯이 갑자기 진지 중앙에 사람의 형상이 출현했다.

 "나는 긍지 높은 흡골귀 카빈 오탐이다! 머리뼈를 받으러 왔다!"

 저주스러운 암흑색 머리카락을 거칠게 나부끼며 넝마 조각을 그대로 몸에 두른 것 같은 조악한 옷을 입은 여자였다. 무엇보다도 두 가지 특징—걸쭉한 붉은색으로 빛나는 눈동자와 치켜 올라간 입꼬리에서 튀어나온 은색 송곳니가 여자의 종족을 규정짓고 있었다.

홉골귀—카빈의 행동은 자기 이름을 밝히는 무의미한 시간을 소비한 뒤에 갑작스레 빨라졌다. 설치된 본진 중앙, 테이블 위에서 단숨에 뛰어오르나 싶더니 무언가를 중얼거리며 장군을 향해 일직선으로 돌진하기 시작했다.

홉골귀에게는 비행 능력이 없다. 애초에 주문을 사용하는 능력 자체가 없었다. 홉골귀가 가진 건 **식육(食育) 능력**—뼈를 먹음으로써 해당 종족의 능력을 사용할 수 있게 되는 학습 능력이다.

그걸 통해 도출해낼 수 있는 답은 단 하나—〈풍문절(風文節)〉 부대에 속한 마법사의 뼈를 먹고 비행 마법을 **학습**한 것이다.

"〈공문절(空文節)〉—'원정형모'."

라쿠아는 즉시 주문을 외우고 장군의 주위로 투명한 상자를 출현시켰다. 공간을 다스리는 〈공문절〉 마법을 통한 방어였다. 카빈은 투명한 상자에 가로막히며 그 충격으로 추락했다. 장군의 겁먹은 얼굴이 시야 끝에 들어왔다.

라쿠아는 혀를 찼다. '원정형모'는 어떤 충격도 차단할 수 있지만 지속 시간이 5분도 되지 않는 데다 연속으로 사용하려면 많은 마력을 소모해야 했다. 여기서 마력을 낭비할 수는 없었다. 라쿠아의 진짜 임무는 장군을 경호하는 게 아닌 다른 데 있었으니까.

땅에 떨어진 카빈은 분노를 드러내며 이쪽에서 공격하기도 전에 주문을 외우기 시작했다.

"〈화문절〉—'슬구불'."

마법사족조차 만들어내기 힘들 만큼 거대한 화염 구체가 발사되었다. 진영 내에서 대충 8할 정도가 화염에 삼켜졌다. 즉시 '원정형모'을 발동해 몸을 지킨 라쿠아와 경호 담당이 몸을 던져 보호한 장군을 제외하면 모든 병과가 화염에 휩싸여 무서운 비명을 질러대고 있었다. 온몸이 불타오르는 자, 몸의 일부가 재로 변한 자, 피부가 크게 짓무른 자. 그들의 공통점이라면 사망까지는 이르지 않을 정도의 중상이라는, 전쟁터에서 가장 불쾌한 피해를 입었다는 사실이었다.

"뼈까지는 타면 안 되지."

카빈이 진심으로 즐거워하며 말했다. 화염의 중심에서 그곳만 거짓말처럼 멀쩡했다.

불 때문에 산소가 희박해진 데다 당장이라도 피부가 타버릴 것처럼 공기가 뜨거웠다. 라쿠아는 어지러움을 느끼면서도 눈으로 무의식중에 카빈의 모습을 좇고 있었다.

카빈은 기민한 움직임으로 장군에게 접근했다. 장군은 지팡이를 잡고 응전 자세를 취했다.

"〈강문절(鋼文節)〉, '강금'―."

카빈은 장군이 발사한 황금으로 빛나는 칼날을 쉽게 피해버리고 장군의 후두부를 깨물었다. 새장을 출현시킬 틈도 없는, 매끄럽고 세련된 움직임이었다.

곧바로 흡골귀라는 무시무시한 이름의 유래를 실감케 하는 포식 시간이 시작되었다. 장군의 머리를 뒤에서 깨문 카빈은 그대로 슈우우우욱, 하는 소리와 함께 장군의 머리에서 **두개골을 빨아들였다.**

혀를 낼름거리는, 카빈의 생기 넘치는 표정과는 대조적으로, 장군의 머리는 그 **내용물**을 지지할 뼈대를 잃고 연체동물처럼 흐물흐물해지며 무너져내렸다. 힘없는 비명이 새어 나왔다. 끔찍하게도 그는 아직 죽지 않은 것이다.

카빈의 눈이 라쿠아 쪽을 향했다. 이 진영에서 멀쩡하게 살아남은 건 이제 라쿠아 한 명뿐이었다.

"이름이 뭐지?"

카빈이 천진난만하게 물었다.

"라쿠아 브레즈노."

라쿠아가 성실히 대답했다. ―카빈과의 거리를 정확히 눈으로 재면서.

"라쿠아 군, 모두에게 전해주겠어? 마법 장군은 내가 잡아먹었다고."

지휘관을 죽여 사기가 저하되는 걸 노린 걸까? 야만적이고 거친 주제에 전술은 합리적이었다.

"거절하면 어떻게 되지?"

"난 압도적으로 여자 뼈를 좋아하지만, 남자 뼈의 깊은 맛도 즐길 줄 아는 어른스러운 혀를 갖고 있거든. 뭐, 나 말고도 배고픈 녀석들은 많으니까─자, 다들 이리 와!"

카빈의 호령과 함께 진영 입구─전방 쪽에서 카빈과 매우 비슷한 풍채의 집단이 몰려드는 것이 멀리 보였다. 죽어가는 마법사들의 뼈를 먹기 위해 몰려오는 비천한 권속들이다.

자신이 이 전쟁터에 나온 의미를 완수해야만 한다─라쿠아는 재빨리 주문을 외웠다.

"〈공문절〉─'환교'."

동일 공간 안에 있는 두 사람의 위치를 바꾸는 마법이 발동되었다. 카빈의 위치와 라쿠아의 위치가 서로 바뀌었다.

어안이 벙벙해진 카빈을 무시한 채, 라쿠아는 자신의 무기─지팡이 끝에서 칼날이 뻗어 나온, 자신의 키만 한 대형 낫을 치켜들었다. 다른 마법사족이 가진 지팡이와는 다른 불길한 기운을 발산하는 마도구가 어둡게 빛났다.

당신만이 알고 있다

"뭐야, 장군을 지키려고? 두개골도 없는데, 지켜봐야 이미—."

카빈의 장난스러운 목소리는 말이 끝나기도 전에 경악으로 바뀌었다. 라쿠아의 낫이 장군의 목을 베어낸 것이다. 단말마를 대신하듯 절단면에서 피가 솟구쳤다.

"어, 뭐야? 뭐 하는 거야?"

"〈공문절〉—'수참'."

주문과 함께 계속 들려오던 신음과 울음소리가 딱 멈추었다. 모든 아군의 목과 몸통이 분리되어 있었다.

"어, 잠깐만, 뭔데? 무섭게시리."

"남은 생명력이 일정 이하로 떨어진 인간을 죽게 해주는 주문이야. 안락사 주문이라고도 할 수 있지."

카빈이 당혹스러운 표정을 지었다.

"동료의 괴로움을 덜어주겠다는 거야? 훌륭한 마음가짐이지만……."

"그런 의도가 아냐."

"그럼 뭔데?"

대답할 의무가 없는 질문에 대답했다.

"죽어주지 않으면 되살릴 수 없으니까 말이지."

허공을 향해 대형 낫을 쳐들었다. 죽은 자의 혼은 하늘로 돌아간다—마법사족의 상식이자 신앙이었다.

"〈공문절〉—'생소배지'."

주문과 함께 진영 안에서 쓰러져 있던 마법사들이 일제히 몸을 일으켰다. 머리와 몸통도 원래대로 다시 붙었고 빛을 잃었던 눈동자가 암흑색으로 반짝이고 있었다.

라쿠아는 느긋하게 몰려오던 흡골귀들을 대형 낫으로 가리키며 부하들에게 명령했다.

"최선을 다해 맞서 싸워라—시체는 여기로 옮겨."

다음 순간, 부활한 마법사들이 일제히 흡골귀 군단을 향해 마법을 발사했다. 생전의 그것보다도 높은 화력으로 쏟아진 마법이 적군을 단숨에 파괴했다.

유일하게 진영 안쪽에 있던 카빈은 어안이 벙벙해진 채 라쿠아를 응시했지만, 이내 퍼뜩 정신을 차리며 라쿠아를 향해 뛰어들었다.

죽은 자의 군대—당연히 그것들을 전부 상대하는 것보다는, 지배 주문의 시전자를 공격하는 게 빠르다. 합리적인 전법이었다.

"〈강문절〉—'옥감'."

그러나 카빈의 송곳니는 백은색 창살에 가로막혔다. 〈강문절〉의 사용자인 마법 장군이 발동시킨 마법이었다.

라쿠아는 창살 안에서 당황하는 카빈을 향해 차갑게 말했다.

당신만이 알고 있다

"넌 포로로 데려간다. 나머지는 전부 죽여서, 내 **장기말**로 삼 겠어."

⊕

"라쿠아 브레즈노, 귀관의 처분이 결정됐다."

전범 법정은 부실하다는 생각이 들 만큼 간소했다. 판사 1명 과 보좌관 2명, 마법군 총독과 법무부에서 파견된 기록관 1명 이 나란히 앉은 테이블과 의자. 라쿠아가 앉을 의자는 없었고, 길고 긴 죄상 확인과 증거 확인 내용을 직립 자세로 들어야만 했다.

'죄상은 무슨, 내가 아니었으면 마법사족의 영토는 지금쯤 3 할은 줄어들었을 텐데……' 하고 욕할 기력은 이미 남아 있지 않았다.

사망자 지배 마법으로 마력을 완전히 소모한 데다 사흘간의 구류 기간에 마력 공급이 끊긴 덕분에 제대로 서 있는 것만도 벅찼던 것이다.

그 탓에—판사의 말을 들으면서도 정당한 항의조차 할 수 없 었다.

"장군 살해 및 장군을 포함한 다수의 사망자에 대한 모독 행위에 따라, '세계 밖 추방'의 처분을 내린다. 추방 기간은 영구.
추방될 세계는 〈암계(闇界)〉이다."

암계―들어본 적이 있는 '세계'의 이름이었다. 이름 그대로
그 96퍼센트가 어둠에 휩싸인 칠흑의 세계라고 했다.

"흡골귀족과의 전투에서 필요했다지만 장군 및 동포들의 신
체를 우롱한 죄는 무겁다. 지배당한 사망자들의 목이 전투 종
료 후에 나란히 떨어지는 모습을 보고 정신에 이상이 생긴 생
존병들도 다수 보고되었다. 청렴과 고결의 정반대에 있다고 할
수 있는 행위를 용납할 수는 없다. 미안하지만 처분을 받아들
이도록."

군의 총독이 미안해하는 표정을 가면처럼 쓴 채 그렇게 말하
는 것을 라쿠아는 무시했다. 얼마 전까지만 해도 자신이 속한
조직의 수장이자 명령계통의 정점에 선 존재였지만, 이제는 상
관없었다. 〈암계〉에 그가 따라오진 않을 테니까.

총독의 말을 가로막듯이 판사가 입을 열었다.

"그리고 이건 여담이지만……. 포로 카빈 오탐에게도 동일한
처분을 내리기로 결정했다."

라쿠아는 의외라고 생각하며 오늘 재판에서 처음으로 입을
열었다.

"……어째서입니까? 고문하든 실험체로 쓰든 교섭 카드로

당신만이 알고 있다

쓰든, 이용 방법은 얼마든지 있을 텐데요."

"지난 사흘 동안 이미 네 명의 관리가 뼈를 먹혔네. 그 녀석의 흡골 능력은 정말 엄청나더군. 계속 감금해둘 가치가 없다고 판단하여 귀관과 마찬가지로 〈암계〉로의 추방이 결정된 거네."

라쿠아는 눈앞의 판사에게 침을 뱉고 싶은 마음을 간신히 억눌렀다. 설마 자신이 **흡골귀와 똑같은 처분**을 받을 줄은 상상해본 적도 없었다. 세계와 세계를 연결하는 게이트를 개통하려면 막대한 마력이 필요하다. 이왕 하는 김에 흡골귀 포로도 같이 처분해버리자는, 효율성만을 고려한 판단이리라.

"최소한의 배려로 각자 다른 시대로 전송하겠네. 굳이 다른 세계에 가서도 싸울 필요는 없을 테니……. 자, 마지막으로 뭔가 해명할 말은 있는가?"

"아니요, 특별히는."

아무것도 반박할 기력이 없었다. 이왕이면 빨리 죽어버리고 싶었다.

다음 날, 라쿠아 브레즈노는 추방당했다.

세계의 96퍼센트를 어둠이 잠식한 칠흑의 세계─〈암계〉로.

⊕

〈시문절(時文節)〉과 〈공문절〉의 최고 술사들이 추방 게이트를 닫았다. 구슬 소리가 홀수만큼 들리는 게 추방이 완료되었다는 신호였다. 세계를 이동하는 사흘 동안은 혼수상태에 빠진다. 예전부터 알던 사실이지만, 설마 자신이 그 대상이 될 거라고는 생각해 본 적이 없었다.

느릿하게 의식이 깨어나며 추방당했다는 사실을 떠올렸다. 현실을 보기 위해 천천히 눈을 떴다. 그러나 어둠을 각오하며 뜬 눈에는 시릴 정도의 빛이 밀려 들어왔다.

여기는 아무래도 다리 위인 것 같았다. 아래쪽에는 청록색 강이 흐르고 있었다. 〈마계〉와 달리 물이 갑자기 솟구치거나 운디네(물의 정령)의 노랫소리가 들려오거나 절반은 물이, 절반은 화염이 흐른다거나 하지는 않았다.

어둠 속에서 마력과 식량과 물을 공급받지 못한 채 죽게 될 거라 예상했지만, 가만히 생각해 보면 어떤 세계에서든 사람종이 존재한다는 게 정설이었다. 96퍼센트가 어둠이라 해도 나머지 얼마 안 되는 부분에서 사람종이 살아가고 있는 것이다.

정보를 얻고 싶었다. 이 세계의 상식과 법칙, 이 세계를 규정

당신만이 알고 있다

하는 분위기와 매너. 주위를 둘러보지만 사람종 같은 존재는
보이지 않았다. 사람종을 찾기만 하면 적당히 죽이고 '생소배
지'함으로써 얼마든지 정보를 알아낼 수 있다.

그때 문득 깨달았다―오른손에 익숙한 감촉이 만져졌다. 자
신의 무기인 지팡이도 함께 전송된 것이다. 칼날 부분은 수납
된 상태지만 틀림없는 자신의 무기였다.

―'생소배지' 술법을 정말로 불결하게 생각했나 보군.

쓴웃음이 나왔다. 시전자뿐만 아니라 마도구까지 함께 추방
한다는 얘기는 들어본 적이 없었다. 자신을 진심으로 싫어하면
서도 전력으로 기용할 수밖에 없었던 그들의 이율배반이 여실
히 보였다.

라쿠아는 지팡이를 들고 마법을 사용할 수 있는지 확인해 보
기로 했다. 시체가 없는 데다 생전의 모습을 보지 못했다는 제
약이 있지만, 일단 길 안내 정도로 쓸 수 있는 영혼이라면 부를
수 있으리라.

"〈공문절〉―'생소배지'."

하늘을 향해 치켜든 지팡이가 영혼을 불러들였다. 일단 한
명이다.

《―우와, 뭐야 이거. 어라, 이거 에리카 다리인가? 아사이쵸
인 거야? 대박.》

엷은 노란색의 반투명한 빛의 구체가 눈앞에 나타났다. 영혼의 생각이 직접 머릿속으로 흘러들어왔다. 다리나 동네 이름을 말하는 걸 보면 이 동네에서 죽은 인간일 것이다.

소생은 성공했다.

〈마계〉 이외의 세계에는 마력이 존재하지 않는 줄 알았지만, 대기에서 희미한 기척이 느껴졌다. 공급량과 소비량을 잘 확인하기만 하면 마법은 무리 없이 사용할 수 있을 것 같았다. 거기에 언어의 장벽도 해결되었다. 마계에서는 이종족 간에도 대화를 하기 위해 통역 마법을 자동으로 걸어두었는데, 그게 아직도 지속되는 듯했다.

"너, 이름은?"

《꺄악! 뭐야, 누구세요? 이게 무슨 상황이에요?》

빛의 구체가 콩, 하고 위로 뛰어올랐다. 영혼 나름대로 경악의 표현을 한 것이리라.

"이름을 말하라."

《이름…….》

"네가 생전에 불리던 이름 말이다."

《이름…… 으으, 기억이 안 나.》

지배 효과는 틀림없이 먹히고 있다. 정말로 기억이 안 나서 대답을 못 하는 것이다.

원래 이 마법은 소생 대상의 시체가 근처에 있는 것이 사용 조건이었다. 그 조건을 충족하지 못했기에 죽은 자의 나라에서 불완전한 형태로 불려 나온 것이리라.

"그럼 이 세계의 상식은 기억나는가? 이 세계에서 책력 세는 방법을 설명해봐."

《책력……? 아, 달력 말이구나. 24시간이 하루, 30일이 한 달, 365일이 1년. 하루는 지구가 태양 주변을 한 바퀴 도는 시간이야. 지금은…… 나무가 앙상해진 걸 보면 겨울 같은데?》

"태양과 지구가 뭐지?"

《하늘에 있잖아. 저 밝은 거. 지구는 지금 우리가 있는 별이고. 지구는 태양 주변을 빙글빙글 돌고 있어.》

"질문을 바꾸지. 이 세계에서 사용하는 법정화폐는 뭐지?"

《세계는 아니지만, 일본에서는 엔을 써.》

"사람종은 활동하기 위한 에너지를 어떻게 얻지?"

《어, 그냥 밥 먹지. 고기나 채소 같은 거.》

"오락의 종류는 어떤 게 있지?"

《오락…… 글쎄. 엄청나게 많은데. 영화나 드라마, 연극도 있고.》

"성인식 때는 뭘 하지?"

《기모노나 정장을 입고, 자기가 사는 지역에서 시장님의 이

야기를 들으면서 술을 마셔.》

"······내용의 옳고 그름은 판단하지 못하지만 말투를 보니 일반 상식에 대한 기억에 특별한 하자는 없는 것 같군. 자신에 대해 기억하지 못해도 가이드로서는 문제가 없겠어."

빛의 구체가 공중에서 붕붕 흔들렸다. 그게 어떤 감정인지는 판별할 수 없었다. 이 영혼을 가이드로 이용하면서 기본적인 의사소통은 불편함 없이 할 수 있어야 했다.

"형태를 갖춰. 죽을 때의 나이는 기억이 나는가?"

《음~ 기억이 안 나.》

"뭐, 상관없겠지. 원하는 모습으로 변해."

곧바로 빛의 구체가 반투명한 사람 형상으로 바뀌어 갔다. 길게 뻗은 생머리와 위아래로 나뉘지 않은 형태의 옷. 앳된 얼굴을 보면 성인이 되기 전의 모습인 듯했다.

《이 모습이 되니까, 엄청 어색해. 죽기 전에 이렇게 어려지는 않았던 것 같네.》

"어차피 나한테만 보이는 모습이야. 뭐든 상관없어."

영혼의 모습은 시전자의 눈에만 보이므로 남들이 보면 계속 혼자 허공에 대고 떠드는 것처럼 보이지만, 라쿠아는 특별히 신경 쓰지 않았다. 정보부터 얻는 게 먼저다.

"그리고 부를 이름이 필요하겠군. 생전의 이름이 기억나지 않는다면, 지금 여기서 이름을 지어봐."

《음~ 뭔가 꽃이나 식물 같은 느낌이 드는 이름이었던 것 같은데……. 그럼 꽃이 핀다는 뜻의 사키(咲)로 지을게.》

"그럼 사키."

라쿠아는 조금 무게를 잡으며 사키 쪽으로 몸을 돌렸다.

"가볍게 자기소개를 해두지. 난 라쿠아 브레즈노, 다른 세계에서 왔어. 〈마계〉라는 곳인데, 모든 공간에 마력이 넘쳐흐르는 세계지. 마법사족이고, 공문절─공간계열 주문을 주로 사용해. 그 〈마계〉에서 추방당해서 왔으니까 〈암계〉에 대해서는 잘 몰라. 내가 여기서 생활할 수 있게 돕도록 해."

《우와, 마법을 쓸 수 있구나. 그래, 그래서 내가 지금 이렇게 되살아나서 생각도 하고 말도 할 수 있는 거겠지. 그 엄청 부드러워 보이는 은발이나 로브도 정말 멋지다. 딱 봐도 마법사 같아.》

"그렇게 격의 없는 말투 좀 고칠 수 없겠어?"

그래도 지배 대상이니 라쿠아를 주인으로 공경해야 했다.

《뭐 어때. 이제부터 친하게 지내자.》

보통 소생된 영혼이 이렇게 친근하게 구는 경우는 없다. 역시 마법의 효과가 평소와 다른 것 같았다. 조건을 제대로 충족하지 못해서일까? 다른 세계이기 때문일까? 아니면─이 영혼의 원래 성격 때문일까?

"뭐, 상관없겠지. 어차피 버림받은 몸인데 대접받아서 뭐 하겠어. 사키, 이 세계의 상식을 전부 배워야겠어. 네가 알고 있는 상식을 전부 공유해줘."

라쿠아는 기억 이전 주문을 외워서 사키의 기억에 남은 이 세계의 상식을 자신의 머릿속으로 복사하기 시작했다. 몇 시간 뒤에는 이 세계의 주민으로서 어색하지 않게 행동할 수 있을 정도로 입력이 완료되었다.

"생활 기반을 마련해야겠군. 숙소를 찾자."

《아, 그 전에 이름부터. 모처럼 여기에 왔으니까 일본인 같은 이름을 짓는 게 어때?》

"확실히 이름이 필요하겠군. 난 방법을 모르니까 네가 지어줘."

《그럼 내가 생전에 멋지다고 생각한 성씨 1위에 빛나는 '시라하네'를 성으로 하자. 이름은 그대로 써도 괜찮을 거야. 아슬아슬하게 일본인 같아. 시라하네 라쿠아, 이걸로 가자.》

"생전 기억은 없는 것 아니었나?"

라쿠아의 지적에 사키는 헤헤헤, 하고 웃었다.

《뭔가 그런 아무래도 상관없는 기억은 난단 말이지~. 내 정체성이랄지, 근본적인 건 전혀 생각이 안 나는데 말이야. 말투

당신만이 알고 있다

같은 것도 솔직히 나라는 느낌이 안 들어서, 뭔가 다른 사람을 연기하는 것처럼 어색한데―》

얼마든지 계속 떠들어댈 것 같은 사키를 무시하면서 라쿠아는 한숨을 쉬었다.

"하지만 화폐도 없는데 어떻게 생활해야 하지? 숙소와 일거리를 찾아야―."

"저기요."

혼잣말이 끝나기도 전에 갑자기 그의 눈앞에 웬 얼굴이 쓰윽 나타났다. 화상 흉터가 인상적인 중년 남자의 넓적하고 무표정한 얼굴. 라쿠아는 무심결에 뒷걸음질 쳤다.

"당신한테서 **다른 시공**의 냄새가 나는군요. 혹시 시간 역행자인가요?"

사키의 상식에는 들어있지 않던 '시간 역행자'라는 단어에 라쿠아는 당황하고 말았다. 대답하지 못한 채 어색한 침묵이 흐르는 걸 어떻게 받아들였는지, 남자는 히죽 웃었다.

"자기소개가 늦었군요. 저는 아난 란마라는 사람인데, 약혼자를 찾아 이 시대에 왔습니다."

《이 시대에 왔다, 라니. 무슨 시간 여행자 같은 소릴 하는데?》

"시간 여행자처럼 말하는군요."

"네, 시간 여행자라서요. 이게 흔히 말하는 타임머신에 해당

하는 장치죠. 당신은요?"

아난이 왼팔에 낀 은색 고리 모양의 액세서리를 보여주었다.

《잘은 모르겠지만 뭔가 수상해. 타임머신 같은 건 만화에서 나 나오는 건데.》

"타임머신 같은 건 만화에서만 나오는 건 줄 알았습니다 만……."

사키의 소감을 그대로 따라서 말했다. 아난은 미소 지었다.

"그런데도 당신은 지금 여기에 있죠. 자신이 태어난 시대가 아닌 이곳에요."

"그걸 어떻게 아시죠?"

시대라기보단 세계가 다르지만 말이다.

"반응하거든요…… 제 안의 성적 충동이. 하지만 당신은 제 성적 취향에 정확히 들어맞진 않습니다. 그게 오히려 신기하고 흥미롭단 말이죠……."

《라쿠아, 안 되겠어. 이놈은 위험한 놈이야.》

사키가 노골적인 혐오감을 드러내며 말하자 라쿠아도 내심 공감했다.

"당신은 위험한 사람이군요."

라쿠아는 몸을 빙글 돌려 자리를 피하려 했다.

"저는 이만. 또 기회가 되면 뵙도록 하죠."

"일을 의뢰해도 말입니까?"

라쿠아는 제자리에 멈춰 섰다.

"이 시대의 화폐로—20만 엔을 지불하겠습니다. 자, 선금으로 10만 엔을 드리죠."

아난은 라쿠아의 손에 지폐 열 장을 쥐여주었다.

《우와, 미야베에 있는 비즈니스호텔에 가면 20일은 잘 수 있겠네. 그래도 안 돼. 이런 수상한 놈이 길거리에서 의뢰하는 일이 정상적일 리가 없잖아.》

아난이 한 장의 종이를 건네주었다. 교복을 입은 소녀의 사진이었다.

"나츠메 오카—이 소녀가 저의 약혼자입니다. 당신은 딱 봐도 수상해 보이는 차림을 하고 그녀를 공격하는 척을 해주세요. 그때 제가 구하러 가서 신뢰를 얻어낼 겁니다."

아난이 작은 소리로 덧붙였다.

"그렇다고 정말로 공격하면 안 되고요."

나츠메 오카를 위협하는 일을 완수하고 돈을 받아내자, 사키는 노골적으로 화를 냈다.

《내가 반대했잖아. 그런 수상한 남자한테 여고생을 납치해서 데려가려고 하다니, 말도 안 돼. 그놈은 약혼자라고 하지만 딱 봐도 거짓말이야. 그런 짓을 하는 놈의 명령은 못 듣겠어.》

"난 그냥 조금 겁을 줬을 뿐이잖아."

《그래도 여자애한테는 트라우마로 남을 만큼 무섭다고. 난 다른 사람한테 상처 주는 놈 옆에는 있고 싶지 않아. 이제 가이드 같은 건 안 해줄 거야.》

너무 일방적으로 화를 내자 라쿠아도 더 이상 불편한 기색을 숨기지 않았다. 가는 말이 고와야 오는 말도 고운 법이다.

"마음대로 하든가. 길가에 돌아다니는 아무나 죽여서 되살려내면, 너보다는 훨씬 말 잘 듣는 부하이자 가이드가 되어주겠지."

《그거, 하지 마.》

사키가 얼굴을 일그러뜨렸다.

《쉽게 사람을 죽이면 어떡해…….》

그 간절한 표정에 라쿠아는 약간의 죄책감을 느꼈다.

"……이해가 안 되는군. 나츠메 오카든 길가에 돌아다니는 사람이든 너하고 특별히 아무 상관도 없을 텐데. 왜 네 감정이 그렇게까지 흔들리는 거지?"

《몰라. 기억이 없는걸.》

사키는 라쿠아를 똑바로 바라보며 손을 내밀었다. 그리고 라쿠아의 뺨을 만졌다─유체 상태이므로 손이 닿은 감촉은 느껴지지 않았다.

《그래도 기억이 없어도 알 수 있어. 내가 죽었을 때 엄청 슬퍼해 준 애가 있었다는 느낌이, 아까 그 애를 보는데 왠지 확 밀려오는 거야. 조금씩이지만 살아 있을 때의 느낌이 되돌아오고 있어. 난 진심으로 아무도 죽지 않았으면 좋겠어. 슬프잖아.》

사키의 호소에 라쿠아는 결국 시선을 피했다. 논리정연한 것과는 거리가 멀지만─다 받아낼 수 없을 만큼 뜨거운 열정이 만져지지도 않는 그 반투명한 몸에서 뿜어져 나오고 있었다.

《솔직히 내 감정을 나도 잘 모르겠단 말이지. 멋대로 불려와서 되살아나고, 그런데 기억은 없고. 내가 누구인지도 모르니까 되살아나면 만나고 싶었을 사람도 기억나지 않잖아. 그래도 뭔가 본능이라고 해야 할지, 몸이 기억하고 있어─난 죽고 싶지 않았고, 내가 죽지 않길 바랐던 녀석도 있어.》

"그건─."

미안하게 됐어, 라고 말하려 하는 자신에게 놀라고 말았다. 자기가 소환한 부하에게 사과하는 마법사 따위, 전대미문이다.

그렇게 만들 정도의 절실함이 뇌에 직접 전해지는 말 한마디 한마디에 가득 담겨 있었다.

《내 기억을 되살릴 순 없어? 그런 마법은 없는 거야?》

"이번 경우는 일반적이지가 않아. 마법으로 되돌릴 수 있는 종류의 기억상실은 아닌 것 같지⋯⋯만, 어떤 계기를 통해 기억이 돌아올 가능성도 충분히 있어. 기억은 영혼에 반드시 새겨져 있으니까. 지금은 아직 영혼의 정보가 혼선되어 있는 거겠지⋯⋯. 내가 억지로 불러들인 거나 마찬가지니까 말이야."

목소리에 미안해하는 뉘앙스가 담기고 말았다.

"여기가 네가 살던 도시라면, 이 도시의 정보를 더 접해가다 보면 혼선이 잘 정리될 공산이 커."

《그럼 되돌려줘. 내 기억을.》

"돌려달라고 해서 돌려줄 수 있는 게⋯⋯."

《지금 당장 돌려달라는 게 아니라. 라쿠아가 이 세계에서 제대로 살아갈 수 있도록 가이드해줄 테니까, 라쿠아는 내 기억이 돌아올 수 있도록 최선을 다해줘. 그렇게 계약하는 걸로 하자.》

"그야 뭐, 상관없다만."

원래는 소생시킨 시점부터 시전자에게 복종한다는 계약이 맺어져야 하는 거지만⋯⋯이라고 작게 중얼거리는 걸 사키는 놓치지 않았다.

《왜, 뭐 할 말 있어?》

당신만이 알고 있다

"아니, 아무것도."

《나를 부하나 하인처럼 여기고 복종시킬 생각이라면, 큰 착각을 하는 거야. 난 너 때문에 억지로 되살아난 피해자야. 계약은 대등하거나 나한테 유리하게 맺는 게 맞지.》

"다 들었으면서……."

조용한 항의도 사키에게 묵살당했다.

《나한테 유리한 계약이니까 반드시 엄수해줬으면 하는데, 첫 번째 항목은 '사람을 죽이지 않는다'야. 죽으면 다른 사람과 만날 수 없게 되고—.》

그때 사키는 퍼뜩 무언가를 깨달은 듯이 얼굴을 들었다.

《혹시 라쿠아가 살던 세계는 다른 거야? 사람이 죽어도 슬프지 않아? 그렇구나, 죽어도 되살리면 그만이겠지.》

세계의 차이에 따라 생사관이 달라질 수도 있다는 발상에 라쿠아는 내심 혀를 내둘렀다. 방금 전까지는 그렇게 격렬히 화를 내고 있었음에도 어느새 그의 입장에 서서 생각해주고 있지 않은가. 그 정도의 공감 능력이 있다는 게 대단해 보였다.

"〈마계〉에서도 소생 주문을 사용할 수 있는 건, 공식적으로 확인된 사람은 나뿐이야. 일반적인 일은 아니지."

《그럼 라쿠아는 사람이 죽으면 어떤 느낌이 드는데? 소중한 사람이 죽으면.》

"……내가 누군가의 죽음을 슬퍼한 적은 없어. 죽음이란 단지 이동에 불과해. 죽은 자들은 다들 하늘로 거처를 옮기는 것뿐이고, 나도 언젠간 그쪽으로 가겠지. 그리고 난 마음만 먹으면 그들을 하늘에서 불러올 수 있는 거고."

처음으로 말해보는 죽음에 대한 태도였다. 지배 대상이 자신에게 화를 내는 것도 처음이었고, 무엇보다―그의 군인 시절을 아무도 모르는 낯선 세계에 왔다는 사실이 입을 가볍게 했다.

《아~ 역시 그렇겠지? 라쿠아는 다른 세계에서 온 사람이고 윤리관이나 죽음에 대한 인식이 우리와 다르다는 건 알겠어. 하지만 여긴 우리가 사는 세계니까, 우리 수준으로 튜닝해봐. 사람을 죽이지 않는다, 이게 첫 번째야.》

거침없이 이어지던 대화가 거기서 멈추며 정적이 내려앉았다. 머릿속에 직접 울리던 목소리가 딱 멈춰버리자 머리가 맑아지는 기분이었다.

"알았어."

라쿠아는 놀랄 만큼 순순히 고개를 끄덕였다.

"계약할게. 이 세계에서는 사람을 죽이지 않겠어. 그러니까―."

손을 내밀었다.

"내 가이드로서 여기에 있어 줘."

《응, 좋아. 나야말로 잘 부탁해.》

사키가 가슴을 펴며 손을 내밀었다. 라쿠아가 저자세로 나가면서 그녀의 요구를 100퍼센트 수용했음에도 불구하고 사키는 특별히 황송해하는 기색이 없었다. 라쿠아는 그게 좋았다.

닿을 수 없는 손을 서로 맞잡았다. 파트너십 체결이다.

《오히려 말이지, 모처럼 이 세상에서 유일하게 마법을 쓸 수 있으니까 사람 돕는 일을 해보면 어떨까?》

"사람 돕는 일…… 하지만 난 아무것도…….'

"아니, 약속했던 거랑 다르잖아요!"

화를 내고는 있지만 어딘지 모르게 박력 없는 목소리가 들려왔다. 돌아보니 연약해 보이는 청년과 머리를 흑백으로 나누어 물들인 미인이 말다툼을 하며 걸어가고 있었다. 자연스레 이야기를 엿듣게 되었다.

"제 졸업 논문에 진척이 없어서 진짜 위기라니까요. 당신 탐정 아니에요? 이런 수수께끼 같은 거 좋아하잖아요? 추리 좀 해주세요."

"그런 괴기현상 같은 건 내 전문 분야가 아냐. 밀실이나 알리바이 같은 걸 가져오라구. 단숨에 풀어줄 테니까."

"괴기현상이 아니라 어엿한 사건이에요! 그것도 2004년부터 쭉, 해마다 몇 건씩이라니 이상하지 않아요? 19년 동안이에요. 이건 잭 더 리퍼처럼 역사에 남을 만한 수준의 연쇄 살인범이잖아요?"

"저기 말이야, 하루사키 군. 자세히 조사해서 대단하다고 말해주고는 싶지만……. 두개골이니 등골 같은 뼈만 뽑혀 나간 시체라면, 그건 트릭이나 추리 같은 영역이 아니잖아. 난 안 할 거야."

라쿠아가 자리에서 벌떡 일어났다. 말다툼을 벌이는 두 사람은 그대로 멀어져갔다.

《왜 그래, 갑자기?》

사키가 고개를 갸웃거렸다. 라쿠아는 온몸에 식은땀이 천천히 배어 나오는 것을 느꼈다.

또 한 명의 추방자─놈도 이 도시에 있었다. 라쿠아보다 **이전 시점**으로 추방되었던 것이다.

⊕

"세계는 무수히 존재해. 내가 있던 〈마계〉, 지금 나와 사키가 존재하는 〈암계〉, 그 밖에도 〈과계(菓界)〉, 〈이계(莉界)〉, 〈천계(天界)〉, 〈가계(伽界)〉, 〈안계(顏界)〉……. 공통된 점이라고는 '사람종 생물이 패권을 쥐고 있다.' 라는 것뿐이야. 문화도 풍습도 물리법칙도 세계구조도 다르고, 각 사람종이 가진 능력도 다르

당신만이 알고 있다

지. 〈암계〉의 인간족은 아무리 단련해도 마법을 사용할 수 없지만, 〈마계〉의 마법사족은 갓난아기 무렵부터 마법을 쓸 수 있는 식이야."

《판타지구나. 죽었다 되살아난 내가 이런 말을 하는 것도 웃기지만, 쉽게 믿기진 않는 이야기네.》

"자신들 외에 다른 세계가 존재한다는 걸 자각하는 사람과 자각하지 못하는 사람이 있는데, 내가 살던 〈마계〉에서는 모든 사람이 그걸 알고 있었어. 초등 교육 내용 중에 각 세계의 특징을 설명하는 부분이 있을 정도니까. 반면 〈암계〉의 사람들은 세계의 복수성을 자각하지 못한다고 하더군."

《뭐, 나야 증거가 눈앞에 있으니까 믿을 수밖에 없지만 말이지. 우주 바깥쪽에 다른 세계가 있는 거구나.》

"정확해. 각 세계는 인접해서 존재하고 있지. 그리고 〈마계〉에 사는 마법사족의 법률로는 사형보다도 무거운 형벌이 다른 세계로의 추방이야."

《그럼 라쿠아는 엄청나게 나쁜 짓을 한 거야?》

"죄의 경중에 대한 기준도 있긴 하지만, 죄는 가벼운데 그 죄인의 시체를 남겨두고 싶지 않은 경우도 있지. 나는 굳이 따지자면 후자에 가까워. 내가 죽은 다음, 내가 지배하던 죽은 자들이 무수히 해방될 가능성도 있거든. 원래부터 기피 대상이기도 했고, 말하자면 태어날 때부터 집행유예 상태나 다름없었어. 전술적 가치를 인정받아 전투병으로 등용됐지만, 장군과 동료들을 죽이고 지배했다는 보고가 올라가면서 상층부에서도 떠올린 거지. 죽은 자를 조종하는 마법의 비도덕성을."

《어려운 단어가 너무 많아서 이야기가 머리에 잘 안 들어와.》

라쿠아는 쓴웃음을 지으며 사키의 머리를 쓰다듬었다. 유체라서 만질 수는 없어도 친애의 감정은 전해진다. 사키는 팔짱을 끼며 말했다.

《네가 날 만질 때보다 내가 널 만질 때 느낌이 확 오는 것 같아.》

"내가 진짜 하고 싶은 말은 여기서부터야……. 내 세계에는 마법사족 외에도 사람종 생물이 있었어. 성절(城切)족, 식안족(喰顔)족, 칼잡이족, 성술사(星術師)족, 용인(龍人)족, 해(海)족……. 그리고 그중 하나가 흡골귀(뱀보이어)족이야. **뼈를 빨아먹는** 종족이지. 마법사족이나 다른 사람종이 공간에 흩어진 마력을 흡수하듯 받아들이는 데 반해, 흡골귀족은 그 사람종의 뼈를 빨아먹음으로써 마력을 얻어."

《어, 설마 방금 지나간 사람들이 이야기한 게…… 바로 그거야?》

"맞아. 나보다 이전 시대—19년 전 시점으로 추방당한 거겠지. 이 세계에 사는 사람들의 **뼈**를 수도 없이 빨아먹은 게 틀림 없어. 그 흡골귀─카빈을 찾아서 제거해야겠어."

라쿠아는 주변의 마력량을 시각화하는 주문을 통해 목표 위치를 특정했다.

"너와 계약한 내용을 생각해도─흡골귀는 **사람**에 해당하지 않잖아?"

라쿠아와 사키는 거점으로 삼은 비즈니스호텔에서 15km 정도 떨어진 산속 빈집에 왔다.

벽면의 80퍼센트를 뒤덮은 넝쿨과 절반 정도는 벗겨진 지붕 기와, 이상한 각도로 휘어져 버린 현관문─그동안 전혀 관리되지 않았다는 걸 한눈에 봐도 알 수 있었다.

그 안에서 명백하게 〈암계〉에서는 불가능할 정도의 마력량이 검출되고 있다.

《흡골귀는 다른 사람종의 **뼈**를 빨아먹어서 마력을 얻는다고 했는데, 우리 세계의 사람들에게는 마력이 없잖아? 마력을 못 얻는 거 아냐?》

사키의 질문에 라쿠아는 작은 목소리로 대답했다.

"이 도시에서 열흘 정도 지내면서 알게 됐는데, 〈암계〉의 사람종─인간족에게도 일정량의 마력을 가진 개체가 있어. 놈은 아마 그런 인간족을 발견할 때마다 뼈를 빨아먹었을 거야."

《무시무시하네.》

"하지만 그런 인간족은 상당히 특수하니까 원하는 대로 찾아내긴 힘들겠지. 반면에 난 마법사족이라 충분한 마력량을 갖고 있어. 카빈은 늦든 이르든 내 뼈를 빨아먹으러 올 거야. 내가 먼저 쳐들어가서 처리하는 게 최선이야."

라쿠아는 천으로 감싸두었던 지팡이를 꺼내더니 칼날을 빼내서 대형 낫의 형태로 변형시켰다.

"부탁할게."

《라져.》

사키가 한발 먼저 벽을 뚫고 집으로 들어갔다. 사키의 모습은 라쿠아에게만 보인다. 수십 초가 지난 뒤, 사키의 목소리가 머릿속에 울려 퍼졌다.

《현관에서 복도를 쭉 나아가서 오른쪽 방.》

보고와 동시에 대형 낫을 휘둘러 현관문을 두 동강 냈다. 녹슨 문은 집 안으로 들어가는 길을 쉽게 열어주었다. 재빠르게 침입해서 복도를 나아갔다. 방을 일일이 탐색할 필요는 없었다.

《뭔가 훨씬 괴물같이 생겼을 거라고 생각했는데, 의외로 평범한 사람 같은데? 오히려 꽤 예쁜 편이고.》

당신만이 알고 있다

라쿠아는 자신에게 돌아온 사키의 소감을 무시한 채, 언제든 방어용 주문을 외울 수 있게 대비하면서 문을 절단하며 방에 진입했다. 당장이라도 공격해올 거라는 라쿠아의 예상과 달리, 카빈은 방 중앙에서 낡은 나무 의자에 앉아 있었다.

"누군가 했더니…… 놀라운데. 마법사족인 네가 왜 이런 곳에 있는 거야?"

배에 구멍이라도 뚫렸나 싶을 만큼 힘없는 목소리였다. 라쿠아는 카빈의 질문을 무시한 채 되물었다.

"〈암계〉에서의 생활은 어때?"

"이쪽 기준으로 19년이나 살았어. 꽤 익숙해졌지."

"그런 것치고는 상당히 초라해 보이는데."

카빈은 〈마계〉에서 봤던 넝마 차림과 달리 선명한 빨간색 원피스를 입고 있어서 복장 자체는 〈암계〉 사람 같았지만, 곳곳이 검게 변색되고 얼룩이 져서 더러워 보였다.

"마력이 옅어서 말이야. 가끔씩…… 그야말로 1년에 한 번 정도는 그나마 괜찮은 인간을 발견해서 **빨아먹었**지만, 턱없이 부족해. 계~속 굶고 있어."

"그렇다면 넌 뭘 위해 살고 있지? 치욕스럽게 살 바에는 차라리 스스로 목숨을 끊어."

"난 죽을 땐 마법으로 죽기로 마음먹었거든."

긴 앞머리 안쪽으로 힘없는 미소가 엿보였다.

"굶주림이나 병으로 죽으면 죽은 자의 나라로 갈 수 없어. 마법으로 죽어야 해."

흡골귀족의 생사관에서는 마법에 의한 죽음을 최고의 긍지로 여긴다. 마법사족과의 전쟁에서 병사들을 고무시키기 위한 거짓 선동이라 생각했지만, 다른 세계로 쫓겨나서도 그런 사고방식을 간직하는 걸 보면 의외로 깊게 뿌리내린 신앙 같았다.

"제발 부탁인데, 네 마법으로 죽여주지 않겠어? 이제 지쳤어. 난 이 세계에는 도저히 맞지 않아."

"그런 거라면 얼마든지."

너무 쉽게 자기 목숨을 내어놓자 오히려 당황스러웠다. 잔뜩 긴장하고 있던 만큼 맥이 빠지는 느낌이었다. 카빈은 실제로 완전히 쇠약해져 있었고, 방심시켰다가 기습하려는 기적 같은 건 느껴지지 않았다.

대형 낫을 치켜들고 주문을 외웠다. 공간 자체의 단절을 만들어내는 주문—단절의 틈새에 휘말리면 목이든 몸통이든 가차 없이 절단된다. 반면 명중시키기가 어렵다는 단점이 있었지만, 죽음을 바라는 상대니까 그런 걱정을 할 필요는 없었다.

"〈공문절〉'충단'—."

그러나 주문 영창이 끝나기도 전에 사키가 빠르게 외쳤다.

당신만이 알고 있다

《잠깐만, 라쿠아. 이렇게 더러운 데서 생활하는 것 치고는 머리카락이 너무 깔끔해. 전혀 떡지지 않고 윤기가 넘쳐. 틀림없이 평소에 목욕을 하고 있는 거야.》

그리고 보니 확실히─그런 사고의 잡음에 주문 발동이 늦어졌다. 카빈의 눈이 붉게 빛났다. 홉골귀의 눈─전투 시에 열리는 동공.

그와 동시에 천장에서 막대한 마력의 기척이 생겨났다. '충단'의 타깃을 카빈에서 위쪽으로 급하게 바꾸었다. 다음 순간, 천장 전체를 뒤덮을 정도의 면적으로 화염의 벽이 라쿠아를 향해 밀려들었다. '충단'에 의해 일부는 그 기세가 죽었지만, 한 면을 가득 채우며 내려오는 화염 전체를 막을 수는 없었고 라쿠아의 몸 오른쪽 절반이 화염에 휩싸였다. 사키의 찢어지는 듯한 비명이 라쿠아의 머릿속을 가득 채웠다.

주문 발동을 감지하면 작동되는 마법 함정─〈화문절〉 부대가 자주 사용하던 전술이었다. 카빈에게 잡아먹힌 옛 동료들의 술법이다. 완벽히 유인당한 자신의 방심과 부주의를 후회하면서도 라쿠아는 냉정하게 전황을 파악했다. 어쨌든 이 화염에서 벗어나는 것부터가 문제였다.

"〈공문절〉─."

즉시 방어용 주문을 외우려 했지만 화염에 뜨거워진 공기로는 숨을 쉴 수 없었다. 목재로 지어진 집은 금세 화염에 삼켜졌고 맹렬한 불꽃이 이 공간을 점령하고 있었다.

《라쿠아, 앞으로 가! 카빈 쪽으로!》

전방을 바라보자 방금 전까지만 해도 다 죽어가는 것처럼 보였던 카빈이 꼿꼿이 일어나 승리를 확신하는 미소를 짓고 있었다. 그 주변으로는 화염이 전혀 침범하지 않고 있다. 아군을 공격하지 않도록 고안된 마법 함정의 기능이었다.

라쿠아는 바닥을 박차며 카빈을 향해 돌진했다. 카빈도 그런 움직임을 예상하고 있었다는 듯 송곳니를 드러냈다. 당장이라도 뼈를 빨아먹을 기세로 대담하게 웃고 있었다.

"〈공문절〉—'원정형모'."

간신히 공기를 빨아들이며 빠르게 주문을 외웠다. 카빈의 송곳니는 라쿠아를 둘러싼 투명한 상자에 의해 가로막혔다.

"다 죽어가는 연기를 꽤 잘하더군."

"19년 만에 마법사의 뼈를 먹을 수 있게 됐는데, 뭘 못 하겠어?"

시간이 경과하면서 원정형모가 사라지자 카빈이 다시금 라쿠아에게 덤벼들었다. 라쿠아는 대형 낫으로 견제하면서 피했지만 카빈이 휘두른 손톱이 그의 오른팔을 노리고 있었다. 화상 자국이 넓게 퍼진 전완부에 예리한 손톱이 파고들자 라쿠아

당신만이 알고 있다

는 신음을 흘렸다.

"내가 이런 시시한 세계로 쫓겨난 건 전부 너 때문이야."

파고든 손톱을 확 끌어당기자 오른팔에 네 줄의 상처가 그어 졌다. 엄청난 고통에 눈앞이 아득해질 정도였다.

고통에 경직된 틈을 놓치지 않고, 복부에도 강렬한 발차기가 날아들었다. 그걸 정통으로 맞은 라쿠아는 다시금 불바다 쪽으로 튕겨 나갔다. 몸의 충격을 견디며 깊이 숨을 들이쉬었다.

"남자 뼈를 먹긴 싫지만, 빨아먹지 않으면 내 직성이 안 풀리 겠어."

"너 때문이라는 건 내가 할 말이야―〈공문절〉'환교'."

불길에 처박히기 직전에 들이마셨던 숨을 뱉어내며 위치를 교환하는 주문을 외웠다. 카빈이 화염 속으로, 라쿠아가 안전 지대로 위치가 서로 바뀌었다.

"뜨거―아 뜨거워! 이 망할, 죽어!"

즉시 돌격해오는 카빈을 보며 라쿠아는 기다렸다. 마력을 낭 비할 수는 없다. 분노를 있는 그대로 드러내며 직선적인 움직 임으로 달려드는 카빈을 향해 대형 낫을 휘둘렀다. 공격 목표 는 입―그 저주스러운 송곳니를 파괴하는 것이다.

그러나 카빈은 대형 낫의 자루 부분을 오른손으로 정확히 받 아냈다. 분노에 몸을 맡긴 것처럼 보여도 라쿠아의 움직임을 냉정히 예측하고 있었다. 뼈를 먹으려는 욕망을 채우기 위해, 끊임없이 최적의 행동을 계산하고 있는 것이다. 라쿠아는 붙잡힌 대형 낫을 억지로 휘둘렀다. 카빈은 오른손을 사용해 낫을 위쪽으로 받아넘기며 몸을 숙여 피했다. 라쿠아의 상체가 쭉 뻗어나가면서 왼쪽 몸에 큰 빈틈이 생겨났다. 카빈이 그걸 놓칠 리 없었고, 바닥을 박차며 달려들었다. 갈비뼈를 마음껏 먹어 치울 수 있는 자세였다.

라쿠아는 그걸 이미 예상하고 있었다. 살짝 도약하며 주문을 외웠다.

"〈공문절〉—'원정형모'."

라쿠아 주위에 다시 투명한 상자가 생겨났다. 도약했던 라쿠아는 중력을 따라 낙하했고, 착지와 동시에 원정형모의 바닥면을 꾹 밟았다. 공중에 출현했던 상자는 그 기세로 쿵, 하고 바닥에 처박혔다. 건물이 비명을 지르듯 삐걱거리고 크게 흔들리면서, 화염에 침식된 부분은 완전히 무너져내렸다.

기둥과 지붕이 안쪽으로 기울어지면서 산사태처럼 카빈을 덮쳤다. 흙먼지와 연기와 화염이 원정형모 밖의 시야를 가득 메웠다. 마법의 효과가 끝나는 동시에 잔해와 화염이 라쿠아를 덮쳤지만, 그는 대형 낫을 휘둘러 길을 만들며 밖으로 탈출했다.

⊕

"당신, 이름이 뭐지?"

길거리에서 그 여성을 보자마자, 자기도 모르게 옷소매를 붙잡아 멈춰 세우는 수상한 행동을 하고 말았다. 아니나 다를까, 사키가 《뭐 하는 거야, 바보야!》라고 소리쳤다.

붙잡힌 여성은 눈에 띄게 동요하며 당장이라도 울음을 터뜨릴 것 같은 얼굴이었다. 다급히 해명하려 했지만 적당한 말이 생각나지 않았다.

"미안합니다. 수상한 사람은 아닙니다……."

"뭐, 뭐예요? 혹시 저 아세요? 그럼 못 알아봐서 죄송하고요."

여성도 크게 당황했는지 오히려 고개를 숙이며 사과하고 있었다. 라쿠아는 말을 걸게 된 이유를 솔직히 이야기할 수밖에 없었다.

"뭔가 남들과 다른 이유로 곤란해하고 있지 않으신가요? 오감 중 하나가 이상하게 발달했다거나, 반대로 무언가가 부족한 느낌이 든다거나……."

"네?"

여자가 얼굴을 들면서 눈이 마주쳤다.

"저한테는 그런 게 보이거든요."

《엄청나게 수상해 보인다니까 그러네. 도를 아느냐고 묻는 사람 같잖아. 경계할 게 뻔하─》

"저기…… 자세하게 이야기해주실 수 있을까요?"

오토구로라는 이름의 여성이었다. 그녀는 라쿠아가 이 〈암계〉에서 만난 사람 중에서 유일하게 마법사족 수준의 마력을 지닌 인간족이었다. 이 정도의 마력을 갖고 있다면 육체나 정신에 어떤 식으로든 악영향을 줄 것 같았다.

카빈을 불타오르는 폐허 밑으로 생매장하는 데는 성공했지만 확실하게 죽었는지 확인한 것은 아니었다. 불이 꺼진 뒤에 시체를 찾았지만 카빈은 마법으로 구멍을 파서 지하로 도망쳤는지 사라져버렸고 마력의 기척도 지워진 뒤였다.

서로 적지 않은 대미지를 입었기에 당장 다시 공격해오지는 못할 거라고 라쿠아는 예상했다. 또한 그건 아마도 마력을 지닌 **특수한 인간족의 뼈**를 먹고 마력을 보충한 뒤가 될 것이다.

그런 이유로 그녀─오토구로와 스쳐 지나가는 순간에 자기도 모르게 붙잡고 말았던 것이다.

라쿠아와 오토구로는 근처 카페에 들어가 앉아 있었다.

《눈 밑에 다크 서클이 조금 있긴 해도 귀여운 애네. 서른 살 정도 됐으려나?》

당신만이 알고 있다

사키의 소감을 무시하면서 오토구로를 관찰했다. 완만한 웨이브가 들어간 불그스름한 갈색 머리와 굵은 실로 만들어진 니트. 사키의 말처럼 눈가에는 다크 서클과 함께, 울었는지 부은 자국도 보였다.

　모처럼 카페로 들어왔지만 라쿠아는 무슨 말부터 꺼내야 할지 몰랐다.

　"죄송합니다. 오토구로 씨의 고민을 없애 드리겠다는 건 아닌데, 저도 모르게 말을 걸 수밖에 없었습니다. 분명히 곤란해하시는 것 같아서요."

　《구체적인 말은 하나도 안 하는 게 엄청 수상해 보이네.》

　"시끄러워. 구체적인 이야기를 할 수 있는 상황이 아니잖아."

　자기도 모르게 사키에게 대답하는 바람에, 다급히 "아, 죄송합니다." 하고 얼버무리며 새침한 얼굴로 커피를 마셔야 했다. 하지만 오토구로는 일련의 이해되지 않는 행동을 특별히 신경 쓰는 것 같진 않았다.

　"라쿠아 씨는 몇 살이세요?"

　"스물다섯입니다."

　전에 사키가 그 정도로 보인다고 했던 나이를 말했다.

　"그럼 나보다 어리네. 반말해도 괜찮지? 실은 상담하고 싶은 게 있는디……."

그녀는 그런 서두와 함께 맹렬한 기세로 자신의 연애 고민을 이야기하기 시작했다. 어지간히 누구에게라도 털어놓고 싶었는지 얼마 전 차인 남자에 대해 열심히 떠들어댔고, 라쿠아는 사키가 머릿속에서《우와~》라던가《그건 좀 양쪽 다 잘못한 것 같은데》같은 맞장구를 치는 것을 그대로 따라 말했다.

2시간 가까이 쉬지 않고 떠들어댄 끝에 커피잔도 물잔도 깨끗이 비었을 때, 라쿠아가 말을 꺼냈다.

"내일부터는 뭘 하실 겁니까?"

"모레는 크리스마스이브니께…… 그때 꼭 다시 사귀고 싶어. 그래서 그이 회사 앞에서 기다리다가 추억의 장소로 데려가서 다시 한번 잘해 볼겨. 이번엔 내가 고백할 거구먼."

"추억의 장소라고요?"

"에리카 다리 위여. 거기서 그이가 나한테 고백해줬거든."

오토구로는 그때의 추억을 떠올리자 마음이 아파지는지 눈을 내리깔았다. 라쿠아는 그런 정보에는 특별한 흥미가 없었기에 필요한 정보만을 얻기 위해 질문했다.

"그러시군요. 내일은 뭘 하십니까?"

"그냥 일하지. 주말에도 출근해야 하니께."

그 뒤로 근무지나 근무 시간 등을 알아내고 회사에 대한 불평을 조금 들어준 다음 대화는 마무리되었다.

당신만이 알고 있다

《마지막으로 조금 신경이 쓰였는데⋯⋯ 하카타 출신인가? 하카타 억양이던데.》

"마지막으로⋯⋯ 오토구로 씨는 하카타 출신입니까?"

"아니, 이건 그이가 하카타 사투리가 귀엽다고 해서 연습한 거야. 네이티브 스피커인 친구한테 배워서."

《네이티브 스피커라니⋯⋯.》

카페에서 나와 오토구로와 헤어진 뒤, 라쿠아는 투명화 주문을 사용해서 그녀의 뒤를 쫓았다.

"가까이서 대화해보면서 확신했는데⋯⋯ 저 마력량은 심상치가 않아. 틀림없이 카빈도 알아챌 거고, **먹으러** 올 가능성이 높아. 한동안 지켜봐야겠어."

저 정도의 마력을 먹으면 카빈은 완벽히 부활할 것이다.

《그래. 저 애가 잡아먹히는 건 보고 싶지 않아.》

사키는 그렇게 말하며 장난스럽게 웃었다.

《라쿠아도 이제 사람을 죽이는 것보다 지키는 쪽으로 먼저 생각하고 있네.》

"글쎄. 난 카빈의 숨통을 끊어놓는 것만 생각하고 있는데."

《말은 그렇게 해도 오토구로를 걱정하고 있잖아. 라쿠아, 사람 돕는 일도 이제 제대로 하고, 대견하네.》

"그게 주목적은 아니라고."

《잘된 일이야, 정말로. 저 애가 여기서 죽으면 저 애의 남은 인생도, 저 애가 앞으로 만나야 했던 사람들의 인생도 크든 작든 바뀌어버리는 거잖아. 어쩌면 나중에 오토구로의 아이가 태어날지도 모르는데, 여기서 오토구로가 잡아먹히면 그 자손들도 전부 사라지는 거니까. 라쿠아가 끝까지 오토구로를 지켜내면 그만큼 대단한 일을 한 거라는 뜻이야.》

오토구로의 말을 그렇게 많이 들어줬는데 사키도 열변을 토하고 있다. 〈암계〉의 인간족은 스위치 같은 게 켜지면 말이 멈추지 않고 나오는 체질인 걸까?

사키는 어깨를 으쓱거리며 말했다.

《막 이래. 지금까지 죽은 사람의 감상이었습니다.》

"오늘은 유난히 말이 많군."

《뭔가 저렇게 사랑 때문에 고민하는 애를 보면 가슴이 아련해져서. 청춘 같은 건 벌써 수십 년 전의 이야기고―.》

그때 사키가 말을 멈췄다. 라쿠아도 그걸 눈치챘다.

"기억이 돌아온 거야?"

《아니, 음~ 돌아온 것 같진 않은데, 적어도 오토구로처럼 사랑만 보고 달려가던 시기가 꽤 옛날이었다는 느낌은 들어. 기억이 조금씩 돌아오고 있는 건지도 모르겠네.》

사키는 생각에 잠기듯 팔짱을 끼며 고개를 갸웃거렸다.

당신만이 알고 있다

《그건 그렇고 사투리라……. 뭔가 좀 걸린단 말이지, 말투가…….》

"말투가 어쨌는데?"

《아니, 미안. 혼잣말이었어. 음~ 뭔가 생각이 날락말락하는데—.》

답답해하는 사키의 혼잣말이 머릿속에 울리는 가운데, 라쿠아는 오토구로의 뒤를 따라 집까지 미행한 다음, 집 앞을 계속 지켰다.

《카빈이 진짜 공격해올까? 벌써 거의 이틀 동안 지키고 있지만 전혀 그럴 기색이 안 보이잖아.》

사키의 불평대로 40시간 가까이 오토구로를 계속 감시했지만 카빈은 나타나지 않았다. 투명화 주문으로 모습을 감춘 채 잠복하는 건 적지 않은 체력을 소모시키지만, 잠을 자지 않아도 되는 사키가 계속 감시해준 덕분에 적당히 잠을 잘 수는 있었다.

12월 24일의 저녁 18시—거리는 크리스마스 분위기로 가득했다. 외국 신의 탄생제라고 하는데, 그게 전구 장식이나 케이크와 어떻게 연결되는 건지 라쿠아로서는 잘 이해할 수 없었다.

오토구로는 이 세계의 옷에 대해 잘 모르는 라쿠아가 보기에도 그저께 카페에서 이야기할 때보다 옷차림을 훨씬 신경 쓴 모습이었다. 머리카락은 그저께보다 단정하고 아름다운 곡선을 그리면서 위로 묶어 올렸고, 눈가의 다크 서클도 화장으로 잘 감춰져 있었다. 코트와 목도리에 가려졌지만 얼핏 엿보이는 목걸이와 귀걸이도 과하지 않고 세련된 느낌이었다. 그것만 봐도 그녀에게는 오늘이 매우 특별한 날이라는 걸 알 수 있었다.

오토구로는 자기 회사에서 17시 반에 퇴근한 다음, 다른 길로 새지 않고 현재 위치—이 도시에서 층수가 가장 많은 오피스 빌딩 앞에 꼿꼿이 서 있었다. 아마 헤어진 애인이 일하는 곳일 것이다.

"아니, 올 가능성은 있어. 나도 놀랐지만…… 오토구로의 마력이 그저께보다 짙어졌거든."

《뭐야, 마력이란 건 감정 변화 같은 거랑 연동되는 거야?》

"아니, 애초에 인간족이 마력을 가졌다는 것 자체가 꽤 희귀한 경우인데…… 그것 때문에 꽤 힘들어하는 것 같기도 했고. 이건 나로서도 잘 모르는 영역이야. 한 가지 단언할 수 있는 건 이런 수준으로 마력을 계속 발산시키면, 카빈이 그 빈집 주변

당신만이 알고 있다

에 아직 잠복해 있다가도 기척을 느끼고 하산해서 여기까지 찾아올 정도라는 거지."

《진짜? 갑자기 무서워지네…….》

"너한테 특별히 위해를 가하는 건 아니잖아. 이미 죽었으니까."

《오토구로하고 라쿠아가 걱정된다는 뜻이야. 이젠 좀 적당히 알아들어.》

사키와 말싸움하는 사이 오토구로가 이동하기 시작했다. 주위에서 술렁거리는 걸 보면 뭔가 요란한 이벤트가 벌어졌던 것 같지만 잠깐 사이에 놓치고 말았다. 오토구로는 북상해서 강쪽으로 걸어가고 있었다. 라쿠아와 사키도 뒤를 쫓았다.

《에리카 다리로 가는 걸까?》

하지만 오토구로가 향한 곳은 인적이 없는 공장 옆 골목길이었다. 방치되어 황폐해진 공터 앞에 외로이 놓인 벤치에 앉아 무릎을 세우고 거기에 얼굴을 묻고 있었다.

《엄청나게 풀이 죽은 것 같은데.》

"수다 떨다가 울다가, 참 바쁜 녀석—."

라쿠아의 말이 끝나기도 전에 등 뒤에서 기척이 느껴졌다.

송곳니 부딪치는 소리와 피의 냄새다.

"〈공문절〉—'원정형모'."

반사적으로 지팡이를 들며 주문을 영창했다. 카빈을 가둬두기 위한 상자—그 안에서 은색 송곳니를 드러낸 카빈이 갑자기 출현한 벽을 향해 분노를 쏟아내고 있었다.

《계획대로 할게!》

사키는 카빈의 모습을 확인하자마자 라쿠아에게 그 말만을 남기고 재빠르게 멀어져갔다.

라쿠아는 투명화를 해제하고 마력을 집중했다. 그의 모습이 눈에 들어오자 카빈의 전의가 불타올랐다. 거친 숨소리를 내며 붉은 눈동자로 라쿠아를 노려보았다.

"뭐야아, 너도 있었어? 투명화했던 거구나? 지난번에 생매장 당했던 건 꽤 열받았거든."

"나야말로 오른팔의 상처가 꽤 아프던데."

"저기, 부탁이야. 저 애의 뼈 좀 빨아먹게 해줘. 난 정말 여자 뼈가 좋단 말이야. 저 애의 뼈를 주면 넌 먹지 않을게. 그러니까 방해하지 마."

카빈이 당장이라도 오토구로의 뼈를 맛보고 싶다는 욕망을 있는 그대로 드러내며 떠들어댔다. 라쿠아는 슬쩍 오토구로 쪽을 돌아보았다. 아직도 고개를 숙인 채 이쪽을 발견하진 못하고 있다.

"저 녀석을 먹게 놔두진 않겠어."

"이봐 마법사, 너하고 무슨 상관인데? 난 오랜만에 마력이 듬뿍 들어 있는 여자 뼈를 빨아먹고 싶을 뿐이야. 저 애만 먹으면 네 앞에서 얌전히 사라질 테니까 그냥 놔둬."

《라쿠아, 가능하겠어! 다리 밑이고 인기척도 없어!》

사키의 신호와 함께 라쿠아는 카빈의 팔을 붙잡았다.

"〈공문절〉— '환교'."

위치 교환 주문이 발동되었다. 보통은 시야 범위 내에서 대상을 눈으로 인식하는 것이 발동 조건이지만—자신이 지배하는 영혼이라면 시야에 들어오지 않은 상태라도 위치를 바꿀 수 있었다. 라쿠아와 카빈, 두 사람이 함께 **사키의 위치와 뒤바뀌었다.**

사전에 만약 카빈이 오토구로를 습격하러 오면 사키가 인적 없는 장소로 이동해서 위치 교환을 하는 방법으로 오토구로와 카빈을 떼어놓는다는 계획을 세워두었다. 이제 오토구로를 보호하면서 싸우는 것보다는 훨씬 간편해졌다.

사키의 보고대로 강변 다리 밑에는 아무도 없었다. 날도 이미 완전히 저문 데다 다리 그림자로 가려져서 거의 어둠 속에 있다고 해도 될 정도였다. 라쿠아는 마력을 눈에 집중하여 밤눈을 밝히면서 카빈을 내려다보았다.

"오토구로를 먹게 놔두진 않겠어."

카빈은 믿기지 않는다는 눈빛으로 라쿠아를 올려다보았다.

여기로 어떤 원리로 이동했는지는 몰라도 라쿠아가 진심으로 오토구로를 지키려고 한다는 점만은 이해한 듯했다. 살짝 고개를 갸웃거렸다.

"왜 그렇게 저 인간족에게 얽매이는 건데? 종족을 초월한 금단의 사랑인가?"

"특별한 애착 같은 게 있는 건 아냐. 오토구로에 한정된 이야기도 아니고. 이제 넌 아무도 먹지 마. 사람을 죽이지 마. 그걸 네 첫 번째 항목으로 정해."

"……저기, 무슨 일이 있었길래 그러는 거야? 내 동포들을 그렇게나 학살하고 조종한 주제에. 인간족 따윈 너하고 아무 상관도 없는 종족이잖아."

"몇백 개의 문절을 사용해도 넌 이해 못 하겠지."

라쿠아는 지팡이를 쳐들었다.

"마지막 경고야. 그 송곳니를 꺾고 사람족의 뼈를 빨아먹는 짓을 그만둔다면 목숨까진 빼앗지 않겠어."

"미친 거 아냐? 흡골귀가 뼈를 빨아먹지 않으면 뭘 먹고 살라고?"

이미 예상했던 일이지만 협상은 빠르게 결렬되었다. 먼저 주문을 영창한 건 카빈이었다.

"〈화문절〉—'슬구불'."

당신만이 알고 있다

어둠에 휩싸인 공간에 불꽃의 섬광이 작렬했다. 주문을 들은 순간부터 라쿠아는 눈을 팔로 가리며 주문을 외웠다.

"〈공문절〉—'원정형모'."

"그거 이제 지겹다."

투명한 상자로 불덩이로부터 몸을 지켜냈지만, '원정형모'의 효과가 끝나는 시간을 계산한 것처럼 카빈이 돌격해왔다. 실제로 카빈이 공격해온 타이밍과 '원정형모'가 사라진 타이밍은 거의 동시였다.

라쿠아는 카빈의 도약에 맞춰 대형 낫을 휘둘렀다. 하지만 카빈은 이미 예측했다는 듯 매끄럽게 공중에서 주문을 외웠다. 바람 소리가 귀를 때렸다.

"〈풍문절〉—'간순'."

예전에 〈마계〉의 전장에서 카빈이 마법사족의 진영 내로 갑자기 출현했을 때 사용한 주문이었다. 대형 낫은 휘두르는 동작이 커서 빈틈이 생기기 쉬웠다. 카빈은 대형 낫을 휘두른 직후 무방비가 된 라쿠아의 왼쪽으로 순간 이동했다. 카빈의 손톱이 라쿠아의 옆구리를 찢었다. 그와 동시에 라쿠아는 주문을 외웠다.

"〈공문절〉—'충단'."

공격 중에 빈틈이 생기는 건 카빈 역시 마찬가지다. 라쿠아는 일부러 무방비한 상태를 노출시켜 역으로 마법을 명중시킬 빈틈을 만들어낸 것이다. 카빈도 주문을 듣고 몸을 비틀었지만, 그걸로는 공간의 균열을 피할 수 없었다. 단층에 끼어버린 카빈의 왼팔이 깔끔한 절단면만 남긴 채 싹둑 잘려 나갔다. 비명이 울려 퍼졌다.

'층단'은 〈공문절〉 중에서도 손꼽히는 위력을 자랑하는 만큼, 낮은 명중 정확도와 발동 후의 반동이라는 큰 단점도 갖고 있었다. 다음 주문을 외우려면 어느 정도의 회복 시간이 필요해진다. 그러나 이 좋은 기회를 놓칠 수는 없었다.

새된 비명을 지르는 카빈에게 대형 낫을 내밀었다. 칼날이 카빈을 둘러싸듯 겨누어졌다. 대형 낫의 원래 용도로 대퇴부를 수확하기 위해, 라쿠아는 자루를 단단히 쥔 채 있는 힘껏 잡아당겼다.

"어딜!"

카빈이 으르렁댔다. 라쿠아가 잡아당긴 대형 낫의 칼날을 절단되었을 왼손으로 받아내고 있었다. 왼팔에서 뿜어져 나온 피가 딱딱하게 굳으면서 붉은 칼날로 변해 있었다. 흡골귀는 모든 체조직을 뼈처럼 딱딱하게 만들 수 있는 특성이 있다.

카빈은 왼팔 끝에 생겨난 칼날로 대형 낫을 흘려넘기며 달려들었다. 그리고 균형을 잃은 라쿠아를 향해 칼날을 내질렀다.

당신만이 알고 있다

라쿠아는 몸을 비틀어 피했지만―스쳐 지나가는 순간 피의 칼날이 변형되었다. 칼날 위로 또 다른 칼날이 생성되면서 표면적을 넓힌 것이다.

칼날이 라쿠아의 옆구리를 맥없이 찢어발겼다. 피가 맹렬하게 솟구쳤다―목숨이 위험해질 수도 있는 부상이었다.

"〈풍문절〉―'풍돌'!"

라쿠아가 경직된 순간, 카빈이 외치듯 주문을 외웠다. 바람 주먹이 라쿠아의 배를 강타하면서 돌풍에 튕겨 나갔다. 강의 건너편까지 날아갈 만큼 엄청난 위력이었다.

라쿠아는 건너편 물가의 잔디밭에 쓰러진 채로 움직이지 못했다. 지혈용 주문을 외울 수조차 없다.

―여기서 난 카빈에게 빨아 먹혀 죽는 건가.

몸에서 싸울 의지가 빠져나가며 구토감과 고통만이 감각을 압박했다. 몸을 일으키는 동작이 말도 안 되게 힘든 일처럼 느껴졌다.

죽는다면 죽어도 상관없다는 생각도 들었다. 애초에 이 세계로 추방된 시점에 죽은 거나 마찬가지였으니까. 여기서 살아남는다고 특별한 희망이 있는 것도 아니다. 하늘로 돌아갈 뿐.

살아본 적은 있지만 죽어본 적은 없다.

그렇다면 한 번쯤 죽어보는 것도 나쁠 건 없지 않을까.

《라쿠아—피가! 어떡해, 일어나봐! 빨리 그 뭐냐, 낫는 주문!》

의식이 희미해지려는 순간에 울려 퍼지는 비명. 사키가 마침 돌아온 모양이다.

문득 생각했다. 자신이 죽으면 사키는 어떻게 될까? 죽어본 적이 없으니까 실제로 어떻게 될지는 알 수 없다. 하지만 아마 원래 있던 장소로 돌아갈 거라는 생각이 들었다. 지금은 라쿠아의 마력에 의해 원래 천공에 있어야 할 영혼을 억지로 옆에 붙잡아두고 있는 상태였다. 라쿠아가 죽고 마력이 사라지면 사키를 구속하는 것은 없어진다.

날카로운 바람 소리가 들렸다. 카빈이 '간순' 주문으로 이쪽 물가로 순간 이동해 온 것이리라. 숨 막히는 듯한 피와 타액 냄새가 갑자기 코를 찔렀다.

"멋대로 불러냈으면서, 자기가 누구인지 알아내기도 전에 돌려보내는 것도 예의는 아니겠군."

"……? 혼자서 뭐라고 중얼거리는 거야? 잘 먹겠습니다."

눈을 뜨니 송곳니를 드러낸 카빈의 커다란 입이 눈앞까지 다가와 있었다. 귓불 근처까지 입꼬리가 벌어진 게 아닐까 싶을 만큼 크게 쩍 벌린 입이 라쿠아의 머리를 깨물려는 순간, 라쿠아는 얼굴을 피하는 대신 오른팔을 내주듯 카빈의 입 안으로

당신만이 알고 있다

밀어 넣었다.

비명을 지르지 않을 수 없었다. 두개골을 빨아 먹히는 건 피했지만 오른손바닥부터 상박부까지 뼈를 통째로 빨리는 것을 선명히 느낄 수 있었다. 송곳니가 파고든 척골과 요골이 먼저 사라지고, 수근골, 중수골, 지절골과 손바닥 쪽이 소실되는 감각이 퍼져나갔다. 자신의 팔뼈가 순서대로 사라져가면서 본능을 직접 자극받은 듯한 공포가 온몸을 지배했다.

그런 와중에도 라쿠아는 모든 것을 그러모았다.―살아남기 위한 방법을.

"내 뼈는 어떤 맛이지?"

자신의 팔에 들러붙은 카빈의 송곳니는 그대로 노출되어 있었다. 라쿠아는 고통과 공포를 최대한 무시하면서 냉정히 목표를 겨냥하고, 그 송곳니에 입을 맞췄다. 인생 최악의 입맞춤을 한 채로 천천히 주문을 외웠다.

"〈공문절〉―'환교'."

원래는 사람 단위로만 적용되는 교환 주문을 **부위 단위**로 발동시켰다. 직접 두 부위를 밀착시켜 마력을 나누었을 때만 발동할 수 있어서 조건이 꽤 까다롭지만, 방금 라쿠아는 자신의 치아와 카빈의 송곳니를 밀착시켜 마력을 흘려 넣은 뒤다.

카빈의 송곳니가 사라지고, 그 대신 라쿠아의 치아가―마법사족의 치아가 그곳에 돋아나 있었다.

"너, 진심이냐······."

카빈이 놀라움을 넘어 동정심이 담긴 눈빛으로 라쿠아를 바라보았다. 라쿠아의 입에서는 피로 물든 은색 송곳니가 빛나고 있었다. 심하게 이질적인 모습에 카빈이 숨을 멈췄다.

"흡골귀의 흡골 능력은 이 송곳니에서 나오는 거잖아? 넌 더 이상 뼈를 빨아먹을 수 없어. 뼈를 먹지 못한다면 널 죽일 이유도 없고."

"······진짜 말도 안 돼."

카빈은 잔디 위로 쿵, 하고 몸을 던졌다. 완전히 의욕을 잃었다는 걸 옆에서 봐도 알 수 있었다.

"그렇게까지 하냐고, 보통."

뼈를 잃은 오른팔에서 살을 쥐어짜는 듯한 고통이 지속적인 전기 감전처럼 계속 이어졌다. 복부의 피도 멈추지 않아 눈앞이 점점 흐려져 가고 있다. 대형 낫을 지팡이 대신 짚고 섰다.

카빈이 깊은 한숨을 쉬었다.

"죽여."

"······뼈를 빨아먹지 못하면 살아갈 가치가 없다는 건가?"

라쿠아는 진심으로 궁금해하며 물었다. 카빈은 웃었다.

"뼈 맛은 몇백 개의 문절을 다 사용해도 넌 모를 거야."

"그렇군."

라쿠아는 대형 낫을 카빈의 목덜미에 대고 마력을 담아 단숨에 잡아당겼다. 목숨이 끊어지는 동시에 카빈의 몸이 융해되면서 붉은 혈액으로 변해 사방으로 흩어졌고, 흩어진 혈액조차 입자가 되어 사라져갔다. 홉골귀의 최후─허무한 결말이었다.

라쿠아는 그 자리에 쓰러졌다. 일단 복부의 상처를 지혈하는 주문을 외웠다. 하는 김에 행인에게 발견되어 소동이 벌어지지 않도록 투명화 주문도 발동시켰다. 마력은 아직 남아 있지만 남은 체력이 얼마 되지 않았다.

《괘, 괜찮아?》

사키가 어떻게 말을 꺼내야 좋을지 한참 고민한 듯 뜸을 들이다가 물었다. 지배 대상인 사키에게는 라쿠아의 모습이 보이고 있다. 라쿠아는 천천히 고개를 끄덕였다.

"이제 오토구로가 죽게 될 일은 없어. 카빈은 죽어버렸지만."

라쿠아는 자신이 카빈의 죽음에도 약간의 감정을 느끼고 있다는 사실을 깨달았다.

《라쿠아는? 그 상처…… 그리고 송곳니……. 괜찮은 거야?》

이종족의 신체의 일부─그것도 홉골귀 고유의 '송곳니'라는 부위를 얻었다는 건, 마법사족의 신체에 틀림없이 나쁜 영향을 끼칠 것이다.

그래도—이제부터 잡아먹힐 운명이던 사람을 지켜냈다는 것에 내심 만족하고 있었다.

정말 죽을지도 모르겠다고 생각했다. 자연스레 입을 통해 말이 흘러나왔다.

"결국 기억을 되돌려주지 못해서 미안해."

사키는 반투명한 눈물을 흘렸다.

《뭐야, 그게. 그런 말을 듣고 싶은 게 아니라, 빨리 병원으로—.》

"잠깐 잘게."

라쿠아는 눈을 감았다. 이제 두 번 다시 뜨지 못할지도 모른다고 생각하면서.

얼마나 잤는지는 모르지만 이상한 연기 냄새와 불꽃 소리에 눈이 떠졌다. 라쿠아는 왼손만으로 상체를 일으켰다. 뼈를 잃고 가늘게 일그러진 오른팔을 보며 아직 자신이 살아 있음을 자각했다. 잠들었던 만큼 오히려 의식은 말끔해진 느낌이었다.

《어, 일어났네! 저기, 뭔가 위험해 보여. 무식하게 불꽃놀이를 해대는 녀석이 있거든.》

이제 거의 울음소리 사이에 말을 끼워 넣는다고 봐도 될 코맹맹이 소리로 사키가 말했다.

그녀가 가리키는 쪽을 보니 제방 밑 잔디밭에서 대량의 불꽃이 춤추고, 뭔지 모를 가늘고 긴 첨탑 같은 것이 높이 세워져 있는 게 보였다. 방금 전까지만 해도 보지 못한 건축물이다.

아는 얼굴 둘과 처음 보는 얼굴 하나가 시야에 들어왔다. 나츠메 오카가 첨탑에 매달려 있고, 아난 란마가 처음 보는 청년과 함께 상공으로 힘차게 날아올랐다. 한순간 보였던 붉은 머리의 청년은 이미 죽음을 각오한 듯한 얼굴이었다.

눈에 마력을 집중시켜 하늘을 올려다보았다. 구름 한 점 없는 어둠 속으로 고도를 점점 높이는 두 남자와 그들과 이어진 여러 개의 갈색 구체가 보였다.

별생각 없이 왼팔로 지팡이를 쥐었다. 무게를 지탱하기 힘들었기에 낫의 칼날을 수납하고 지팡이 형태로 하늘을 향해 쭉 뻗었다.

"〈공문절〉— '원정형모'."

무슨 사정인지는 모르지만 그 누구도 죽지 않는 게 최선이다. 투명한 상자가 두 개 출현해서 두 남자를 각각 보호했다.

다음 순간, 하늘에 커다란 불꽃이 꽃을 피웠다. 사키의 머릿속 상식에 포함되어 있던 여름의 명물이었다. 아름답군, 하고 생각하며 의식이 희미해졌다. 지팡이를 던져버리고 다시 한번 깊은 잠에 빠져들었다.

$\oplus$

사키는 눈을 감은 라쿠아 옆에서 계속 기다리고 있었다. 자신을 소환한 마법사의 목숨이 간신히 유지되고 있는 걸 지켜보는 것 말고는 할 수 있는 일이 없었다. 뼈를 잃은 오른팔과 옆구리의 상흔, 그 밖에도 셀 수 없는 찰과상과 화상 흔적이 싸움의 치열함을 말해주고 있었다.

라쿠아는 투명화 주문을 사용한 것 같았다. 이렇게 추운 밤에 강변을 산책하는 괴짜는 없을 거라 생각했지만, 가끔 달리기를 하는 남자나 자전거를 탄 학생 커플이 지나가면서 화약과 연기 냄새에 얼굴을 찌푸리며 사라져갔다.

사키는 이러지도 저러지도 못한 채로 그저 라쿠아를 계속 지켜보았다. 만질 수도 없는, 자신을 되살린 마법사 옆에서 그저 서 있을 뿐이다.

라쿠아가 잠든 곳에서 다리 쪽으로 다섯 걸음 정도 가면 돌계단이 있었다. 그 계단에 10대로 보이는 남녀가 올라와서 앉더니 대화를 나누고 있었다. 대화 내용은 들리지 않지만 아마도 크리스마스이브를 함께 보내는 기쁨을 나누는 것이리라. 이쪽을 눈치챌 리는 없다. 사키는 특별히 신경 쓰지 않고 말없이 라쿠아를 계속 지켜보았다.

하지만 잠시 지나자 남자아이가 여자아이를 힘껏 일으키더니, 부드럽게 제방 쪽으로 쓰러뜨리는 게 보였다. 뭐야, 뭐야, 하면서 사키가 둥둥 날아가 보니 남자아이가 라쿠아의 지팡이를 들어서 여자아이와 자신 사이에 내려놓았다.

"결승에서 하려고 했던 개그, 그거 하자. 사죄도, 추리소설도, 시공 경찰도 아닌 그거."

"뭐? 갑자기 와 그러노?"

사키는 황급히 라쿠아를 깨우러 갔다.

《라쿠아, 지금 젊은 애들이 지팡이가 있는 곳에—.》

하지만 사키는 끝까지 말하지 못하고 공중에서 얼어붙은 것처럼 정지한 채, 라쿠아의 지팡이를 사이에 두고 드러누운 남녀를 응시했다.

"정면은 저쪽이데이."

남자아이가 오른팔을 쭉 뻗으며 하늘을 가리켰다.

"만담 중엔 대본에서 시킬 때 아니면 내하고 눈을 마주치지 마라."

"니—."

"하자. 아마 어머니가 저쪽에서 보고 계실 기다. M-1이 아니라 니를 보시는 기다. 여기서 보여드리자. 니케 트로피의 해체 공연이다."

여자아이가 숨을 깊이 들이마셨다. 생전 처음으로 자른 쇼트 커트가 잘 어울렸다.

"첫 거리 공연도 관객은 한 명이었다카이."

"맞다. 그때보단 관객이 훨씬 많다 아이가."

"한 명밖에 없는데 많아졌다고 할 수 있나?"

남자아이가 여자아이의 어깨를 쿡 찔렀다.

"최선을 다해서 해라. 상대가 어디에 있든 들릴 만큼 큰 목소리로, 배에 힘 꽉 주고."

억양이 강한 간사이 사투리가 유체의 고막을 흔들었다. 계속 안개처럼 흐릿하던 기억이, 지금까지 잊고 있었다는 게 믿기지 않을 만큼 선명하게 되살아났다.

살아 있던 시절의 말투가 떠올랐다.

《하유야, 많이 컸구먼.》

사키는—아사기 이하나(依花)는 밤의 공중에 뜬 채 양반다리로 앉았다. 항상 TV로 만담을 보던 자세였다. 기린 맥주는 없지만 배부른 소리를 할 때는 아니었다. 그녀의 모습도 젊은 여자에서 40대의 모습으로—생전의 외모를 정확히 반영한 모습으로 바뀌었다.

《혹시 M-1에서 높은 데까지 올라간겨? 오늘 그 이야기를 하는 걸 보면…… 결승이나 패자부활전까지 살아남은겨? 아이고

야, 대단하구먼.》

만감이 교차했다. 힘찬 목소리에 가슴이 벅찼다.

"안녕하십니까! 니케 트로피입니더!"

"제가 도바시고 이쪽이 아사기, 우리 둘 다 고등학교 3학년이고 같은 반 친구끼리 콤비를 짰습니더."

"자, 너희 사귀지? 라고 묻는 어른들은 전부 엉엉 울 때까지 쥐어 패버리겠습니더."

"아니, 그런 무서운 소리 하지 마라. 어른이란 건 젊은 남녀를 보면 커플이라는 걸 전제로 대화를 이어나가는 생물이다 안 카나. 니가 이해해라."

힘찬 발성으로 하늘을 향한 만담이 시작되었다.

"내는 아를 키울 수 있을지 걱정이다."

"뭐가 걱정인데?"

"만약에 내 아가 이런 개그를 내한테 보여주면 우짜노?"

하유가 자신의 가슴 앞에서 투명한 공을 허공에 던지는 듯한 마임을 보여주었다. 저급해 보이지 않도록 변형된 코믹한 동작이었다.

"자~ 가슴 정글링."

하유가 생전 처음으로 보여주었던 개그다. 그것만 봐도 이 만담의 대본이 누구를 위한 것인지 알 수 있었다.

"아니, 그 정도는 그냥 웃어줘라."

다음은 아이를 키우는 어머니와 아들의 콩트 설정으로 넘어갔다. 잘 짜이고 잘 구성된 만담이 하늘을 향해 펼쳐졌다. 이하나는 눈물에 시야가 가리지 않도록 몇 번이고 몇 번이고 닦아내면서 밤하늘의 객석에서 딸의 만담을 끝까지 감상했다.

"봐주셔서 감사합니더!"

도바시 군과 하유가 입을 모아 그렇게 외쳤다.

《……하유는 크면 일본에서 제일 웃긴 개그맨이 될 수 있겠다고…… 그게 예언이었는지도 모르겠구먼. 내가 천재였나벼.》

하유에게 말을 걸듯이 그런 생각이 흘러나왔다. 그걸 수신한 라쿠아가 투명한 입으로 잠꼬대처럼 중얼거렸다.

"하유는…… 크면…… 일본에서 제일 웃긴 개그맨이 될 수 있겠어."

잠깐의 침묵 뒤에 하유가 커다란 비명을 질렀다. 라쿠아가 깜짝 놀라며 몸을 일으켰다.

그런 얼굴이 귀여워 보여서—이하나는 계속 웃으면서 유체의 눈물을 흘렸다.

제 5 장

연 애 소 설

「사랑과 질병」

결단은 눈과 같다.

역치까지는 계속 쌓이기만 하지만, 일정량을 넘자마자 지붕을 무너뜨리고 눈사태를 일으킨다.

나와 헤어지겠다는 그의 결단도 지금 갑자기 발생한 눈사태는 아니다.

사귀기 시작하고부터 3년 11개월 4일에 걸쳐 길~게 축적된 나에 대한 싫증과 환멸이 임계점을 넘은 데서 비롯된 현상일 것이다.

"왜 이렇게 늦게 쌓이냐고, 바보."

혼잣말은 입 밖으로 나온 순간 헛되이 사라진다. 그 누구에게도 닿지 못한 채 나에게만 박히는 사정거리 0cm의 부메랑이다.

지난달로 서른 살을 맞이한 절망에 가뜩이나 몸부림치고 있었는데, 그보다 훨씬 강렬한 충격을 받게 될 줄은 상상조차 하지 못했다. 스물여섯부터 서른 살까지의 3년 11개월 4일은, 그저 추억을 만들기 위한 시간이었다고 하기엔 너무나도 버겁다.

버거운 건 시간이 아니라 나겠지, 하고 자조했다.

그이─기타가와세가 나에게 이별을 고한 이유는 명쾌했다.

버거워.

나로서는 나미를 감당할 수 없어.

네 병에 대한 것도, 4년이 지나도 이해가 안 됐어.

미안. 이제 나 같은 건 잊어줘.

그런 소리 안 해도 잊을 거거든?

그렇게 반격하듯 휘두른 칼은 오히려 내 영혼에 생채기를 냈고, 조금이라도 존재했을 재결합 가능성을 완전히 지워버리는 악수였다. 말을 꺼내자마자 '그런 식이니까 버겁다는 말을 듣지' 하고 내 안의 객관성이 속삭였다. 하지만 내 인생은 내 주관성에 따라 결정될 수밖에 없다.

처음 만났을 때, 우리 둘 다 오토구로와 기타가와세라는 특이한 성씨를 가졌다고 말하며 마주 웃었다. 언젠가는 나도 기타가와세라는 성을 갖게 될 거라 믿고 있었다. 기타가와세 나미. 나쁘지 않은 어감이라고 생각하기 시작하는 단계였다. 그

당신만이 알고 있다

런 마음의 준비는 영원히 준비로만 끝나게 됐다.

생각이 맑아지면 맑아질수록 더 추한 몰골로 울게 되었고, 마침 티슈가 떨어졌기에 키친타월로 눈물과 콧물과 침을 닦았다. 콧물이 눈과 입에서 나오고 침이 코에서 나올 만큼 울어 댔다.

기타가와세와 헤어진 뒤로 일주일은 눈물로 가득했지만, 일주일하고 하루가 지나자 오랜만에 시 동호회에 가야겠다는 결심이 설 만큼 표현 욕구가 잔뜩 쌓여 있었다. 예로부터 실연은 시로 승화시키는 법이다. 헛되이 사라지지 않을 말을――들어줄 사람이 있는 말을 만들러 가고 싶었다.

시 동호회는 단카(역자주-短歌, 5/7/5/7/7의 음절로 구성되는 일본 고유의 전통적인 시 형식)를 발표하는 모임이었다. 사전에 공지된 주제에 맞춰 단카를 지어 제출하고, 멤버들이 모여 서로의 감상과 비평을 교환한다. 내 몇 안 되는 취미 시간 중 하나였다.

연극이나 영화, 만화, 애니메이션을 받아들이지 못하는 나에게는 가장 손쉽게 접할 수 있는 오락이 음악과 문학이었다. 그 중에서도 내 마음을 사로잡은 것이 단카였다. 서른한 글자의 문자열이 나를 자극하고 떨게 하며 움직이게 한다. 서른한 글자에서 넘치는 여백은 그야말로 여백투성이인 내 머리를 환영해주는 느낌이 들었고, 상상할 짬을 낼 것을 전제로 한 창작은 그저 즐겁기만 했다.

기리시마 시 동호회는 그 이름대로 기리시마시(市)에서 열리는 시 동호회로, 멤버도 모이는 날도 일정하지 않았다. 다만 회장인 다루미 리리의 통솔력과 비평과 헤어스타일이 좋아서 가끔 참가하곤 했다.

제58회가 되는 오늘 모임은 참가 멤버가 그리 많지 않았기에 시민센터 2층에 있는 작은 회의실을 빌려 진행되었다.

오늘 주제는 자유 한 수와 '겨울'이 들어간 한 수로 총 두 수였다. 나는 닥치는 대로 짓다가 열 수나 완성하고 말았다(물론 제출한 건 두 수뿐이다).

회의실에 도착하자 마침 다루미가 오는 게 보여서 서로 인사를 나눴다. 다루미는 아마 이 도시에서 유일한 레게머리였기에 바로 알아볼 수 있었다.

"나미, 진짜 오랜만에 왔네. 완전 반가워~. 여전히 머리 세팅 열심히 했는디?"

출신지인 하카타 사투리가 섞인 귀여운 말투를 쓰는 다루미와 이야기하다 보면 기분 좋은 낯간지러움이 느껴지곤 한다.

"진짜 오랜만이야. 오늘은 많이 안 모이지? 내가 아는 사람은 있어?"

"이케가메 씨랑 구리하라 씨, 미미노는 알지? 거기에 오늘 처음 오는 쓰바사라는 애까지 합하면 전부여. 성은 후유키구먼. 내가 데려왔는디, 괜찮은 애여."

다루미가 돌아본 곳에는 내 헤어스타일 데이터베이스에 명백히 포함되지 않는 인물이 있었다.

새까만 머리를 빳빳이 세워 고슴도치처럼 사방으로 가시를 뻗고 있었다. 눈빛에서는 싸움을 향하는 전사 같은 투지가 엿보였고, 파이프 의자와 긴 책상이 늘어선 회의실과는 영 어울리지 않는 분위기였다. 아직 오지 않았지만, 이케가메 씨의 벗겨진 머리에서 느껴지는 온화함이나 구리하라 아주머니가 늘 들고 다니는 극채색 가방, 미미노가 쓰고 다니는 붉은 테 안경으로 익숙한 이 시민센터에서 후유키 씨는 이질적인 존재였다.

미음(ㅁ) 모양으로 붙인 긴 책상에서 나는 가장 앞쪽 자리에 앉았다. 안쪽에 자리 잡은 후유키 씨가 딱 눈앞에 보이는 위치였다. 뭔가 우락부락해 보여서 굳이 엮이고 싶지 않은 타입이었지만 다른 사람들이 오기 전에 일단 목소리라도 들어보자는 생각에 말을 건넸다.

"처음 뵙겠습니다. 오토구로라고 합니다."

"후유키 쓰바사입니다. 처음이라 긴장되지만 굉장히 기대되네요."

정면에서 봄바람이 불어오는 듯한 착각에 나는 당황하고 말았다. 공기의 빈틈을 가르며 조금의 저항감도 없이 들려오는 듯한 맑은 목소리였다. 삐죽삐죽한 머리 모양과의 엄청난 갭차이에 한 대 얻어맞은 기분이었다.

"단카를 지을 줄 아세요?"

입 밖에 내는 동시에 너무 직설적인 질문이었다는 생각에 반성하고 말았다. 지난 일주일 동안 휴가를 내고 집에 틀어박혀 있었던 탓에 대화의 거리감을 재지 못했던 것이다.

"언어를 좋아해서요."

청량한 목소리와 무뚝뚝한 말투가 귀여웠다. 잘됐네요, 저도 그래요, 하고 말하며 대화가 마무리되었다. 그가 앞에 놓인 프린트물을 내려다보기 시작했기 때문이다.

내 앞에도 이번에 제출된 단카들이 인쇄된 종이가 놓였다. 이름이 적혀 있지 않아서 누가 지은 건지는 알 수 없었다. 내 두 수를 포함한 열두 수의 시를 하나하나, 마음속에서 암송하며 내 몸 안으로 받아들였다. 나는 직접 단카를 짓는 시간도 좋아하지만, 감상하고 의견을 나누는 시간도 그와 똑같이 좋아했다.

열두 수를 순서대로 읽고 해석했다. 서른한 글자와 그 행간이 내 안으로 들어와 시상을 맺었다. 이건 아마 저 사람이 쓴 시겠네…… 같은 추측은 최대한 배제한다. 새로운 세계가 내 안에서 펼쳐졌다. 시 동호회에서만 작동하는 사고회로가 따로 있었다.

계속 읽어가는 가운데, 시선을 딱 멈추게 만드는 한 수가 있었다.

눈에 비치는 모든 것이 반대로 보이는 질병
겨울 불꽃놀이는 여름의 동사(凍死) 되니

여섯 번째로 기재된 시였는데 질병이라는 단어가 내 눈을 잡아끌며 공감의 도화선에 불을 붙인 점을 제외하더라도, 이번 열두 수 중에서 가장 좋아하는 시는 이 작품이 될 거라는 확신이 들었다. 겨울과 여름 사이에는 말할 것도 없이 대비 관계가 존재한다. 겨울이라는 계절에 굳이 불꽃놀이라는 여름의 요소를 연결시킨 것도 그렇게까지 드문 표현은 아니었다.

하지만 하늘로 쏘아 올려져 여름을 장식하는, 화려하고 반짝반짝하고 열정적이면서 서정적이기도 한 '불꽃놀이'와 길바닥에 쓸쓸하고 싸늘하게 누워 있는 '동사'라는 어휘를 충돌시킨 두 번째 대비는 강렬하고 선명한 인상을 내게 남겼다. 이런 작품이 나오니까 시 동호회를 그만둘 수 없다.

눈에 비치는 모든 것이 반대로 비치는 질병이 있다면 어떻게 될까─낮은 어둡고 밤은 밝고, 어린아이는 늙고 노인은 어리고, 상사가 부하에게 혼나고 엄마가 딸한테서 태어나고, 소리가 빛을 추월하고, 꽃이 하늘에서 피고 비가 하늘로 솟아오른다. 모든 게 대혼란에 빠져 내 불행도 행복으로 바뀐다면……그런 판타지를 상상하게 해주었다. 굉장히, 굉장히 마음에 드는 시였다.

한 수는 선택했고, 나머지 한 수를 뭐로 고를지 무척이나 고민했다. 두 수까지는 추려냈는데 양쪽 모두 버리기가 아까웠다.

선생님께서 세계사 과제 적더니 정면 보시네
전쟁을 없앨 방법 2천 자 이상 쓸 것

침정월(역자주-寢正月, 새해를 집에 틀어박혀 보내는 일)이란 재미있는 표현에 위로받는다
너뿐이 아니라고 사전이 말해주네

겨울이란 단어가 들어가지 않았으니 양쪽 모두 자유 주제의 시였다. 하지만 아까 동사(凍死)의 시와 동일한 사람이 지었을 수도 있을 거란 생각이 들자, 선입견을 없애기 위해 그런 건 전부 잊어버리기로 했다. 오직 시의 내용에만 집중했다.

잠시 뒤의 비평 시간에 이 시에 대한 감상을 어떤 식으로 전할 수 있을까 하는 시점으로 생각해 보았다.

세계사의 시는 각 행의 첫 글자를 의도적으로 'ㅅ'와 'ㅈ'로 맞춰놓고서 마지막 음절만 '2천 자 이상 쓸 것'으로 예외를 준 게 얄미웠다. 두 번째 음절인 '세계사 과제 적더니'는 글자 수가 남지만 여린박을 고려하면 일곱 글자처럼 느껴지므로, 그런 의미에서도 'ㅅ'과 'ㅈ'의 위치가 의외로 제각각이라는 점이 재미있었다.

음성학적인 재미 외에도 '선생님', '세계사 과제'라는 학교생활을 나타내는 단어로부터 갑자기 '전쟁'이라는 비일상으로 점프한 다음, 다시금 '2천 자 이상'이라는 시험 문제에서 볼 법한 단어로 돌아오는 구성이 멋졌다. 확실히 세계사 과제라는 건 전쟁을 없앨 방법을 찾아내는 일인지도 모른다고, 평소엔 신경조차 쓰지 않을 세계평화에 대해 생각하게 했다.

침정월의 시는 아직 11월에 막 접어든 시기라 정월에 대한 기억이 가장 멀고 희미하게 느껴지다 보니 공감성이 조금 떨어지는 느낌도 들었다. 하지만 정월에 고향에 돌아가 게으름을 부리는 것에 대한 죄책감은 매년 느끼기 마련이고, 그런 태만에 대해 '침정월'이라는 이름이 붙을 만큼 일반적인 일이라는 것을 '사전이 말해주네'라는 의인법으로 표현한 점이 귀엽고 좋았다.

평가할 부분을 확인한 결과, 역시 세계사 쪽이 감상을 분명히 말할 수 있을 것 같다는 생각에 결정을 내렸다. 다루미에게 내가 고른 두 수를 제출하고 동호회가 시작되기를 기다렸다.

"멋진 시를 쓸 줄 아시네요."

돌아가려는 후유키 씨를 불러 세우며 말을 건넸다. 삐죽삐죽한 머리의 시인에게, 나는 완전히 매료되고 말았다.

"아아, 두 개 모두 제 시를 뽑아주셨더군요. 감사합니다. 비평을 굉장히 잘하시던데요."

후유키 씨의 큰 눈이 나를 쳐다볼 땐 살짝 흠칫하게 된다. 옆에 서면(삐죽삐죽한 머리도 포함해서) 키가 나보다 25cm 넘게 커서 상당한 위압감이 느껴졌다. 예쁜 목소리와의 갭차이에 더욱 동요하게 되는 면도 없지 않았다.

당신만이 알고 있다

"아니요, 저도 아마추어라 원래 수박 겉핥기식으로 아는 척하는 비평밖에 못 하는데…… 오늘은 말이 술술 잘 나오더라고요. 시가 너무 좋았던 덕분이겠죠. 지금까지 본 것 중에서 1등일지도 몰라요."

틀림없이 압도적인 1등이었지만 그 정도까지 칭찬 액셀을 밟아대기는 왠지 두려워져서 '일지도 몰라요'라는 새침한 보험을 걸어두었다.

하지만 후유키 씨는 솔직한 사람이었다.

"기쁘네요. 처음이라 엄청 혹평받으면 어쩌나 하고 긴장했거든요."

"심한 혹평은 자제하는 게 기리시마 시 동호회의 규칙이에요. 하지만 오늘 후유키 씨의 시를 혹평하는 사람은 없었고, 만약 있었더라도 제가 맞서 싸웠을걸요?"

"괜찮으시면 지금 식사라도 같이 하실까요?"

후유키 씨가 고개를 살짝 기울이며 말했다. 조금 쑥스럽다는 듯이.

"저도 오토구로 씨의 시가 좋았거든요. 좀 더 이야기하고 싶네요."

두근, 하고 심장이 동요했다. 나는 괜찮은 척 평소의 목소리로 대답했다.

"저도 마침 같은 생각을 했어요. 점심 먹으러 가요."

참치와 달걀이 든 핫 샌드위치는 대화를 방해하지 않을 만큼 간편하고 먹기 좋아서 탁월한 선택이라는 생각이 들었다. 입에 부스러기가 묻는 건 조금 귀찮았지만, 햄버거 같은 것보단 훨씬 나을 것이다.

후유키 씨는 나보다 두 살 아래였다. 회사원이고 취미는 음악과 단카라고 한다.

"후유키 군은 침정월을 골랐지? 난 동사는 보자마자 바로 1등으로 뽑았는데, 세계사하고 침정월 중에서 고민했거든."

"정말요? 저하고 감성이 완전 똑같네요?"

"좋아하는 음악―을 물어보는 건 너무 광범위하려나? 일단 내가 알 것 같든 모를 것 같든 무시하고 말해봐."

"요즘엔 역시 Daichi Yamamoto가 핫하죠."

"잠깐만, 나도 엄청 좋아하는데. 멀리 도쿄까지 라이브 보러 간 적도 있는걸. 그것 말고 좋아하는 것도 가르쳐줘."

"기노시타 류야의 단카를 좋아해요. 해석의 여지를 너무 주지 않으면서도 여백을 제대로 남기잖아요. 도망치지 않는 느낌이 좋더라고요."

"나도 좋아해. 지난번의 정열대륙 봤어? 녹화해뒀는데."

당신만이 알고 있다

"전 사자성어를 좋아해서 사전을 맨날 갖고 다니거든요. 세 글자나 다섯 글자도 잔뜩 있는데 네 글자 숙어만 특별 취급되는 걸 좋아해서요."

"멋지네. 그런 생각은 해본 적도 없는데, 확실히 네 글자가 우대받고 있구나."

"그런데 오토구로 씨가 단카나 시에 빠지게 된 계기는 뭐였어요?"

"요츠모토 야스히로라는 사람의 『언어 재킹』이란 책을 읽었는데 거기서 엄청 신나게 언어유희를 즐기는 걸 보고, 나도 한번 말로 놀아보고 싶다는 생각이 들었거든. 그때 마침 다루미가 권유해준 거야."

"우와, 저도 빌려주세요."

"좋아. 다음에 가져올게."

매끄럽게 이어지는 대화는 물론이고, 거기서 튀어나오는 고유명사를 서로 위화감 없이 받아들인다는 점이 편안했다. '다음'이 약속될 때까지의 자연스러운 흐름도 후유키 씨와의 궁합을 말해주는 것 같아서 기분 좋았다.

"이렇게 생긴 놈이 핫 샌드위치 먹는 거, 뭔가 안 어울리죠?"

"아니, 전혀 안 그렇고 그 헤어스타일은 절대 바꾸지 않고 끝까지 유지했으면 좋겠어."

음흉한 생각이지만, 아니, 이 정도는 특별히 음흉하다고 할 수 없는 일반적인 사고일지도 모르지만, 이 시점에서 나는 이미 몇 수 앞을 내다보며 설레고 있었다. 즉, 이대로 좋은 분위기로 나아가다 보면 친밀한 관계가 될 수 있지 않을까 하는 계획이었다. 그렇다면 후유키 씨에게 병에 대해 말하는 건 악수라는 생각이 들었다. 기타가와세 때와 똑같은 전철은 밟고 싶지 않았다. 나와 후유키 씨만의 새로운 길을 만들어나가고 싶다.

"잘 어울리고, 삐죽삐죽하고."

"그럼 계속 유지하죠, 뭐. 리리한테는 머리 자르라는 얘길 자주 듣지만요."

다루미의 이름을 편하게 부르는 걸 보고 잔뜩 상기되었던 기분에 상처가 났다. 손톱 끝이 갈라진 것처럼 찜찜한 통증이었다.

"그러고 보니 말인데, 오늘 시 동호회는 다루미의 소개로 왔다고 했지?"

"맞아요. 제가 이 도시에 온 지 얼마 안 돼서, 직장 외에 만날 사람이 전혀 없다고 투덜댔더니 나와보라고 하더라고요."

두 사람의 관계가 너무 가까워 보이지만, 일반적인 여친의 행동으로는 이해되지 않는 부분도 있었다. 다루미에게 남친이 있는지 물어본 적은 없다. 여기서 한 단계 나아가 볼까? 아니면

당신만이 알고 있다

긁어 부스럼이 될까?

망설임에 의한 침묵이 이어졌다. 더 오래 끌었다간 조금 심각하게 분위기가 식을 수도 있겠다 싶을 때 나는 입을 열었다. 나아가 볼 용기를 낸 것이다.

"다루미랑은 어떻게 아는 사이야?"

"아는 사이라기보다, 사촌이에요. 어쩌다 기리시마로 오게 됐는데, 집이 가까워서 같이 한 번 술 마시러 갔던 거죠."

나는 머릿속에서 허공에 어퍼컷을 날리면서도 입으로는 "호오, 두 사람 다 뾰족한 헤어스타일을 좋아하는 게 집안 내력이었네." 라며 재밌지도 않은 농담을 했다.

"저랑 닮지 않았어요? 친척끼리 모였을 땐 그런 얘기 자주 듣거든요."

"전혀 몰랐어."

자리 배치 때문에 다루미와 후유키 씨를 나란히 볼 기회가 없었다.

"다음에 어릴 때 사진 보여드릴게요. 애기 때부터 닮았거든요."

또 튀어나온 '다음'. 또 만날 가능성을 높이는 기쁜 말인 동시에 아직 구체적이지는 않은 애매한 어휘다.

"다음 주에 한잔하러 가자. 강 근처에 맛있는 스키야키 집이 생겼다고 하거든."

나도 모르게 먼저 그런 말을 하고 있었다.

$$\oplus$$

"넌 탐정이잖아. 그 남자에 대해서 대충 조사해주면 안 돼?"

"신변 조사는 300만부터 시작입니다만, 우정 가격으로 250만으로 할인해드리죠."

"으이구, 이 벼락부자 수전노."

"애석하게도 난 고급 탐정이라서 말이지~."

아하하, 하고 지오리가 웃었다. 내 고등학교 친구는 나보다 10배는 넘게 버는 탐정 일을 하고 있다.

아오카게 탐정 사무소의 살풍경한 사무실에서, 나는 몇 달 만에 지오리와 대화를 나누고 있었다.

"그런데 기타가와세랑 헤어지자마자 다음 사랑이 찾아왔다니 멋지네. 실연을 잊게 해주는 건 새롭게 찾아온 사랑뿐이라지? 신변 조사 같은 쓸데없는 생각 말고, 빨리 사귀어버려."

"계속 좋은 분위기로 흘러가고 있어서 너무 무섭단 말이야. 세 번의 데이트가 전부 성공적이었던 게 너무 가슴이 아파. 꼭 이럴 때 뒤통수를 맞기 마련이잖아? 무슨 사기 같은 건지도 모

당신만이 알고 있다

르고. 사기당할 만한 돈은 없지만, 난 꽤 속여넘기기 쉬운 사람일 테니까."

"자기 매력과 행운을 믿어보라니까."

지오리는 웃었다. 가진 자의 여유다.

"지오리이, 그렇게 많이 벌면서 다 어디다 써? 차도 없고, 옷도 절반은 유니클로에서 사잖아. 집도 월세고. 설마, 그걸 전부 저금하는 거야?"

"아니~ 이것저것 많거든. 자선사업도 해야 하고, 무엇보다도 이것 때문에 나가는 할부금이 말이지."

지오리가 오른손을 흔들어 보였다. 검지에 낀 기묘한 형태의 반지가 보였다. 전신 모노톤에 만화 캐릭터 블랙잭을 흉내 낸 듯한 흑백 헤어스타일이라는 비뚤어진 패션 중에서도 한층 이채를 띠는 액세서리다.

"그게 그렇게나 비싸?"

"뭐, 앞으로 5년 동안은 할부금이 계속 나갈 거야, 계약상. 그래도 괜찮지. 이것 덕분에 난 탐정 일로 돈을 벌고 있고, 목숨도 건졌으니까. 그래서 전도유망한 어린 친구에게 기부도 할 수 있는 거고."

"반지 같은 건 관심 없었잖아? 그런 걸 잘도 샀네."

"샀다기보다, 열받을 만큼 얼굴이 준수한 아저씨한테 받았는데 내가 멋대로 돈을 내고 있는 거지만……. 뭐, 탐정 스킬로 은혜를 갚을 수 있다면 난 만족해. 지금은 이 도시에서 가장 예쁜 애가 수취인이니까."

도무지 알아들을 수가 없는 이야기였다. 애초에 얘가 언제부터 탐정이라는 특이한 진로를 선택했더라?

"고등학교 때는 탐정이 되고 싶어 하는 티를 전혀 안 냈잖아."

"그래서 어디에서 어떤 만남이 기다리고 있을지 아무도 모른다는 거지. 그 후유키라는 사람이 나미에게는 운명의 만남일지도 몰라. 얼마나 멋져, 시를 통해 이어진 사랑이라니."

"그거야 뭐, 최고긴 하지."

그렇게 말하면서, 애초에 아직 사귀는 단계도 아니라는 사실을 자각했다. 세 번째 데이트에서 고백하는 게 보통일 텐데, 어제 같이 식사했을 때도 결국 아무 일도 없이 역에서 헤어졌다. 실은 단순한 단카 친구로만 생각하고 있을 가능성조차 있었다.

"그냥 나미가 먼저 고백하면 되잖아."

"남의 마음을 읽지 마. ……그래도 맞는 말이네. 그냥 내가 먼저 말해버릴까?"

그런 말을 하고 돌아오는 길에 후유키에게서 전화가 걸려왔다.

"에리카 다리로 나와."

그리고 요란하지 않을 정도의 숨소리가 들렸다.

"고백할 테니까."

"대박."

서른 살에도 심장은 빨리 뛰고 얼굴도 뜨거워진다. 전화기 너머로 내 뺨의 홍조나 심박수가 전해지진 않겠지만, 목소리가 뒤집히거나 하면 들킬 수밖에 없다. 들켜도 상관은 없지만, 전화로 대답하면 안 좋게 보일 수도 있고……. 그런 생각이 겹치며 대담한 말이 튀어나왔다.

"나도 마침 고백받고 싶은 기분이었는데."

말하자마자 몸이 뜨겁게 달아올랐다. 아아, 말하고 보니 엄청 낯간지러운 소릴 했다는 걸 깨달았다. 그래도 좋았다. 나는 당연히 에리카 다리로 향했다.

미야베강에 설치된 다리는 몇 개가 있지만 그중에서 가장 크게 에리카 다리였다. 차도는 없고 보행자와 자전거만 다닐 수 있는 다리인데도 그렇게나 컸다. 그런 주제에 통행량은 인근의 하류 쪽의 다리보다 적었다. 쓸데없이 높은 고도로 지어진 탓에 가파른 계단을 올라가야 해서 이용하기가 상당히 불편했기 때문이다.

그래도 그 위에서 미야베강을 내려다보면 그렇게 좋을 수가 없었다. 마침 지류로 갈라지는 곳도 보여서 장관이었다. 그리고 나는 후유키에게 그런 이야기를 스키야키 집에서 저녁을 먹으면서 한 적이 있었다.

힘겹게 계단을 다 올라가자 다리 한복판에 서 있는 사람이 보였다. 삐죽삐죽한 성게 머리. 나는 조심스레 다가가 옆에 섰다.

"원래는 어제 말하려고 했는데, 왠지 입이 안 떨어져서. 내가 이런 건 잘못하거든."

"응. 그래도 이렇게 용기 내줘서 기뻐."

느긋한 정적에 강물 소리가 선명히 들렸다. 어색하지 않은 따뜻한 정적이었다.

후유키가 입을 열었다.

"고백받으러 와준 거야?"

"고백받으러 왔어."

"그럼 고백할게."

"응."

"좋아해. 나랑 사귀자."

나는 심호흡을 했다. 바로 대답하는 건 멋도 없고 재미도 없다. 강 위인데도 차갑고 건조한 초겨울 공기에 폐가 차갑게 마

당신만이 알고 있다

르고 있었다.

"그 말, 그대로 똑같이 돌려줄게."

그 뒤로 우리는 기념일을 확인하거나 다음에 만날 일정을 정하거나 했다. 2022년 11월 20일이 기념일. 365일 중 하루에 새로운 의미가 부여되는 게 얼마 만일까? 그날부터 나의 새로운 생활이 시작되었다.

사귀고 나서 첫 데이트는 긴코(吟行)가 되었다. 긴코란 특정한 장소를 돌아다니며 단카를 짓는 것을 말한다. 하지만 오로지 단카만을 위해 가는 건 아니었고, 둘이서 아사이쵸를 돌아다니다가 기분 내킬 때 한 수 지어보자는 정도의 마음가짐이었다.

노자키 식물원에서 꽃과 나무를 구경하고 놀러 나온 사람들을 관찰한 다음, 바로 근처의 카페에서 해물덮밥을 점심으로 먹었다. 정해진 일정은 거기까지였으므로 그 뒤로는 정처 없이 돌아다녔다. 고이즈미 상점가의 모자가게나 아시안 액세서리 가게, 우유병 푸딩 가게를 순서대로 구경했다.

"쓰바사는 어떨 때 단카를 써?"

나는 이미 그를 이름으로 편하게 부르고 있었다.

"오늘처럼 거리에 나와 있을 때가 많은 것 같아. 집에 있으면 어쩔 수 없이 모티브가 고착화되잖아. 그리고 직장에서 사람들하고 이야기하다 열받았을 때도 그렇고."

"맞아, 나도 그래. 부정적인 감정이 원동력이 될 때도 있지. 지난번 시 동호회에 제출한 것도 남친한테 차였을 때 썼던 거니까……."

거기까지 말하다가, '어떡해, 전 남친 이야기를 첫 데이트에서 하는 사람이 어딨어?' 하고 생각하면서도 '그걸 편하게 이야기할 수 있다는 것이야말로 우리의 깊은 관계를 증명하는 것 아닐까?' 하고 스스로 변호했다.

하지만 쓰바사는 커다란 눈을 가늘게 뜨며 조금 슬픈 표정으로 말했다.

"전 남친 이야기를 듣기엔 아직 조금 이른 것 같아."

"……미안. 솔직히 말해줘서 고마워."

거북했다. 이런 분위기를 타개해야 한다는 부담을 느낄수록 할 말이 떠오르지 않았다. 침묵의 무게는 시간에 비례한다. 시간이 지날수록 부담감은 더 커졌다. 고작 이런 일로 진땀을 빼고 싶지 않았다. 오늘은 그냥 즐겁게 산책 나온 건데…….

말없이 걷는 시간 동안 바람이라도 느끼는 척 침묵이 아무렇지 않다는 얼굴을 해보지만, 멀쩡할 리가 없다. 거북함을 버티지 못하고 온몸에서 식은땀이 배어 나오기 시작했다.

당신만이 알고 있다

그런 내 초조함을 아는지 모르는지…….

"어."

쓰바사가 멈춰 섰다.

"만담 공연 하나 보네."

쓰바사의 시선이 향한 곳에 남녀 콤비가 거리 만담을 하는 모습이 보였다. '만담 보여드립니다, 니케 트로피'라고 적힌 종이 박스 간판이 세워져 있다. 앳된 얼굴을 보면 10대 같았다. 관객은 샐러리맨으로 보이는 남자 한 명뿐이고, 턱을 만지작거리며 차분히 감상하는 모습이었다.

나도 만담은 좋아했다. 특히 5분 내로 끝나는 개그는 딱 보기 좋다. 물론 턱을 만지작거리며 볼 만한 내용은 아닐 것이다.

샐러리맨이 가버리는 것을 기다렸다가 쓰바사가 말을 걸었다. 나도 뒤를 따랐다.

"만담하는 거니?"

둘이서 진지하게 대화를 나누던 소년과 소녀는 즉시 우리 쪽으로 몸을 돌렸다.

"네, M-1에 나갈라고 만담을 하고 있습니더. 바쁘지 않으시면 보고 가주셔예."

"오, 재밌겠네. 거리 만담이라. 난 만담 좋아하거든. 나미, 개그 같은 거 좋아해?"

갑자기 질문을 받자 대답이 궁해졌다. 이건 분명 둘이서 만담을 구경하는 흐름이었다. 이 아이들의 개그가 재미있을지 재미없을지…… 확률은 반반……보다도 낮을 것이다. 그래도 이 시간이 쓰바사와의 추억이 될 수 있다면 뭐든 좋았다.

"얼굴 개그 위주로 하는 건 아니지?"

두 사람은 질문의 의도를 이해하지 못했는지 잠시 고민하는 듯했지만 이내 고개를 저었다.

"그럼 볼래."

그렇게 해서 쓰바사와 나는 '니케 트로피'의 만담을 보았다. 불안하게 생각한 게 미안할 만큼 실컷 웃게 되었다. 아마추어 티가 조금도 나지 않을 만큼 만담의 도입부부터 선명히 들리는 목소리로 이야기하면서 몸동작에도 전혀 쑥스러워하는 기색이 없었다. 내 경우는 시 동호회에서 비평할 때나 내 시가 비평받을 때는 어쩔 수 없이 쑥스러워하는 웃음이나 방어적인 서두를 늘어놓게 된다. 내가 창작한 내용을 평가받는 게 두려운 것이다.

하지만 그들은 두려워하지 않았다. 두 번째 개그가 끝난 뒤 두 사람에게 이야기를 들어보니 올해 M-1 그랑프리에 출전했지만 2차 예선에서 대사를 잊어버리는 바람에 탈락했다고 한다. 그러면서 "내년엔 꼭 결승에 갈 테니까 지켜봐주세예." 라

당신만이 알고 있다

고 덧붙였다.

돌아가기 전에, 쓰바사가 천 엔짜리 지폐를 소년에게 쥐여주었다. 나도 5천 엔 정도는 건네주고 싶은 심정이었다. 무엇보다 그 거북한 침묵을 웃음으로 덧씌워주었으니까.

"재미있었지?"

"대단하더라. 개그할 때 단어 선택이 너무 좋아서 참고해도 될 것 같아."

"나미, 얼굴 개그는 싫어하는구나?"

"싫다기보다…… 뭐, 그런 편이야."

애매하게 말을 흐렸다. 쓰바사가 종종걸음으로 살짝 앞으로 나오더니 즉시 내 쪽을 돌아보았다.

"이런 거?"

쓰바사가 얼굴의 모든 부위를 확산시키며 일그러뜨렸다. 순수하게 웃겼다. 쓰바사는 첫인상과는 다르게 은근히 익살스러운 데가 있었다.

"뭐야, 그만해. 사람들도 놀라잖아."

"원초적인 개그는 별로 안 좋아하나 싶어서."

별로 싫어하는 건 아니다. 단지 얼굴을 사용한 개그는 내 기억에 남지 못할 뿐이다.

나는 사람의 얼굴을 기억하지 못한다.

사람의 얼굴을 잘 까먹는다거나 하는 차원이 아니었다. 얼굴과 이름을 잘 일치시키지 못하는 것도 아니고, 전반적인 기억력이 특별히 나쁜 것도 아니었다. 암기는 오히려 잘하는 편이다. 대학도 합격점수가 꽤 높은 곳에 들어갔다. 지지난번 시 동호회에서 내가 꼽은 단카의 구절을 외울 수도 있고, 직장에서 내 옆자리에 앉은 아줌마가 쏟아내는 불쾌한 말들을 항목별로 작성할 수도 있다.

다만 사람의 얼굴에 관한 기억은 5분 정도밖에 이어지지 못한다.

대상의 얼굴을 보고 멋지게 생겼다거나, 예쁘다거나, 겉늙었다거나, 눈화장이 너무 진하다거나, 화나 보인다거나, 착해 보인다거나, 둘이 나란히 앉은 형제를 보고 닮았다거나, 그런 식의 인식은 할 수 있다. 그러나 5분 동안 눈을 떼면, 그런 인상을 글로 적을 수는 있을지언정 어떤 얼굴이었는지를 머릿속으로 떠올릴 수 없게 된다.

기타가와세의 얼굴도 기억에서 지워진 지 오래고, 니케 트로피의 두 멤버 얼굴도 이제 몇 분만 지나면 떠올릴 수 없게 될 것이다. 뿐만 아니라 내 친부모의 얼굴조차, 거리에서 마주쳐도 알아보지 못한다. 상대방이 먼저 말을 걸어주면 목소리로 알아볼 수 있지만, 이쪽에서 먼저 다가가지는 못한다.

당신만이 알고 있다

그래서 쓰바사와 다루미처럼 특이한 머리 모양을 하고 있으면 그것만큼 고마운 게 없다. 얼굴은 기억하지 못해도 머리 모양이나 복장은 기억할 수 있으니까.

한때는 내가 '안면 인식 장애'라는 뇌의 기능 장애를 앓고 있는 줄 알았다. 사람의 얼굴을 인식하지 못하는 상태를 의미하는 말이다. 그 증상을 호소하면서 도쿄의 뇌신경외과에서 진찰받은 적도 있었다. 그러나 안면 인식 장애와 내 증상은 명백히 달랐다. 안면 인식 장애 환자는 사람의 얼굴이 새하얗게 보이거나 베이지색 물감으로 덧칠한 것처럼 보이는 식으로 얼굴 자체를 인식하지 못한다. 그에 반해 나는 얼굴 자체는 인식할 수 있지만 그것을 기억하지 못할 뿐이다. 5분만 지나면 잊히는 기억. 내 머릿속의 지우개는 사람의 얼굴만을 지워버린다. 비슷한 사례는 한 명도 없었다.

그래서 영화나 연극 같은 건 전혀 즐길 수 없었고, 만화나 애니메이션처럼 사람이 그린 캐릭터도 마찬가지였다. 얼굴 개그도, 지금 이렇게 쓰바사가 나를 웃기기 위해 짓는 표정도 나는 잊어버리고 만다.

이게 병인지, 아니면 뇌 기능의 문제인지는 다양한 검사를 받아봤지만 알아낼 수 없었다. 뭔가 악마 같은 신비적인 존재 때문인지도 모른다고 가끔 진지하게 생각하곤 한다. 하지만 나는 이 증상을 현실적으로 받아들이기 위해 '질병'이라 부르고 있었다.

버거운 여자—기타가와세의 얼굴은 떠올릴 수 없어도 그에게 들은 말은 얼마든지 생각났다. 내 이런 병을 감당하기 힘들다며 고했던 이별. 쓰바사에게는 아직 밝힐 생각이 없다. 언젠가 밝힐 날도 오겠지만…… 지금은 아니다.

"뭐야. 재밌는 만담을 보고 나서 왜 그렇게 진지하세요?"

어두운 생각에 잠겨 있던 나 자신이 싫어진다. 나는 떨쳐내듯 얼굴을 들었다.

"나한테 싫은 부분이나 버거운 부분이 있으면 말해줘. 아니, 이런 말 자체가 버거울지도 모르지만……. 그리고 바라는 게 있으면 뭐든 말해. 예를 들어 쇼트커트가 좋다거나."

"특별히 싫은 부분은…… 저기, 전 남친 이야기 빼면 없는데. 나미는 그런 걸 정확히 말로 표현할 수 있다는 게 좋은 것 같아. 난 그런 걸 물어보고 싶어도 계속 주저하게 돼서 못 물어보겠던데."

"결단은 눈과 같으니까, 계속 쌓일 때까지 기다리면 돼."

"우와~ 시인이네."

"놀리지 마."

나는 웃었다.

"그럼, 딱 한 가지만 나한테 바라는 거 말해봐. 난 쓰바사에 대해서 좀 더 많이 알고 싶고, 쓰바사가 부담 없이 요구해줬으면 좋겠어."

내 부탁에 쓰바사는 한동안 고민하다가 말했다.

"난 하카타 사투리가 좋더라고."

그리고 황급히 덧붙였다.

"특정한 누군가가 좋다는 게 아니라, 할머니 댁에 갔을 때 지역 TV 방송에서 보거나 하면 와, 저거 귀엽다, 막 그랬거든. 그러니까 가끔 하카타 사투리로 말해주면 조금 감동받을지도 몰라."

쑥스러움을 얼버무리는 '받을지도 몰라'. 뭐야, 이 너무 귀여운 부탁은.

"좋아. 다루미하고 더 자주 대화하면서 네이티브 스피커의 실력을 전수받을게."

"네이티브 스피커라니……. 그래도 그게 진짜로 실현되면 막 뭉클하겠네."

"뭉클하게 만들어줄게."

그 뒤로는 원래 분위기로 돌아왔고, 즐거운 산책 겸 긴코가 재개되었다.

상점가도 한 바퀴 다 돌았을 때, 나는 말을 꺼냈다.

"지금부터…… 집에 올래?"

"그래도 돼?"

말이 끝나기 무섭게 반응한 게 쑥스러웠는지, 쓰바사는 성긴 머리를 긁적이며 웃었다.

혹시 모를 상황에 대비해서, 내 방은 완벽한 컨디션으로 준비되어 있었다. 떨어진 머리카락이나 음식물쓰레기도 없고, 기타가와세에게 받은 선물도 전부 없애두었다.

고이즈미 상점가를 서쪽으로 빠져나간 주택지에 있는, 1DK (역자주-방 하나에 부엌과 거실이 있는 방 구조)에 수도세 포함 월세 7만 엔짜리 방이 내 보금자리였다. 이 주변에서 7만 엔이면 꽤 좋은 곳이다. 충분히 넓은 데다 신축이고 독립된 세면대부터 어디에 쓰는지 모를 바닥 수납장까지 충실히 구비되어 있었다. 대학 졸업 후 입사한 대기업의 급여 수준과 연봉 인상 폭을 고려해서 고른 곳이지만, 그곳을 그만두고 작은 인쇄 회사의 계약 사원이 된 지금, 이 정도 집세는 상당히 부담스러웠다. 휴일에 출근할 때도 많고 빡빡하게 구는 고참 여직원이 있다는 악조건임에도 불구하고 너무 짠 월급이 밉기만 하다.

방에 들어오자마자, 쓰바사는 "우와, 깨끗하게 하고 사네. 방좋다." 라고 칭찬해주었다. 소파에 앉으라고 권하고 나는 스툴

당신만이 알고 있다

의자에 걸터앉았다. 어제 막 건조시킨 원형 카펫에서는 오후의 태양 냄새가 났다.

녹차와 어느 나라 칼디에서 샀는지 모를 초콜릿, 노트와 사색 볼펜을 테이블 위에 펼쳐놓았다.

"완성했어? 참고로 난 진짜 전혀 정리가 안 됐어."

"일단은 생각해뒀는데……. 뭐, 일단 써볼까?"

둘이서 펜을 움직여 완성된 시를 서로에게 보여주었다. 그리고 얼굴을 마주 보며 말했다.

"좋긴 한데, 솔직히 말해봐. 시 동호회 때보다 대충했지?"

"솔직히 나미가 더 대충했잖아. 훨씬 좋은 시를 쓸 수 있으면서."

마주 웃었다. 서로의 가치관이, 시에 대한 평가와 신뢰가 일치되었기에 가능한 대화였다.

나는 솔직해지기로 했다.

"사실 시를 지을 만한 컨디션이 아니야."

"나도. ……이리 올래?"

나는 말없이 일어서서 쓰바사 옆에 앉았다.

"난 역시 단카는 뭔가 깜짝 놀라게 해주는 요소가 하나 필요하다고 생각하거든. 흔히 생략의 문학, 여백의 문학이라고들 하지만, 그 안에서도 뭔가 반전이나 언어유희 같은 게 없으면

아무 의미 없는 서른한 글자나 서른두 글자가 되어버리는 거
니까."

"동감이야. 나도 뭔가 반전이나 새로운 발견이 있는 시가
좋아."

"나미의 눈동자, 엄청 진한 갈색이었네."

갑작스러운 급전환. 쓰바사가 내 눈을 들여다보았다. 키스하
기 직전의 표정—누구와 사귀든, 누구와 키스하든 잊어버리니
까 매번 신선한 기분으로 눈을 감는다. 쓰바사의 입술이 내 입
술을 지그시 눌렀다. 감촉은 잊지 않는다. 쓰바사의 입술은 조
금 거칠지만 부드러웠다.

$$\oplus$$

계절이 바뀔 때마다 꼭 첫 경험이 있었다. 쓰바사와 보내는
첫 신년, 첫 밸런타인데이, 화이트데이, 벚꽃 축제, 황금연휴에
떠나는 여행, 쓰바사의 생일. 장면이 바뀔 때마다 새로운 발견
도 있었다.

쓰바사는 호러 영화를 무서워해서 아예 보지 못한다. 사람의
얼굴을 기억하지 못해도 그럭저럭 재미가 유지되기에 내 입장
에선 오히려 유일하게 볼 수 있는 장르라고 할 수 있었다.

당신만이 알고 있다

쓰바사는 단카 외에 단시(短詩)를 쓰기도 한다. 그쪽은 부끄러움이라면서 아예 보여주지 않았지만, 집에는 창작 노트가 잔뜩 쌓여 있고 자물쇠 달린 서랍장 안에 보관되어 있다고 한다.

쓰바사는 피망을 못 먹는다. 쓴맛에다 살짝 딱딱하면서 아삭한 식감인데도 안에서 수분이 배어 나오는 느낌이 싫다고 한다.

쓰바사는 업무 때문에 자주 고민한다. 원래는 디자인이나 글쓰기와 관련된 직업을 갖고 싶었지만, 취업 준비를 별로 열심히 하지 않다가 선배의 소개로 입사한 상업 시설에서 관리직으로 일하고 있다. 휴일이 일정하지 않기 때문에 매달 나와 쉬는 날을 맞추기 위해 노력해주고 있다. 동료들은 다들 좋은 사람뿐이라고 하는데 업무 내용이 별로 적성에 맞지 않는 듯했다.

쓰바사는 서서 오줌을 싼다. 나도 이건 견딜 수 없어서, 변기 커버가 올라가 있는 걸 볼 때마다 지적했지만 두 달 정도로는 고쳐지지 않았다. '28년 동안 내 몸에 밴 습관이니까 말이지.'라고 변명하는 걸 보고, '갓난아기 때부터 일어서서 오줌 싸셨어요?' 라고 핵심에서 벗어난 지적을 하고 말았다. 이건 역시 못 고치는 건가 싶었지만, 3개월째에 변기 커버가 제대로 내려가 있는 것을 보고 감동한 나머지 마구 칭찬해주었다.

쓰바사는 머리카락을 내리면 다른 사람이 된다. 목욕하고 나서 잘 때까지의 시간 동안, 나는 순간적으로 다른 사람이 방 안에 있는 줄 알고 비명을 질렀다가 이내 폭소하고 말았다. 그 이후로 욕실에는 되도록 함께 들어가고 있다.

쓰바사는 사람 붐비는 곳을 힘들어한다. 사람들을 피해 가며 걷는 게 싫은 모양이다. 그래서 기리시마의 여름 축제에는 가지 못하고 불꽃놀이도 우리 집에서 대충 보았다. 사실 나도 여름 축제에는 별로 가고 싶지 않다. 아는 사람과 마주칠 가능성도 높고, 소란스러워서 목소리를 알아듣기도 힘들어지니까. 우리는 빙수와 달고나 뽑기, 버터 감자가 없는 여름을 보냈지만, 그것 때문에 우리의 행복이 조금이라도 빛바래는 일은 없었다.

쓰바사와 생활하는 가운데 시 동호회와 상관없이 두 사람만을 위한 단카를 짓는 경우도 많아졌다. 내가 이렇게 자주 사랑 시를 읊게 될 줄은 상상해본 적도 없었다.

예를 들어 쓰바사가 좋아하는 매시드 포테이토가 잘 만들어졌을 때는······.

잘 익은 감자 맛있게 씹으면서 따뜻한 마음
행복이 '모락모락' 기록해둔 의사록

비가 갠 뒤의 산책로에서 무지개를 발견했을 때는 쓰바사가 첫 시 동호회에서 읊었던 '눈에 비치는 모든 것이 반대'라는 세계가 떠올라서…….

무지개 지고 태양이 숨은 다음 비가 내리네
반대로 재생되는 극적 연출 드라마

나는 이런 단카를 남겨두기 위해 조금 비싼 노트와 만년필을 샀다. 선물할 것도 아닌데 2천 엔이 넘는 가격의 문방구를 사는 건 처음인지도 모른다. 누군가에게 보여주거나 발표하기 위한 게 아닌, 공유를 목적으로 한 시들이 두 사람의 노트에 기록되었다.

쓰바사와는 특별히 크게 싸울 일도 없었고(사소한 다툼이나 말싸움은 수도 없이 있었다. 하지만 기본적으로 쓰바사가 먼저 굽혀주었다), 두 사람의 생활은 깔끔한 조화를 이루며 융화되었다. 하지만 한쪽 면이 잘 되어나간다고 해서 다른 한쪽 면까지 순풍에 돛단배처럼 나아갈 순 없는 법이다.

10월에 나는 퇴직을 검토하고 있었다.

맡은 일을 완벽히 완수하는 것을 신조로 삼던 내가, 이 시기에 몇 가지 실수를 범하고 말았다. 그중에서도 가장 큰 실수는 연락 누락이었다.

회사 안내 팸플릿의 증쇄분을 본사가 아닌 지사로 납품해달라고 지시받았음에도, 발주 담당자에게 연락하는 것을 깜빡하는 바람에 납품 장소를 착각해 납품 기일을 넘기고 말았다. 결국 팸플릿을 배포하려던 취업 박람회 일정에 맞추지 못하게 되었고, 영업 담당인 에비하라 씨가 거래처로부터 심하게 혼났다는 이야기를 듣게 되었다.

에비하라 씨의 책상에 사과를 전하러 갔더니 마침 그날은 자리에 없었고 다른 직원이 그곳에 앉아 옆의 파견 직원과 수다를 떨고 있었다.

평소 같으면 그 정도 위화감을 놓칠 리 없다. 평소와 다른 정장, 내가 다가갔을 때의 의아해하는 얼굴, 입을 열었을 때의 표정. 하지만 이번 실수는 내 그런 통찰력을 마비시킬 만큼 심각한 타격을 입힌 모양이다. 일단 사과해야 한다는 생각밖에 없었다.

"에비하라 씨, 이번 일은 제 주의 부족 때문인데, 정말로 죄송합니다."

"⋯⋯어라, 내가 언제부터 에비하라가 된 거지?"

그 직원의 익살부리는 말을 듣고 나서야 등줄기가 오싹해지

당신만이 알고 있다

며 온몸이 뜨거워졌다. 식은땀이 뺨과 겨드랑이를 타고 흘렀다. 목소리가 다르다─인사 부장인 이카이 씨였다.

"어, 혹시 농담이 아니라 진심으로 그런 거였어? 어~ 내가 그렇게 닮진 않았을 텐데……. 납품 실수에 관해선 들었어. 오토구로 씨, 남들한테 별로 관심 없지? 아니면 별로 반성 같은 걸 안 하는 스타일인가? 앞만 보고 달리는 식으로 말이야."

심장이 작은 상자 안에 갇혀버린 것처럼 꽉 죄어들었다. 이 회사의 직원들을 기억하기 위해 사람들의 머리 모양과 옷 입는 취향, 목소리를 얼마나 열심히 외웠던가.

"죄송합니다. 요즘 너무 정신이 없어서……."

"잘 좀 하자. 에비하라한테는 확실히 사과해둬."

우물쭈물 사과하며 물러났다. 내 자리로 돌아오자 옆자리의 파견직 아줌마가 한마디 했다.

"상대방 얼굴도 안 보고 사과하다니. 오토구로 씨, 올해 몇 살이야?"

평소에도 싫은 소리만 해대는 아줌마였지만, 이 말만큼은 반박할 수 없었다. 나는 지금 커다란 사고를 쳐놓고서 상대방이 누구인지 확인하지도 않고 사과하러 간 사람으로만 보일 것이다.

그날은 정시에 퇴근했다.

대학 졸업 직후 입사한 대기업을 그만둔 건, 영업직인데도 이 병 때문에 거래처 사람들이나 동료의 얼굴도 기억하지 못해서 제대로 된 의사소통이 불가능했기 때문이었다.

이번 실수 자체는 그 병과 상관없었다. 내 능력이 부족해서 생긴 문제였으니까. 다만 그걸 수습하려 할 때 병이 발목을 잡았다. 하지만 그것 역시 좀 더 냉정하게 행동을 관찰했더라면 일어나지 않았을 사고였다.

나라는 인간이 구제할 수 없을 만큼 무능하게 느껴졌다. 무슨 일이든 병을 탓하곤 하지만, 사실은 내 가치나 능력이 그 정도밖에 안 된다는 이야기가 아닐까?

이런 식이면 남은 인생을 어떻게 살아가야 한단 말인가.

집에 돌아오자 혼자서는 뭘 만들어 먹을 의욕이 생기지 않아 편의점에서 파는 파스타를 우물우물 먹었다. 쓰바사가 보고 싶었다.

21시가 되자 이대로라면 내일을 맞이할 수 없을 것 같은 느낌이 들어서 무작정 집 밖으로 뛰쳐나왔다. 안 돼, 곤란해할 거야, 하고 생각하면서도 전화를 걸었다.

"여보세─."

"지금 만날 수 없어?"

"지금?"

당황스러운 대답.

"지금 우리 부서 회식하고 있는데……."

"부탁이야."

"……집에 있어?"

"밖에 나왔어. 에리카 다리에 가려고."

"가까우니까 갈 수 있을 거야. 눈치껏 빠져나갈 테니까 기다려."

보통은 화를 내도 어쩔 수 없는 부탁이었지만 거절하는 선택지 자체를 생각하지 않는 말투가 고마웠다. 내 존재를 긍정해 주는 기분이었다.

공장 옆 골목길을 지나 에리카 다리로 향했다. 가로등도 드문드문 세워진 어두운 골목길이다. 별로 걷고 싶은 길은 아니지만 이쪽이 지름길이었다.

그리고 뒤늦게 생각났다―회식에서 돌아온다면 머리카락은 그 뾰족 머리가 아니라 내린 상태가 아닐까?

어떡하지? 얼굴을 알아볼 자신이 없는데. 스마트폰에 들어 있는 사진을 보고 있으면, 그로부터 5분 정도는 기억할 수 있으니까 오로지 스마트폰만 계속 보는 방법은 있었다. 하지만 밤에 보는 얼굴과 낮에 보는 얼굴은 인상이 상당히 다르다. 게다가 이렇게 어두운 상태에서 찍은 사진은 없다.

에리카 다리가 통행량이 적은 곳이라지만 아까부터 커플이 지나가기도 했다. 다가오는 사람의 미세한 동작을 놓치지 않도록 신경을 곤두세웠다. 물소리에 섞여 발소리가 들려올 때마다 흠칫 놀라고 만다. 이런 시간에 갑자기 불러내 놓고 멍한 얼굴로 상대방이 말을 걸 때까지 기다리기만 하는 여자가 되긴 싫었다. 시야에 들어온 순간부터 기뻐하고 싶었다.

15분 뒤에 쓰바사가 나타났다.

나는 즉시 쓰바사를 알아볼 수 있었다. 어쨌든 바로 그 뾰족 머리가 나타났으니까 말이다. 정장과 성게 머리의 조합도 이렇게 보니 나름대로 괜찮았다.

"갑자기 미안. 무슨 일이 있어도 보고 싶어서…… 그보다도 뭐야. 평소에도 그 머리로 일하는 거야?"

내 질문에 쓰바사는 그럴 리 없지 않냐고 웃었다.

"뭔가 다급해 보였으니까. 나미가 좋아하는 모습으로 만나러 가야겠다 싶었거든."

감동이었다. 내 비상사태를 알아채 준 것도, 거기에 맞춰서 행동해준 것도. 그리고 내 예상을 한 단계 뛰어넘어준 것도. 너무 기뻐서 누군가에게 자랑하고 싶을 정도였다.

중앙에 놓인 벤치에 앉아, 나는 쓰바사가 사 온 뜨거운 저당 커피를 마시며 오늘 내가 저지른 실수를(병에 대해선 최대한 언급하지 않고) 이야기했다. 쓰바사는 지금 내게 가장 필요했던 경청이라는 행위를 충실히 수행해주었다. 특별한 의견이나 조언 같은 건 필요 없었다. 그저 내 이야기를 들어주는 걸로 충분하다.

"최악이네. 그런 회사면 그냥 그만둬버려도 돼."

이야기를 다 듣고 난 쓰바사는 나를 꼭 끌어안으며 평소처럼 맑은 목소리로 따뜻하게 말해주었다.

"하지만 그런 실수 하나로 전부 포기해버리는 것도 아깝다고 생각해. 제대로 사과하지 못했던 것도 포함해서, 한 번만 더 노력해봐. 솔직히 그런 실수는 나미뿐만 아니라 구조적인 문제도 있는 것 같으니까, 그 영업 담당자분도 나미한테 그렇게까지 화가 나진 않았을 거야. 옆자리 아줌마가 비아냥거리는 것도, 아아, 이 사람 오늘 기분 나쁜가 보네, 하면서 진지하게 받아들이지 않도록 조심하고."

"고마워."

무조건적인 긍정과 현실감이 딱 알맞게 섞인 말이었다. 귓가에 달콤하게 울렸다. 기분도 긍정적으로 바뀐 것 같다.

"회식 중에 불러내서 미안. 다시 갈래?"

"죽을 만큼 배가 아프다고 하면서 빠져나왔어. 오늘 나미 집에서 자고 가도 돼?"

"당연하지."

어리광을 부리게 된다. 난 나 혼자서 설 수 없게 될 때가 있으니까 어쩔 수 없이 내가 기댈 곳으로 의지하게 된다. 쓰바사에게는 내 체중을 맡길 수 있을 만큼의 곧은 심지가 있었다.

⊕

11월도 중순에 접어들자 갑자기 추워지기 시작했다. 1주년 기념일에는 무슨 선물이 좋을지 고민하면서 거리 외곽에 몇 군데 흩어져 있는 잡화점을 둘러봤지만, 좀처럼 느낌이 확 오는 물건이 없었다.

10월의 내 생일에는 진주 귀걸이, 그리고 그것만으로는 선물치고는 너무 작으니까 임팩트가 부족하다고 생각했는지 장폴 에방의 봉봉쇼콜라도 함께 건네주었다. 물론 난 나대로 쓰바사의 7월 생일에 비슷한 금액의 선물을 건넸지만, 바로 지난달에 받은 선물을 의식할 수밖에 없었기에 그것보다 더 좋은 걸 주고 싶었다.

아사이쵸의 한가운데를 관통하는 번화가까지 돌아왔을 때, 인접한 골목길에 사람들이 모여 있는 게 보였다. 나는 자연스레 그쪽으로 발길을 향했다.

가까워질수록 음악과 마이크를 통한 목소리가 들려왔다. 차분한 피아노와 타악기만으로 연주되는 곡에 음정 없는 내레이션 같은 발성이 얹어졌다. 포에트리 리딩(역자주-비트에 맞춰 시를 낭송하듯 읊어나가는 일본의 랩 스타일)이었다.

모인 사람이라고 해봐야 두 줄 정도였고, 맨 앞줄은 땅에 앉아 있었기에 낭송자의 모습이 잘 보였다. 니트 모자를 눌러쓴 래퍼 같은 남자였다.

노동을 버티는 한숨의 나날, 내려다보다가 어느새 물속에 얼굴과 디딤발 처박은 쓰르라미. 어라, 내가 애초에 뭐가 되고 싶었던 건지도 생각이 안 나. 아니, 아니지, 생활 속에서 원동력 까먹은 시간이 더 길어져서 시인인 내가 풍화(風化)되어가. 뭐어때, 바람이 될 수 있다면 시인으로선 바랄 게 없지⋯⋯는 않아. 없지는 않아. 바람이 되는 게 아니라 바람을 일으키는 게 시인이지, 흐름을 읽는 게 아니라 흐름 자체가 되는 걸 보통 다섯 글자로 말해, '한 방 먹인다'. 난 한 방 먹이기 위해 살아왔어. 한 방 먹이기 위해서 마이크를 잡아. 너 역시 마찬가지잖아. 너 역시 마찬가지잖아. 거기 있는 형님, 아재, 거기 있는 누님, 누님⋯⋯ 지금이 최고조로 이상적이라고 말하는 놈이 어딨겠어. 그럼 그 갭을 메우기 위해서 재킹을 해, 해킹을 해, 외측구를.

노동 옆에 창조가 있어. 매일같이 스쳐 지나가는 이웃처럼 심심한 운명, 예로부터 정해져 있어, 자신을 바꾸는 건 자신의 언어와 습관이니까 전국을 횡단할 만큼의 기개로 연옥의 종반을 맞이하네. 소속사 있는 애들한테 질 것 같지는 않아, 노동하는 시간도 결국 양분, 쭉 뻗은 날개를 태울 뿐. 두 발의 짚신이 다 닳을 때까지 달려, 그래, 그야말로 바람이 될 때까지—.

뭔가 특수한 효과가 들어갔는지 오토튠 된 로봇 같은 목소리로 맹렬하게 말을 쏟아내고 있었다. 관객 한 명 한 명을 순서대로 바라보며 말을 거는 듯한 퍼포먼스. 중간에 문득 생각났다는 듯이 맞추는 라임. 제법 그럴듯한 모양새였고 관객들의 반응도 뜨거웠지만 나는 거기 낄 수 없었다.

랩이나 포에트리 리딩을 싫어하는 건 아니었고, 같은 시의 범주에서 보자면 단카와 서로 통하는 부분도 있다고 생각했다. 하지만 꿈을 이야기하는 래퍼는 나와 맞지 않았다. 서른 살이 넘었다면 이야기해야 할 것은 현실이다. 내가 지금부터 시인으로서 생계를 유지할 가능성이 전혀 없는 것처럼. 그래서 취미로 시 동호회에 참가하고 있는 것처럼.

곡이 절반 정도 지났을 때 나는 발걸음을 돌렸다. 쓰바사에게 줄 선물은—겨울에 대비해 목도리나 장갑 같은 게 무난할지도 모르겠다.

$$\oplus$$

1주년이 되는 20일은 월요일이었기에 그 전날인 19일에 기념일을 치르기로 했다. 직접 음식을 만들까 하는 생각도 했지만, 내가 만드는 것보다는 가게에서 맛있는 걸 먹는 편이 행복도가 높을 거라는 생각에 처음 같이 저녁을 먹었던 스키야키 집으로 갔다.

"1년이 참 빠르네."

"정말 순식간에 지나갔어."

마주 보고 앉은 우리 옆에서 점원이 척척 준비를 해주었다. 달콤한 향기 속에서 우리는 1년이라는 시간의 경과를 축복했다.

"그때 용기 내서 말을 걸길 잘했어. 그만큼 쓰바사의 시가 좋기도 했지만."

"아니, 그러지 않았어도 내가 먼저 말을 걸었을 거야."

1년 전을 회고하다 보니 자연스레 시 동호회에 대한 이야기로 넘어갔다.

"요즘 시 동호회에 거의 못 나갔네."

"뭔가 단카를 거의 짓지 못하게 돼서. 난 행복할 땐 별로 창작 욕구가 안 생기는 것 같아. 힘들 때만 잘 나오고."

"나미의 시를 또 보고 싶긴 해. 리리도 나미가 나와줬으면 하는 눈치더라."

"황공한 말씀입니다."

내가 과장되게 두 손을 맞대며 감사의 포즈를 취했다. 쓰바사는 "뭐야 그게." 하고 말하며 어깨를 으쓱거렸다.

"다루미하고는 자주 이야기하고 있어. 지금 진지하게 하카타 사투리를 배우고 있으니께, 조금만 기다려유."

"그건 반쯤 농담으로 한 이야기였어. 그렇게 열심히 공부하지 않아도 돼."

쓰바사가 살짝 웃었다.

달걀을 잔뜩 묻히는 걸 좋아하는 나는 3개, 쓰바사는 2개를 깨서 스키야키를 전부 먹어 치웠다. 나는 타이밍을 보다가 가방에서 선물을 꺼냈다.

"이거, 1년 동안 고마웠던 마음을 담은 선물. 편지는 부끄러우니까 집에 가서 혼자 있을 때 읽어봐."

"어, 진짜? 미안, 난 아무것도 준비 못 했는데."

"아니, 괜찮아. 내가 주고 싶어서 주는 거고, 쓰바사한테는 늘 도움받기만 하는걸."

당신만이 알고 있다

쓰바사가 포장을 조심스레 열었다. 그 안에는 내가 고민 끝에 정한 하얀색 니트 모자가 들어있었다. 쓰바사에게 어울릴 것 같았고, 머리를 내린 상태에서도 이걸 쓰면 구분하기 쉬우니 일석이조라고 생각한 것이다.

쓰바사는 표정을 바꾸지 않고 "고마워." 라고 말했다.

"편지는 집에 가서 읽을게."

평소와 달리 웃어주지 않고 딱딱하게 굳은 얼굴이었다. 위화감이 느껴졌다. 혹시 내가 뭔가 실수한 걸까?

하지만 쓰바사는 이내 그런 표정을 풀고 "다음에 보답으로 뭐든 준비할게." 라고 잘 들리는 목소리로 말해주었다. 특별히 실수한 건 아닌 것 같다. 금세 다른 화제로 넘어가면서 그 무표정은 내 기억에서 쓰으윽, 하고 사라져버렸다. 약간의 찜찜함이 애매하게 남았지만, 표정에 대한 기억과 함께 점점 흩어지며 윤곽을 잃고 사라졌다.

"그냥 네가 먼저 프러포즈하는 게 어뗘?"

최근에 시 동호회에 가지 못한 대신 다루미와 일주일에 한 번은 통화를 했다. 하카타 사투리를 흡수한다는 목적도 있었고, 결혼하고 싶은 내 마음에 관한 이야기가 주된 주제였다.

"진짜? 그래도 되려나."

"쓰바사는 옛날부터 자기 생각을 잘 이야기하질 못했어. 고백 같은 것도 아마 한 번도 안 해봤을겨. 그러니께 시나 단카 같은 걸 좋아하게 됐을 거고. 시나 단카의 필터를 거쳐야만 하고 싶은 말을 할 수 있는겨."

그럼 내가 고백받은 건 상당히 희귀한 경우였던 거네, 하고 기쁜 마음이 들었다.

"역시 기다릴 바엔 지르는 게 나으려나?"

"나미는 아이 갖고 싶댔지? 솔직히 슬슬 몸 생각도 해야 혀. 만약에 결혼한다고 쳐도 1, 2년은 둘이서 신혼생활을 만끽하고 싶잖여. 그러다 임신하면 벌써 서른셋, 넷은 될 거고. 서른 후반까지 가면 임신은 힘들어. 내 친구도 20대 때 임신했는디, 정말 이것보다 힘든 일은 없댔어."

"그렇게 구체적으로 말하니까 가슴이 떨리네."

다루미의 말에는 설득력이 있었다. 강하게 억양을 주는 말투에서 무엇을 중요시하고 무엇을 경시하는지에 대한 의지가 드러나서, 이 사람이 나를 위해 진지하게 생각해주고 있다는 걸 알게 해준다. 시 동호회 때도 그랬고, 결혼 상담을 할 때도 마찬가지다.

당신만이 알고 있다

"다음 주는 크리스마스니께, 그때 프러포즈하는 건 어뎌?"

"노려볼 만한 이벤트는 역시 그거겠지?"

"굳이 장미 백 송이라던가 그런 거창한 거 말고, 그냥 결혼하고 싶다고 말하면 될 것 같은디. 쓰바사는 그러자고 할겨."

다루미와 이야기하다 보니 마음이 흥분되기 시작했다. 평소부터 쌓여가던 결혼하고픈 마음에 격려라는 불이 더해진 듯한 기분이었다. 마구 끓어올랐다.

통화를 마치자마자 나는 작전을 짜기 시작했다. 극적인 연출은 필요 없고 내가 굳이 반지 같은 걸 건네줄 필요도 없을 것 같다. 하지만 어느 정도는 로망을 충족하고 싶었다.

쓰바사에게 고백받을 때의 흐름을 그대로 재현해보는 건 어떨까? 하지만 겁을 먹을지도 모르니까, 좀 더 완곡하게―그런 생각을 하는 사이, LINE 알림음이 울렸다. 쓰바사의 메시지였다. 문자로 밀당 같은 걸 할 사이는 아니었기에 바로 열어보았다.

'한동안 서로 떨어져서 지내고 싶어.'

그 한 줄의 메시지에 내 세계가 뒤집히고 말았다.

결단은 내려 쌓이는 눈과 같다.

지금 이 순간에 갑자기 눈사태가 발생한 건 아니다. 쌓이고 쌓이다 임계점을 맞이한 것이며, 점이 아닌 선을 보지 않으면 진실을 올바르게 파악할 수 없다.

바로 전화를 걸었지만 받지 않았다. 이런 상황을 문자로만 타개할 순 없을 거라 생각했기에 '전화 줘.' 라는 내용을 최대한 모나지 않은 문장으로 써서 보냈다.

이윽고 전화를 받고 나서야 쓰바사의 주장을 이해할 수 있었다.

번화가의 골목길에서 포에트리 리딩을 공연하던 사람은 쓰바사였다.

니트 모자로 감춰진 머리 모양, 전자 기기로 변형된 목소리, 평소와 다른 공연자로서의 움직임…… 그 자리에 있던 것은 내가 한 번도 본 적 없는 쓰바사였다.

쓰바사는 관객 사이에 내가 있다는 걸 알아봤다고 한다. 내가 잠깐 걸음을 멈추고 어느 정도 감상한 뒤에 바로 떠나버리는 것도 확인했다. 쓰바사의 눈에는 내가 애인이 몰래 하던 거리 공연을 보다가 불쑥 떠나버린 여자처럼 보였을 거다. 게다가 그 뒤에 만났을 때는 그 일에 대해 전혀 언급하지 않았고, 공연 때 쓰고 있던 것과 비슷한 니트 모자까지 선물하는 여자

당신만이 알고 있다

였다.

그 정도면 싫다거나 부담스러운 수준을 넘어 무서운 여자다.

랩 공연을 목격한 건 기념일 선물을 찾고 있을 때였으니까 아직 11월 중순이었다. 선물을 준 것도 11월 19일이다. 그때부터 오늘까지 한 달 동안, 쓰바사의 마음에는 계속 눈이 쌓이고 있던 것이다. 위화감의 바늘이 계속 목구멍에 걸려 있는 상태로, 쓰바사는 나와 만나고 있었다.

"전혀 몰랐어. 그게 쓰바사인 줄 알았다면 당연히 말했겠지. 랩도 멋졌는데."

"거짓말. 눈이 마주쳤는데. 그리고 바로 가버렸으니까 멋지다는 생각은 안 했겠지. 그건 별로 상관없지만…… 그 뒤로 한마디도 언급하지 않을 만큼 보기 싫은 모습이었나 보네."

"정말로 다른 사람인 줄 알고……."

"비아냥거리듯이 니트 모자를 선물하는 걸 보고 섬뜩했어."

"아니야. 그런 뜻으로 준 게 아냐. 나는—."

"그럼 무슨 뜻으로 준 건데?"

한마디로 일축당했다. 나는 더 이상 말을 잇지 못했다. 여기서 잘못 말했다간 정말로 쓰바사와의 관계가 사라져버릴 것만 같았다.

병에 대해 이야기해야겠다고 생각했다. 하지만 제대로 된 설명이 떠오르지 않았다. 지금까지 몇 번이고 '나도 사람 얼굴 잘 기억 못 해.' '사건이랑 연관시켜서 기억하면 되지. 다른 거랑 연결 지어서 기억해두면 잊히지 않고 떠올리기도 쉬워.' 같은 몰이해한 대답만을 들어왔다. 지금 설명하면 쓰바사는 제대로 받아 들여줄까?

평상시였다면 내 증상에 대해 진지하게 들어주고, 미리 말하지 못한 이유까지 이해해줬으리라. 하지만 이런 상황에서는…… 말도 안 되는 변명으로밖에 들리지 않을 것이다.

내 침묵을 어떻게 받아들였는지, 쓰바사는 "그럼 쉬어." 라고 말하고 전화를 끊었다. 혼자 남겨진 침묵에 고막이 아팠다.

사흘 동안, 나는 쓰바사와 연락이 닿지 않는 괴로움 속에서 일을 했다. 아무것도 머리에 들어오지 않는 것치고는 사무처리 능력에만 리소스가 할당된 것처럼 업무를 순조롭게 수행할 수 있었다. 매일 정시에 퇴근해서 혼자 보내는 시간은 영원처럼 길게 느껴졌다.

쓰바사의 집이 어딘지도 모른다는 걸 처음으로 깨달았다. 언제나 우리 집에서만 함께 시간을 보내고 쓰바사의 집에는 가본

당신만이 알고 있다

적이 없었다. 정리가 안 되어 지저분하다는 이유였지만, 지금 생각해 보면 음악 기기 같은 걸 보여주기 싫었던 것 같다. 단카는 괜찮아도 랩이나 포에트리 리딩은 보여주기 싫은 심정도 이해는 간다. 일단 자기 손을 떠나간 문장과 실시간으로 펼치는 공연은 평가받을 때의 기쁨과 충격이 차원이 다를 테니까.

크리스마스 분위기로 빠르게 덧씌워지는 거리에서, 내 마음은 계속 침울하기만 했다. 다루미에게 상담할 마음도 생기지 않았고, 지오리는 바쁜 것 같아 불러내기 미안했다. 이대로 자연히 소멸되어 버리는 걸까? 지난 1년간의 모든 것이 미완성 추억으로 끝나버리는 걸까?

그렇게 놔둘 수 없다는 의지만큼은 분명했다. 전화는 받아주지 않지만, 한 번도 직접 만나 이야기하지 못한 채로 끝낼 수는 없었다.

빛깔을 잃은 시간 속에서도 변화는 있었다. 서로 떨어져 지낸 지 사흘째에 길을 걷다가 갑자기 젊은 남자가 내 손을 잡은 것이다. 은발에 어딘가 외국인 같은 분위기를 풍기는 그 남자는 내 병에 대해 뭔가 알고 있는 눈치였다. 누군가에게 털어놓고 싶은 마음이 굴뚝 같았던 나는 그 낯선 청년에게 모든 것을 이야기하고 고민을 털어놓았다.

청년은 라쿠아라는 이름이었다. 카페에서 일반 사이즈 커피의 얼음이 다 녹아버릴 정도의 시간 동안 내 상황을 이야기하고 나자, 생각이 명확하게 정리되었다. 라쿠아가 특별히 구체적인 이야기를 해준 건 아니었지만, 적어도 이대로 크리스마스에 할 예정이었던 프러포즈를 감행해야겠다는 결심이 설 정도의 투지는 생겨나 있었다.

쓰바사의 집은 몰라도 회사가 어딘지는 알고 있었다. 나는 크리스마스이브 날에 퇴근하자마자 몇 년 만인지 모를 택시를 타고 이 도시에서 층수가 가장 많은 오피스 빌딩 앞에 와 있었다. 입구가 여러 개지만 방향으로 보면 남쪽의 정문으로 나올 것이다.

머리카락에도 오랜만에 웨이브를 넣었고, 평소보다 액세서리도 많이 착용하고, 눈가의 다크 서클도 컨실러로 열심히 지우고 나왔다. 모르는 사람이 보면 크리스마스 데이트를 하러 잔뜩 꾸미고 나온 여자로 보일 테지만 나는 오늘 승부수를 띄우러 여기 나왔다.

나는 계속해서 기다렸다. 겉모양을 중시하느라 방한성이 조금 떨어지는 코트를 입는 바람에 손이 얼음장처럼 차가워졌다. 쓰바사에게는 LINE을 보냈지만 아직 읽지 않고 있었다.

기다리면서 작년의 크리스마스를 떠올렸다. 사귀고 나서 한 달 정도가 지났을 무렵이었다. 사자성어가 좋다고 해서 사자성어 말하기 대결을 했더니 세 번 중에 세 번을 다 졌다. 그 대신 '좋아하는 전통 시인'에서는 내가 이겼는데, '모든 시인'으로 범위를 넓히자 호각의 싸움이 되었다. 지금은 이런 커플이 어딨나 싶은 생각도 들지만, 어느 때보다도 행복한 시간이었다. 절체절명이지만 건곤일척, 어떻게든 여기서 직접 이야기하고 오해를 풀고 싶다. 어설픈 사자성어밖에 생각나지 않는다. 쓰바사가 좋아한다고 해서 공부한 건데…….

하지만 1시간이 지나도 쓰바사는 나타나지 않았다. 크리스마스이브인데도 야근을 하는 걸까? 나는 5분에 한 번씩 쓰바사의 사진을 보고 얼굴을 기억해내며 계속 기다렸다. 사진을 볼 때마다 LINE도 확인했지만 여전히 읽지 않고 있다. 메시지를 읽지는 않더라도 내가 보냈다는 알림 정도는 볼 수 있다. 아예 보지 않았다고 단정할 수는 없었다.

15번 정도 LINE을 확인했을 때 스마트폰 화면 전체가 새까맣게 변하며 후유키 쓰바사라는 이름이 표시되었다. 쓰바사의 전화였다.

"여보세……."

"뭐 하는 거야?"

쓰바사의 목소리는 차갑기만 했다.

"계속 기다린 거야?"

"기다렸어. 오해, 풀고 싶어서. 저기, 나는…….”

하고 싶은 말이 너무 많아서 제대로 정리되어 나오지 못하고 입가에서만 맴돌았다. 하지만 쓰바사는 그걸 일도양단해버렸다.

"집에 가. 감기 걸리겠어. 난 벌써 회사에서 나와서 역까지 와 있으니까."

그대로 얼어붙었다. 설마 못 알아본 것일까—그런 의문에 대답해주듯이 쓰바사가 말했다.

"정문 쪽에서 기다리는 걸 보고 뒷문으로 나왔어. 집에 가서 자."

"나는!"

그대로 전화를 끊어버릴 기세였다. 나는 다급히 목소리를 높였다.

"에리카 다리에서 기다릴게! 계속 기다릴 거야!"

너무 큰 목소리로 말한 터라 지나가던 사람들이 이쪽을 돌아보았다. 그 모든 사람에게 들려주듯이 소리쳤다.

"몇 시간이든, 기다릴 테니까—!"

"집에 가. 끊을게."

전화가 끊겼다. 술렁이는 사람들, 그리고 침묵하는 스마트폰·······.

뭘 만드는 건지 부수는 건지 모를 공장 옆을 지나 에리카 다리로 향했다. 하지만 그 중간에 억누를 수 없는 불안에 휩싸이며 가까운 벤치에 주저앉고 말았다.

쓰바사는 이런 식으로 나 자신을 인질로 삼는 듯한 행동을 싫어했다. 무작정 기다리겠다고 말하며 행동을 강요했을 때 따라준 적이 거의 없었다. 내가 이런 방법을 남용하는 버릇이 들지 않도록 한 것이다.

그러니까―오늘도 와주지 않을지도 모른다.

이대로 우리의 관계가 끝나버릴지도 모른다고 생각하자 무언가가 울컥 솟구쳐 올라오더니, 아, 안 돼, 하고 생각할 틈도 없이 눈물을 막아내던 자의식의 댐이 무너져내렸다. 범람하는 눈물을 계속 내버려 둔 채 한동안 시간이 흘렀다. 젖은 뺨에 닿는 바람이 유독 차가웠다.

울면서 칼로리를 소비할수록 진정이 된다는 건 경험을 통해 알고 있다. 나는 냉정해졌다. 쓰바사가 전화한 의도―계속 기다리게 놔두는 건 가엾다는 측은지심이다. 오늘의 최저 기온은 마이너스 2도였다. 강 위라면 더욱 추울 것이다. 내가 전화로 그렇게 간절히 말하는 걸 보면 다리 위에서 계속 기다릴 거라고 쓰바사는 예상할 것이다. 그런데 그걸 과연 그냥 내버려 둘까?

와줄 가능성이 높다. 아직 포기할 단계는 아니었다.

나는 몸을 일으켜서 다리 쪽으로 걸어갔다. 약 10분 만에 도착했다. 계단을 올라가서 일단 다리를 건너 강 반대쪽으로 내려갔다. 한차례 주변을 확인했다. 쓰바사의 모습은 보이지 않았다.

만약 그 뒤에 전철을 탔다면 여기로 올 때까지는 아직 시간이 걸린다. 나는 장기전을 각오하며 근처 편의점에 들러 화장실을 이용하고 뜨거운 호지차를 샀다.

다시 다리로 돌아가려고 주차장을 빠져나오는데 한 목소리가 들렸다. 낮은 남자 목소리였지만 신기하게도 선명히 들렸다.

"뭐야, 개인 전화로 다 걸고…… . 뭐어? 우로코가타가 죽어?"

살벌한 단어가 나오자 나도 모르게 입을 틀어막았다. 그대로 움직일 수가 없었다.

"자기 스스로? 잠깐만, 그게 진짜야? 무슨 상황인지 자세히 설명해봐."

남자는 차에 기대듯 서 있었다. 이대로 지나가려고 하면 당연히 눈에 띌 테지만, 돌아서 가려 해도 사이드미러에 비칠 가

386

능성이 있었고 무엇보다 자갈길을 걸어가야 했다. 만에 하나 들키기라도 하면 큰일이다. 대화 내용을 보면 일반적인 일을 하는 사람이 아니었다. 야쿠자 남자는 부하로 보이는 통화 상대에게 무언가 지시를 내리고 있었다. 얼굴을 찌그러뜨리라거나 옷을 벗기라거나, 살벌한 단어가 튀어나올 때마다 내 몸이 파르르 떨렸다.

"괜찮아. 내가 반드시 잘 정리하마. 최악의 위기지만 절호의 기회기도 해. 널 이쪽 세계로 데려온 내가, 책임지고 다시 빼내주마. 루리야…… 이제부턴 성실하게 살아라."

야쿠자 남자는 그렇게 말하고 전화를 끊더니 어디론가 사라졌다. 체감상 3시간은 통화한 것 같았지만 시계를 보니 15분 정도밖에 지나지 않았다. 아직 20시도 되지 않은 것이다. 일단 야쿠자에게 들키지 않은 것을 다행으로 여기면서, 나는 두려움과 추위로 떨리는 다리를 힘껏 움직여 에리카 다리로 돌아왔다.

22시가 되어가고 있었지만 쓰바사는 아직도 오지 않았다. 뜨거운 호지차가 완전히 식어버렸다.

남은 크리스마스이브는 이제 2시간. 이대로 끝나버리나 생각했다. 머릿속에선 쓰바사에 관한 생각밖에 나지 않았다.

세상의 모든 빛깔과 소리가 전부 사라져버린 것만 같았다.

그런 착각을 반으로 갈라버리듯 벨 소리가 울렸다. 나는 화면도 확인하지 않고 통화 버튼을 터치했다.

"설마, 기다리는 거 아니지?"

쓰바사의 목소리가 고막을 흔들었다. 갑자기 여유가 생기며 농담으로 대답했다.

"……설마, 안 기다린다고 생각한 건 아니지?"

쓰바사가 한숨을 쉬었다. 자동차가 지나가는 소리가 들렸다. 밖에 있는 모양이다.

쓰바사는 빠르게 말을 쏟아냈다.

"에리카 다리 근처에서 연기가 피어오른다고 친구가 말해줬어. 설마 불 같은 걸 지른 건 아니지? 위험하니까 일단 다리에서 벗어나 있어."

"잠깐만. 내가 불 같은 걸 지르는 여자로 보여?"

"말 좀 들어! 거기서도 보일 거 아냐? 연기도 위험하고 무슨 일이 벌어지는 건지 모르잖아."

"……확실히 무슨 연기 같은 게……. 뭐야 저거. 뭔가 탑 같은 게 세워져 있네? 저런 게 원래 있었나─."

"뭐 하는 거야!"

등 뒤에서 외치는 맑은 목소리. 천천히 뒤를 돌아보자 스마트폰을 귀에 댄 쓰바사가 어깨를 들썩거리며 서 있었다. 뾰족뾰족한 머리가 흔들렸다.

"안 온다고 했잖아."

"……왔으면서."

조금 고민하다가 지적했다. 불난 집에 부채질이 될지도 모른다고 생각했지만 쓰바사는 한숨과 함께 말했다.

"어쨌든 일단 여기서 벗어나자. 연기 냄새도 너무 나고 위험하잖아."

"잠깐만, 여기가 아니면 안 돼."

"알았으니까—."

그때였다.

폭음이 다리를 흔든…… 것처럼 보였다. 쿠우웅 하는 굉음과 함께 밤하늘의 어둠이 사라졌다. 상공에 피어나는 선명한 불꽃. 어떻게…….

쓰바사와 나는 정확히 똑같은 타이밍, 똑같은 음량, 똑같은 마음으로 "겨울 불꽃놀이네." 라는 일곱 글자를 말했다.

불꽃놀이는 비처럼 쏟아지는 궤도를 남기며 사라져갔다. 주위가 다시 어둠에 삼켜졌다.

쓰바사가 내 얼굴을 바라보았다. 다양한 감정이 뒤섞인 표정. 5분 뒤에는 잊어버리게 될 표정이다.

"들어줬으면 하는 얘기가 있어."

쓰바사가 고개를 갸웃거렸다. 잘은 모르겠지만, 어디 사는 누가 무슨 일은 해준 건지는 모르겠지만, 저 불꽃놀이를 쏘아 올려준 사람에게 진심으로 감사하고 싶었다. 우리는 겨울 불꽃놀이와 여름의 동사(凍死)라는 말에 이끌려서 만나게 된 거니까.

더할 나위 없는 무대였다. 아까 야쿠자가 했던 말이 문득 떠올랐다. 최악의 위기지만, 절호의 기회기도 하다.

"일단 들어줘."

기타가와세에게 차인 것 때문에 계속 숨기려고만 했던 게 처음부터 악수였던 것이다. 처음부터 쓰바사를 믿고 모든 걸 털어놓았다면 좋았을 텐데.

"이야기라니, 무슨……."

"내 병에 대한 이야기야. 조금 길어질지도 모르지만……."

시선을 피하지 않고 쓰바사와 마주 보았다.

"이야기가 다 끝나면, 나, 청혼할게."

당신만이 알고 있다

"오랜만이다. 엄마랑 아기 모두 건강해서 다행이야. 결혼식 이후로 처음 보는 거지?"

"그려어, 그러고 보니 오랜만이네."

"우선 해야 할 말부터 해야겠지…… 축하해. 나미도 드디어 엄마가 됐네. 감개무량해서 당장이라도 눈물이 나올 것 같아."

"그래, 그래, 고마워. 절대로 안 울 거면서. 그런데 흑백 머리를 바꿨으면 말해줬어야지, 순간적으로 누군지 몰랐잖여. 혹시 탐정 그만둔겨?"

"아아, 말은 안 했지만 실은 그만둔 지 이미 1년 정도 됐어."

"왜 또……."

"뭐, 이유야 여러 가지가 있지만…… 반지값을 받아줄 아이가 사라져버렸거든. 아빠가 실종돼서 그 딸한테 지불했던 건데, 딸까지 사라져버려서 말이야."

"그랬어?"

"본인이 보낸 것 같은 메시지를 받았으니까 사건 같은 거에 휘말린 건 아닌 것 같은데……. 뭐, 어쨌든 그래서 더 이상 내가 열심히 돈을 벌 이유가 사라진 거지."

"그, 관심 있게 지켜보던 만담가 여자애는? 내가 가르쳐줬잖여. 니케 트로피."

"아아, 물론 전부 해결됐어. 내 돈은 그런 어린 친구들을 위해 번 거니까. 그 아이의 집을 시세의 두 배를 주고 사버렸지."

"다음 M-1에선 결승까지 가면 좋겠네."

"올해는 상당히 기세가 좋은 것 같던데……. 아, 오늘 온 건 이걸 건네주러 온 거였어. 임신 축하? 선물이야. 축하해."

"우와, 고마워. 이렇게 기특한 일을 다 하네."

"괜찮다면 내가 아이 이름을 지어줄까?"

"미안, 이름은 이미 지었어."

"그래? 아쉽게 됐군."

"전에 한 번 말했잖아. 쓰바사는 사자성어를 좋아하니까, 사자성어에서 두 글자 따오고 싶다고. 앞으로도 그런 이름이 유행하면 좋겠다고."

"사자성어 이름이라고? 그건 너무 숫자가 한정적이지 않아? ……아아, 그러고 보니 확실히 오카 란만(桜花爛漫) 같은 이름도 있었지."

"맞어, 맞어. 찾아보니까 꽤 좋은 이름을 지어줄 수 있겠더라고."

"그래서, 이 아이의 이름은?"

"아주 호화로운 이름이여. 계절이 두 개나 들어갔으니까."

"……그렇다면?"

"……지아키. 후유키 지아키(冬木千秋)가 이 아이의 이름."

[끝]

당신만이 알고 있다
Know It All

2025년 4월 10일 1판 1쇄 인쇄
2025년 4월 20일 1판 1쇄 발행

지은이 모리 바지루 | 김진환 옮김

발행인 황민호
전략콘텐츠 사업본부 국장 박정훈
편집기획 김선림 신주식 최경민 윤혜림
마케팅 조안나 이유진
제작 최택순 성시원
디자인 ALL

발행처 대원씨아이(주)
주소 서울특별시 용산구 한강대로 15길 9-12
전화 (02)2071-2017
팩스 (02)797-1023
등록 제3-563호
등록일자 1992년 5월 11일

www.dwci.co.kr

ISBN 979-11-423-1393-6 03830